우리빼고
다 사백년전

우리빼고 **다**사백년전

지은이 박근표

1판 1쇄 발행 2018년 11월 8일

저작권자 박근표

발행처 하움출판사
발행인 문현광
교 정 성슬기
편 집 강태연
주 소 광주광역시 남구 주월동 1257-4 3층 하움출판사
ISBN 979-11-88461-67-7

홈페이지 www.haum.kr
이메일 haum1000@naver.com

좋은 책을 만들겠습니다.
하움출판사는 독자 여러분의 의견에 항상 귀 기울이고 있습니다.

우리빼고 다 사백년전

박근표 지음

HAUM
하움출판사

*

그때 그곳에서 무슨 일이 있었다.

"히--이잉------! 푸륵! 푸르르! 히 이---잉! 푸륵! 푸륵!"

바람을 잡아먹을 듯 달리던 놈이 갑자기 주춤거린다. 반 시진 넘게 쉬지 않고 달리던 놈이라 이놈은 정말로 성질을 부릴 만도 했다.

이놈은 서 종사를 떨쳐내려는 듯 패악질을 해대며 길길이 날뛰었다.

"푸우, 푸르르!"

코에서는 뜨거운 바람이 일었고 입에는 거품마저 물었다.

"이놈아! 다 와가지 않느냐? 조금만 더 힘을 내다오!"

서 종사가 고삐를 잡아채며 닦달을 해보지만 말은 갈 생각도 않고 길길이 날뛰기만 했다.

매냥 타던 말은 아니었지만 반 시진 가까이 같이 호흡하며 서 종사의 손에 길들여지기 직전이었다.

그래서인지 서 종사는 못내 아쉬웠다.

'이 놈과 친하긴 틀렸구나?'

"예서 조금만 쉬다 가자꾸나!"

한시가 급한 서 종사지만 달리 방도가 없었다.

그래도 이놈은 쉬었다 가자는 말을 알아먹기라도 한 걸까? 패악질을 멈추고는 뒤뚱거리며 온몸을 흔들어댔다.

말이 춤을 춘다면 이랬을까? 서 종사는 그렇게 생각하며 희미하게 웃었다.

*

한 시진 전 절영도

부산진 첨사 정발 장군은 군사훈련과 함께하는 사냥을 유독 즐겼다. 왜군의 대함대가 부산진성을 향하고 있다는 급보를 받고 모든 군사에게 부산진성으로 회군 할 것을 명하고는 서 종사를 따로 불렀다.

"찾으셨습니까? 장군!"

서 종사의 긴장감은 여느 때와는 많이 달랐다.

전쟁의 시작이란 것이 군인에겐 그런 것일까? 온몸이 열병을 앓는 것처럼 서 종사의 몸은 심하게 떨리고 있었다.

막사 안은 짐을 꾸리느라 꽤나 부산스러웠고 정발 장군은 준비해둔 듯한 서찰 하나를 내 밀고는 강한 어조로 말했다.

"동래성의 조방장 이정헌을 찾아 전하거라!"

겨우 서찰 하나 보내자고 자신을 찾았단 말인가? 하는 생각에 서 종사는 실망스러웠으나 이 정헌이라는 말에는 안심했다.

"신중하기 이를 데 없는 사람이라 가벼이 움직이진 않을 걸세!"

그리곤 잠시 뜸을 들이는 정발 장군이었다.

그래도 서 종사는 가만히 듣고만 있었다.

"사나흘은 힘들어도 하루 이틀은 수성할 수 있을 것이야! 이정헌을 움직이면 동래부사도 군사를 내어줄 것이니 일각도 허비하지 말게!"

그렇게 말하는 정발 장군의 패기는 넘쳐흘렀다.

그러나 안타깝게도 그는 왜군의 전력을 과소평가하고 있었다.

그래도 서 종사는 정발 장군의 뜻에 온전히 승복했다.

이정헌은 그의 외가 형님이 아닌가?

"예! 분부 따르겠습니다!"

서 종사는 그대로 머뭇거리지 않고 명령을 따랐었다.

서 종사와 말은 일각 정도를 그렇게 쉬었고 그는 가만히 말의 동태를 살폈다. 말에게 물을 마시게 하고 싶었지만 그러면 말이 제대로 뛸 수 없을 것이다.

그래서 서 종사 자신도 물을 찾지 않았다.

잠시 후 다시 서 종사가 가만히 고삐를 잡아채며 말의 동태를 살펴본다.

"히이이이------힝!"

이놈은 조금이나마 원기를 찾은 듯 울음소리가 경쾌해서 좋았다.

"그래 조금만 더 힘을 내다오! 오늘이 가면 내 다신 너를 찾지 않으마!"

침으로 신기한 놈이다.

이놈은 서 종사의 말을 알아차리기라도 한 듯 있는 힘을 다하고 있었다.

두부 촌을 지나려니 콩비지의 비릿함이 서 종사의 코를 간지럽혀 왔고 주막을 지나 달리자니 달콤한 술향에 군침이 절로 넘어갔다.

그래서인가------? 이놈이 술 냄새에 회가 동했나? 급작스레 멈추려 안간힘을 쓰고 있었다.

그 바람에 서 종사는 앞으로 고꾸라질 뻔했다.

서 종사는 달리 말을 탓하지 않았다.

"워! 워!"

"꿀꺽!"

서 종사는 자신도 모르게 마른 침을 삼켰다.

지독한 한기! 그리고 허공을 가르는 소리는 한순간이었고 그리고 그것은 완벽한 암흑 이었다.

완벽한 암흑에 시차를 분간할 수 없이 나타난 완벽한 밝음은 기어이 시공간을 비틀고 말았다.

그것은 인간의 능력으론 잡아낼 수 없을 만큼의 짧은 시간. 찰나의 순간이었다.

그리고 느닷없이 대형 승용차가 그를 향해 달려들었다.

"쿠쿵"

"아!"

서 종사는 잠시 넋이 나갔었다. 그나마 놀랜 말이 급히 비켜나 다행인 순간이었다.

서 종사는 가슴을 쓸어내렸고 이상한 수레를 타고 있는 건 사람이라 생각했다.

수레는 서 종사의 옆을 스쳐 지나며 빠르게 움직이고 있었다. 그리고는 땅에 처박히듯 떨어지더니 제 속도를 못 이겨 한참을 가다가 소달구지를 들이받고 멈추었고 뒤따르던 크고 작은 수레들은 서로를 들이받을 듯 말 듯하며 멈춰서고 있었다.

그리고 옆에는 여러 대의 수레가 초가집을 들이박고 있었다.

서 종사와 말이 멍하니 서있던 길은 편도 2차선 도로의 1차선과, 수레들이 충돌한 초가집들은 2차선과 맞닿아 찰나의 시간에 그렇게 나타났다.

여기저기서 날카로운 비명들이 공포영화의 한 장면처럼 쏟아져 나오고 있었다.

　현재에서 과거로 온 건지 과거에서 현재로 온 건지 아직은 누구도 알 수 없는 기이한 일이었다.

　그렇게 과거와 미래가 만났다.

*

　서 종사는 몹시 혼란스러웠다. 초행길도 아니었다.

　좁은 길도 아니고 수레 두 대는 넉넉하게 다니던 길이였다.

　'이제 일각만 내달리면 동래 관아인데-----.'

　지금 그에게 보이는 건 신기루 같은 것이었을까? 서 종사가 그렇게 생각하는 것은 어쩌면 당연한 건지도 모른다.

　한양 도성에서나 있을법한 넓은 길에 요철 하나 없이 말끔한 길이다. 그 옆으로 금방 보았던 이상한 수레들이 있고 사람들은 많았다.

그리고 그곳은 이제 아수라장으로 변해가고 있었다.

　이곳을 보면 그런 서 종사의 생각이 지나친 것만은 아니었다.

서 종사는 정신을 차리려 무던히도 애썼다. 자신은 화급을 다투는 비상 전령이 아닌가? 급히 말에서 내려 뒷걸음치는 놈을 애써 다잡아 끌었다.

두렵다고 머뭇거릴 시간도 없었다.

그러나 낯선 경계에서 오는 두려움과 이질감은 서 종사의 가슴을 마구 두들기고 있었다.

확연하게 다르다.

자신이 있는 곳과 경계선 너머의 풍경은 너무도 달랐다.

서 종사는 그 칼날 같은 경계를 한참을 바라보고 있었다.

같은 시각

　김 사장은 기분이 좋았다.

그도 그럴 것이 두 달을 미루던 미수금을 받았고 가볍게 반주를 곁들여 꽤 괜찮은 식사 대접을 받았기 때문이다.

　키를 넣고 가볍게 시동을 켜는 김 사장은 절로 콧노래가 났다.

김 사장은 2차선에서 좌측 깜빡이를 넣고는 악셀을 지그시 밟았다.

그러다 얼마 못 가.

　"쿵!"

　차가 과속방지턱을 밟은 걸까? 가볍게 나는 듯 하더니 이내 거친 비포장 길을 내달리고 있었다.

　'아! 씨바, 뭐고 이거?'

　김사장은 급하게 브레이크를 밟았고 이 상황을 모면하려 안간힘을 썼다. 길은 차 한대가 넉넉히 다닐 만했지만 비포장에다 요철이 심하고 많았다.

　"끼----익!"

　차는 그가 생각한 만큼 쉽게 멈추지 않았고 앞서가던 수레를 가볍게 들이받고 나서야 겨우 멈춰 섰다.

　"아이쿠!"

　"음머!"

　놀라서 날뛰는 소와 달래려는 주인의 실랑이가 그의 눈에서 아지랑이처럼 피어올랐다.

　"아니, 뭐 이런 기 다 있노----, 잘 가다 삼천포로 카디----, 아!--"

　그렇게 김 사장은 천만다행으로 멈췄다.

“쿵”

“아윽!”

그러나 뒤따르던 차가 김 사장의 차를 쳤을 땐 그는 꽤나 많이 놀랐을 것이다.

“쿨럭! 쿨럭!”

김 사장은 맨 기침을 토해내며 정신을 차리려 무던히도 애를 썼다.

“후----와!”

그는 몇 번이고 길게 숨을 들이 내쉬고 나서야 조금 정신을 차린 듯했다.

사이드 밀러로 뒤차를 보니 에어백이 터져있었고 그 뒤차는 안전하게 멈췄지만 또 그 뒤차에 추돌당한 것 같았다.

사고는 그것으로 끝난 듯 보였고 김 사장은 그제야 안심했다.

“하아------. 시바, 놀래라!”

갑작스런 일이지만 크게 다친데 없는 그는 안도하는 눈치가 역력했다.

잠시 잠깐-----, 뒷목을 잡고 내릴까 했던 생각에 그는 피식 웃음이 났다.

‘이거 백 프로다!’

사십대 중반의 김 사장은 조금 뚱뚱했고 이제야 조금 여유를 찾은 것 같아 보였다.

“괜찮습니까?”

걱정스런 말투로 뒤차의 운전자를 살펴보던 그의 첫마디였다.

운전자는 고통스러운 얼굴이었으며 김 사장의 말에 정신을 차리려는 듯 그는 운전석 창문을 끝까지 내렸다.

중상은 아닌 듯 했으나 얼마간의 치료는 필요해보였다.

범퍼가 많이 깨어졌고 엔진룸이 살짝 밀려들어 라지에이터가 터진 듯 수증기가 새어나오고 있었다.

교통사고가 나면 어디서나 사람들이 모여드는 건 여기서도 별반 다르지 않았다.

그렇게 사람들이 모여들었고 김 사장의 머리는 혼란스러움으로 가득 채워져 가고 있었다.

한눈에 봐도 이상했고 다시 생각해도 이상하다.

'이 사람들------, 뭐지------. 집들하고는-----, 민속촌인가?'

그렇게 깨진 조각들은 김 사장의 머릿속을 헤집고 다녔다.

모여든 사람이 십여 명이 넘어갈 쯤 상투를 튼 체격 좋은 중년의 남자가 김 사장을 보고 소리치고 있었다.

"이기 다 머고?"

다들 그에게 한마디씩 하지만 김 사장의 귀엔 들리지 않는 눈치가 역력했다.

그리고 김 사장은 사내의 상투만을 뚫어져라 바라보다 연수동으로 눈길을 돌렸다.

시간여행으로 과거에 온 것은 아니었다.

저기 자신이 왔던 동래가 보인다.

김 사장은 과거의 사람들을 만났지만 여전히 현재에 있고 흰 옷의 사람들은 과거의 사람들 같지만 그들 또한 여전히 현재에 있었다.

이렇게 현재는 오래 전 과거를 만났고 과거는 오래된 미래를 만났다.

김 사장은 스마트 폰으로 119를 누르며 생각했다.

'뭐라고 설명해야 되노------? 여긴 또 어데라꼬 말하노?'

한참을 망설이던 김 사장이 물었다.

"여기가 어딥니까?"

김 사장은 정말로 궁금해서 그렇게 물었다.

"여기! 여긴 두부 촌이라 카믄 다 알제!"

잠시 두려움에 머뭇거리던 사내의 의기양양함이 묻어나는 대답이었다.

"아! 두부 촌?"

김 사장의 머리위로 하늘이 빙글빙글 돌았다.

비슷한 시간

조 경사가 탄 순찰차는 다행이도 앞차를 추돌하진 않았지만 놀란 가슴만은 쓸어내려야 했다.

"김 순경아, 빨리 지원 요청해라!"

20년 가까이 경찰 밥을 먹었지만 이렇게 이상한 사고는 처음이고 이렇게 황당한 사고는 상상해본 적도 없었다.

그도 그럴 것이 여러 대의 차량이 민속촌으로 돌진한 꼴이다.

갑자기 나타난 초가집에 속수무책이었을 것이다.

아직 불붙은 차는 없지만 여기저기서 연기인지 수증기인 줄 모를 것들이 눈에 띄었고 여기서 화재라도 발생한다면 최악의 상황으로 치달을 수도 있었다.

"김 순경! 점포마다 소화기 하나씩은 있을 끼다. 전부다 들고 나오라 캐라!"

김 순경은 조 경사의 말을 재빨리 알아들었다.

"소화기 좀 갖고 나오세요!"

지구대에 지원 요청을 끝낸 김 순경이 그렇게 확성기를 울려대고 있었지만 김 순경의 정신도 반은 나간 듯 했다.

조 경사는 지금의 상황을 눈으로 보고도 믿을 수 없었다.

과학으로 설명할 수 없는 초유의 사태는 그렇게 시작되고 있었다.

멍하니 지켜보던 사람들은 김 순경의 그 말에 무엇을 해야 하는지 깨달은 듯 그제야 움직이기 시작했다.

머릿속은 혼란스러웠지만 그들의 본능마저 사라진 건 아니었다.

그제야 사람들의 비명소리가 온전히 들려왔고 그들은 구겨진 차 안에서 고통스럽게 도움을 청하고 있었다.

이곳은 경계의 저편보다 무척이나 참혹했다.

또 비슷한 시각

까페다네 최 사장은 지독한 추위와 함께 마시던 생수를 뿜었다.

정전이 된 것 같다.

"콜록! 콜록!"

물이 코로 나온다. 아마 사레가 들린 것이리라------.

그는 안경을 벗어 두 눈을 비볐고 새로이 안경을 닦아 썼다.

"아, 뭐야! 예고도 없이!"

그곳엔 익숙했던 풍경이 사라지고 낯선 냄새와 함께 마른 흙먼지가 일고 있었다.

매장 안의 손님들도 이 변화를 눈치 챈 듯 소스라치며 놀란다.

"사장님! 이거 새로운 이벤트예요?"

"아우! 젓갈냄새------."

아가씨는 가만히 코를 잡아 쥐었다. 사정을 알 리 없는 단골 아가씨다.

"여보야!"

그제야 최 사장은 정신이 돌아왔고 자신의 아내가 눈앞에서 사라졌다는 걸 온 몸으로 느끼며 떨어야 했다.

잠시 후 그는 카운터를 나와 낯선 냄새로 조심스레 다가갔다.

서빙 하던 아내와 손님들이 사라진 곳에는 식사 중인 듯 하던 두 남녀가 엉거주춤 일어날 듯, 말 듯 놀란 눈으로 보고 있었다.

부부처럼 보였으며 남자는 깨끗한 한복에 선비처럼 느껴졌다.

경계가 나타났다. 아주 오래된 집이었고 천장은 낮았다.

잘려진 집은 잘려진 카페다네 매장을 대신해 나타났고 그리고 그곳은 완벽한 경계였다.

"투두둑!"

지지대의 한 쪽을 잃어버린 대들보에서 흙덩이가 떨어졌고 그곳은 당장 무너질 것 같지만 아무도 눈에 들어오지 않는 것 같다.

"멸치 젓갈이죠?"

최 사장은 그렇게 말했다.

상황에 전혀 어울리지 않았지만 마땅히 할 말도 없어 무심코 나온 말일 것이다.

최 사장은 젓갈을 좋아했나보다.

"쇠돌아배는 어디 갔는가?"

초로의 선비는 그렇게 물었다.

*

작은 혼란의 시작

서 종사는 움직여야 했다.

꽁무니를 빼고 주춤대는 말을 핑계 삼아보지만 고삐를 쥔 건 자신이 아닌가? 서 종사는 가만히 말의 눈을 들여다보며 무언의 압박을 가해본다.

말은 서 종사의 눈을 피하려 했지만 서 종사는 고삐를 채며 잽싸게 말에 올랐다.

"푸릭! 푸릭!"

말은 놀라 주춤거리다 이내 체념한 듯 했고 서 종사는 조심스레 경계를 넘으려 했다.

뜨거운 물에 발을 담그듯이-----, 천천히 그렇게 조금씩.

말의 놀램은 서 종사보다 더 했지만 적응은 말이 빨랐다. 서 종사의 말 부림이 좋았기 때문일까? 아니면 말이 별종인 걸까?

서 종사는 동래성으로 가야 했고 거기에서 동래부사 송상현과 이정헌을 만나야 한다.

그러나 사방은 높은 건물에 가려 있고 거기에다 방향감각도 잃어버렸다. 그래서인가? 서 종사는 잠깐 맥이 풀린다.

'아! 어디로 가야 하나?'

"또각! 또각!"

말은 서두르지 않았고 서 종사도 별달리 재촉하진 않았다. 말은 호기심에 들떠있었고 서 종사의 머리는 빙글빙글 돌았다. 아니, 멍하니 정신이 나갔다 해도 틀리지 않을 것이다.

그의 머릿속에서 정발 장군의 호통이 없었다면 그는 한참을 그렇게 망부석처럼 있었을 것이다.

이제 서 종사는 드디어 용기를 내기로 용기를 내었다.

"동래성으로 가려 합니다. 방향을 일러주시오!"

서 종사는 조 경사에게 그렇게 말했고 그때 조 경사는 우왕좌왕하고 있었다. 구급차는 아직 도착하지 않았고 멀리 레커차는 사이렌을 울리며 다가오고 있었다.

그는 움직일 수 있는 차들은 유턴하라고 신호를 보내던 중이었다.

말을 탄 남자였다.

익숙한 모습은 아니었지만 어디 촬영 중이겠거니 가볍게 생각하고 조 경사는 가만히 무시 했다.

"왜란이 일어났소! 지금 부산포 앞바다에 왜선 수백 척이 진을 치고 있소이다!"

아직은 말해선 안 될 기밀사안이지만 도움을 청하기 위해 어쩔 수 없는 일이라 생각했다.

"동래성은 어디로 가야하오?"

서 종사는 재촉하지 않을 수 없었다.

"아! 딴 데 가서 알아봐요! 여길 보고도 장난치고 싶어?"

평상시라면 이렇게 불친절할 조 경사가 아니겠지만 사람 목숨이 왔다 갔다 하는 이 와중에 장난이 심하다 싶어 골이 났다.

기어이 조 경사는 신호봉을 흔들다가 서 종사를 힐끗 쳐다보다 비웃으며 말했다.

"아! 그럼 동래부사 송상현을 만나야겠네!"

그러나 서 종사는 이런 조 경사를 오해하기에 충분했다. 그는 마치 자신의 판단이 옳았다고 생각하고 있었다.

서 종사가 조 경사를 이렇게 문초하듯 물어보는 까닭은 조 경사가 들고 있는 신호봉 때문 이었다.

그 신호봉은 육모 방망이라 생각되어졌고 사건 수습을 위해 분주한 그를 포졸이라 믿고 싶었는지도 모른다.

"그렇소이다! 어서 나를 그곳에 데려다주시오!"

그러거나 말거나 조 경사는 그를 무시하기로 했다.

"헐, 미친---."

서 종사는 답답해서 미칠 것 같은 표정이다.

이자는 분명 동래부사를 잘 아는 자인 것 같다. 아직 누구에게도 밝히지 않은 기밀까지 발설했건만 태도가 어찌 이리 불량한가?

서 종사는 가만히 말에서 내리더니 조 경사의 신호봉을 빼앗으며 일갈했다.

"나는 부산진 첨사 정발장군 휘하의 종사관 서중일이다! 어찌 이리 무례한가? 네놈 상관을 불러라!"

그런 서 종사의 눈에서 불꽃이 튀었다.

그리고 신호봉을 뺏긴 조 경사는 움찔하며 한발 물러났다.

"우이씨, 뭐야. 이거!"

그러면서 그는 서 종사를 찬찬히 살펴보았다. 혼자서 힘으로 제압하기 쉽지 않아보였다.

건장한 체격에 20대 후반에서 30대 초반쯤.

'헐! 그놈 잘생겼네! 조선시대 옷을 입고 상투를 했네. 음! 또 칼을 차고--, 저 칼 진짤까? 요즘 코스프레 고증 지대로네------.'

조 경사는 서 종사관을 미친놈이라 생각하고 무시하려 했지만 이젠 그럴 수가 없었다. 그냥 가래도 그냥 갈 놈 같지가 않았다.

무엇보다 신호봉을 느닷없이 빼앗겨 심술도 좀 났다.

'요놈, 애 좀 먹어봐라------.'

"아아, 알았어요. 알았어!"

그리고 조 경사는 순찰차의 뒷문을 가만히 열었다.

"자, 그럼 빨리 타요!"

그렇다. 순찰차의 뒷좌석은 작은 감옥이나 마찬가지다. 안에서는 문이 열리지 않는다.

서 종사는 조 경사의 갑작스런 친절이 의심스러워 머뭇거렸고 조 경사는 그런 서 종사를 안심시키려는 듯 운전석에 올랐다.

"텅!"

이렇게 타고 문을 닫으면 된다는 듯 평상시보다 조금 세게 문을 닫았다.

"빨리 갑시다! 말보단 이게 빠르죠!"

조 경사는 능청스럽게 굴었다.

이때 서 종사관은 고민에 빠졌다.

이상한 포졸에 이상한 수레. 서 종사는 뒷좌석을 물끄러미 들여다보았다.

그래, 죽기 아니면 살기다. 빠르기는 좀 전에 느꼈고 달리 방도가 없는 서 종사였다.

그래도 동래부사를 잘 아는 포졸인 것 같아 마음이 놓이기도 했다.

"에이, 빨리 타요."

조 경사는 어느 샌가 차에서 내려 서 종사의 손을 잡아끌었다.

"자! 자! 발 올리고-----, 칼은 제가 맡아둘게요!"

조 경사는 진짠지 가짠지는 모르지만 압수해야겠다는 생각이 들었다.

"탁!"

그러나 서 종사는 본능적으로 칼을 잡았다.

"무슨 짓입니까? 전란 중에 장수의 칼을 빼앗다니요!"

'아! 젠장! 진짠가 보네.'

조 경사는 살짝 겁이 났다.

"아, 알았어요------. 그러면 갖고 타던가."

그러며 조 경사는 짐짓 수긍하는 것처럼 하며 서 종사를 뒷좌석으로 밀어 넣고는 거세게 문을 닫았다.

"쾅!"

그 소리에 놀란 듯 서 종사가 조 경사를 쳐다봤지만 조 경사는 가만히 무시했다.

그렇게 조 경사는 남은 자신의 일을 하러 떠났고 남겨진 서 종사는 어서 빨리 동래성으로 가기를 학수고대했다.

잠시 후 구조대 차량들이 도착하고 구급 대원들이 빠르게 움직이는 것을 본 조 경사는 드디어 안도의 한숨을 내쉬었다.

그리고 미칠 듯이 궁금했던 곳을 향해 발걸음을 옮겼다.

'도대체 무슨 일이 벌어진 거지------.'

*

경계선에서 마주한 사람들

그곳엔 많은 사람들이 몰려들고 있었다.

사고 현장이야 사람들이 몰려들기 마련이지만 이 구경꾼들은 달라도 한참 달랐다.

마치 하얀 단체복을 입은 것 같았다.

그렇게 무리들의 구분은 쉬웠다.

다행히 사람들은 서로 적대하지 않았고 다만--, 이 놀라운 사태에 입을 다물지 못하고 있었다.

조 경사는 본능적으로 그들에게 다가갔다.

"집으로들 가세요! 여기 계시면 방해만 돼요!"

그렇게 사람들을 해산시키려던 조 경사의 얼굴엔 당혹함이 역력했다.

'아! 시바, 머지------. 이 사람들------, 이건 다 뭐냐구?'

왕복 4차선의 도로가 있어야 할 자리에 이런 비포장 시골길이라니--. 아! 또 웬 사극 촬영지냐고오오------. 조 경사의 머릿속이 그렇게 헝클어져가고 있었다.

같은 시각

구급대원들은 머뭇거렸지만 레커차는 당황하지 않았다.

구급대원들은 조 경사 앞에서 어쩔 줄 몰라 하며 망설이고 있었다.

넘기 힘든 장애물이라면 무슨 수를 내더라도 넘어갔겠지만 이 장애

물은 이상했고 머뭇거리게 만들었다.

그때 요란한 경광등과 더 요란한 사이렌을 울리며 레커차는 서 종사관보다 더 자기소임을 다하려 노력했다.

"아! 비켜요, 비켜. 구경났어요! 아, 비키라구!"

장하다, 레커차.

그제야 조 경사는 어정쩡하니 비켜나 주었고 구급대원들은 정신을 차린 듯 했다.

이해보단 행동이 먼저였던 사람들로 인해 경계는 조금씩 무너져가고 있었다.

조금 전

주막집의 주모는 난감했다.

조금 전 벌어진 사태를 구경하느라 순식간에 사람들이 빠져버렸다. 셈을 치루기도 전에 말이다.

가까이에 쇠돌아배가 멍하니 서있었다.

"쇠돌아배, 이게 다 뭐시요?"

궁금함을 못 참아하는 주모는 사고도 사고였지만 경계선 너머의 동래에 눈이 먼저 갔다.

겁은 났지만 멍해져 있는 쇠돌아배를 주모가 잡아끌었다.

"같이 가 봐요. 궁금해서 못 참겠네!"

사십대 초반의 주모. 쇠돌아배는 주모의 손을 "덥석" 잡고는 용기를 냈다.

“그려, 가보자고. 저 짝이면 우리 집이여!”

김 첨지네는 주막에서 그리 멀지 않았다.

그리고 김 첨지네에 도착한 쇠돌아배는 정신이 반쯤 나가고 없다 해도 지나치지 않을 것이다.

이상한 사고도 사고였지만 더 놀란 건 자기 집이 사라져 버렸다는 것이다.

김 첨지네 옆이 쇠돌아배 집인데 김 첨지네 집은 반쯤 잘려나가 다른 이상한 것과 붙어 있었다.

‘김 첨지네를 지나면 바로 우리 집인데 이 요상한 경계를 넘으면 쇠돌이가 있어야 할 터인데’

쇠돌아배 생전에 이보다 더 큰 놀라움이 있었을까? 쇠돌아배는 경계선 앞에서 그만 주저앉아버렸다.

삽시간에 소문은 돌았고 이제 사고는 뒷전으로 밀려나 있었다.

그리고 신기루처럼 갑자기 나타난 동래의 그 경계선으로 사람들이 몰려들고 있었다.

그러나 누구도 경계를 넘진 못했다.

“동래 소방소!”

주모는 구급대원의 등에 적힌 걸 그렇게 읽었다.

*

비몽사몽

조 경사의 정신은 아직도 비몽사몽하고 있었다. 아무리 정리하고 또 정리해봐도 뒤죽박죽 이었다.

'꿈인가------, 그래, 꿈이겠지------.'

"이런 x발!"

조 경사는 자신도 모르게 욕을 뱉어냈다.

조 경사는 집에 가고 싶었고 이 사태에서 달아나고 싶었다.

조 경사의 집은 경계선 너머에 있었다.

'그럼 우리 집은------.'

조 경사는 다시 경계선 너머를 살폈다.

사고 난 차들, 구급대원들, 레커차------, 익숙한 것들이다. 그리고는 민속촌. 아! 또 머리가 지끈거려 왔다.

'정신 차리자, 정신 차려!'

조 경사는 스스로를 다독이며 담배 한 개비를 뽑아들고 불을 붙였다.

"후------."

'그래! 일단 저놈을 족쳐보자.'

"쓰흡------."

'경계를 넘어온 놈, 정발 장군의 부하라는 놈, 저놈한테서 답을 찾아보자!'

"후------."

조 경사는 경계 너머의 사람들과 서 종사가 같은 무리일 거라 생각되었고 진짜 저놈 말대로 난리가 난건 아닌지 걱정도 되었다.

순찰차가 들썩거린다.

그럴 만도 하겠다 싶어 애잔해지는 조 경사였다. 진짜 이거 임진왜란인가. 조 경사는 피식 쓴웃음도 났다.

조 경사는 서둘러 순찰차에 올라 상황을 정리해보려 애써보지만 잘 될 리는 없다. 하늘이 자신의 머리 위에서 빙글빙글 도는 것 같았다.

"아! 진짜 돌아버리겠네!"

"쾅! 쾅!"

그때 서 종사가 순찰차의 칸막이를 내려치며 일갈했다.

"이노--옴! 이 포졸 나부랭이 놈아! 네놈이 나를 여기에다 가둔 것이냐?"

서 종사는 속아서 잡힌 것은 아닌지 불안감을 소리라도 쳐서 떨쳐내고 있었다.

"이보시오, 포졸! 부사를 뵙게 해주시오. 잘 안다 하지 않았소? 내 사례는 하리다!"

서 종사는 체면도 없이 이렇게 애원도 했다.

"뭐어, 포졸!"

조 경사는 버럭 짜증이 났지만 딱히 대꾸하진 않았고 이 상황을 정리해보자 싶었다.

"신분증 없죠?"

"신분 뭐요?"

"자! 잘 들어요. 주 민 등 록 번 호 없죠?"

"그것이 뭐란 말이오?"

짜증스러운 듯 서 종사는 투덜댔다.

"왜군이 쳐들어 왔다고 했죠? 지금이 혹시 임진년인가요?"

대한민국 사람이라면 다 아는 얘기가 아닌가? 조 경사는 기어이 미친 짓을 하고 있었다.

"그렇소이다. 임진년이오! 어찌 묻는 것이오?"

서 종사의 대답은 건조했으며 짜증이 묻어있었다.

"아! 젠장!"

아니길 바랐던 조 경사의 입에서 짧은 탄식이 났지만 여기서 멈출 순 없었다.

"잠시만 기다려 봐요. 내 검색 좀 해보고------."

조 경사는 스마트 폰으로 임진왜란을 검색해보았다. 접속이 몰리는지 시간이 꽤나 걸린다. 조 경사의 미친 짓은 계속되고 있었다.

"어디서 오는 길입니까?"

"절영도에서 오는 길이외다!"

"음! 절영도, 절영도라------."

조 경사는 이제 자신의 판단을 믿어보기로 한 듯 말을 이었다.

"그럼 지금쯤이면--, 군사가 한 600여명에 책임자는 박 홍이고 절영도에서 군사 훈련 중이던 정발 장군은 왜군의 침략사실을 알게 되고----, 음----, 또 판옥선을 자침시키고---, 맞아요?"

"그렇소! 난 정발 장군의 종사관이오! 그런데 우리 군세의 수를 어찌 그리 소상히 아시오?"

"이거 뭔지 알아요?"

조 경사는 서 종사관에게 스마트 폰을 흔들어 보이며 물었다.

"여긴 죄다 처음 보는 것들 투성이오! 이런 수레도 처음 타보오! 지금 내가 간자가 아닌가 문초하시는 것이오?"

서 종사관은 어떻게 하던 이 포졸을 설득해서 동래부사를 만나고 싶었다. 그리고 이 이상한 세상의 듣도 보도 못한 이상한 것들은 나중에 이해하려 했다.

　그는 지금 외가 형님인 이정헌과 지원군을 데리고 부산진성으로 돌아가는 것이 절대 과제이기 때문이다.

　답답하긴 매한가지였던 조 경사는 이 남자를 설득할 자신이 없었다. 답답한 마음에 애꿎은 머리칼만 쥐어뜯다가.

　"장가는 갔어요?"

　참으로 답답한 마음에 무심코 나온 말은 그랬다.

　그리고 뜬금없는 조 경사의 물음에 서 종사관은 공연히 짜증을 냈다.

　"이보오, 포졸------. 전란 중이라 하지 않았소! 어찌 그리 태평스럽소?"

　서 종사는 급박했고 이렇게 얻는 것 없이 버려지는 시간이 너무나 아까웠을 것이다.

　당장이라도 전쟁이 벌어질 것 같은데---, 이 자는 어찌 이리 태평스러운가? 아------! 딸 옥해의 얼굴이 슬쩍 떠오른다.

　"다섯 된 딸이 하나 있소!"

　"아, 씨이---, 또 포졸!"

　조 경사는 서 종사를 살짝 노려봤고 달리 더 뭐라 하진 않았다.

　진짜 같긴 한데 거짓말 같고 하얀 옷 입은 사람들 생각하면 또 그런 것 같고 조 경사는 갈피를 잡지 못하고 있었다.

　"종사관이라고 했죠?"

　어느 정도의 직급인지 궁금했지만 그냥 그렇게 물었다.

　"그렇소! 그대는 포졸이오, 아니오? 여긴 어찌 이리도 요상스럽소. 동래가 맞긴 한 거요?"

　조 경사는 이제 포졸이라는 말에 크게 불쾌해하진 않았다.

그리곤 이 사람을 설득하기 전에 한 번 더 자신을 설득하기 위해 경계선을 둘러보았다.

잠시 후.

"저기 한번 잘 봐 봐요!"

조 경사는 사오십 미터 정도 되는 앞의 경계를 가리키며 보란 듯 서 종사관에게 말했다.

"이상하죠? 느낌이 어때요?"

이상하기가 하늘 끝 만큼인 거야 진즉에 느꼈지만 서 종사관은 그보다 더 큰 소임에 애써 모른 척했을 뿐이다.

"왜 모르겠소. 머릿속이 온통 뒤죽박죽이오. 내 소임을 마치고 난 다음에야 살피겠소!"

'아─────! 이 사람은 그 뭔지 모르지만 어쩌면 알 것도 같은 그 소임. 그것 밖에는 없겠구나?'

조 경사는 이러다 자신도 미쳐가는 게 아닌지 의심도 한번 했다. 이자를 도와주고 싶지만 다른 이에게 떠넘길 수 있다면 그것도 좋겠다 싶었다.

"우리 잠시 시간을 갖고 그 소임보다 먼저 이 사태를 정리해봅시다!"

'도대체 무슨 일이 벌어진 거지?'

'타임 슬립? 시간여행?'

조 경사에겐 그게 아니면 납득할 길이 보이지 않았다.

지금 사람들은 어떡하든 받아들일 것이다. 자신처럼. 하지만 저 사람들은 많은 시간이 흘러야 될 것 같았다.

이 사람과 저기 하얀 옷을 입은 사람들은─────.

“동래부사 송상현은 죽었어요. 그전에 정발 장군도 전사하셨구요!”

조 경사는 하기 싫은 이야기를 그렇게 시작했다.

서 종사관은 가슴이 철렁 내려앉았지만 믿기 힘들다는 듯 놀라 외쳤다.

“벌써 여기까지 왜군이 들어왔소? 그리고 또 뭐라! 우리 장군이 전사하셨다고!”

“그게 아니라 죽은 지 사백년도 더 지났어요!”

“거짓말 마시오. 내 한 시진 전에 명을 받고 달려오는 길인데 어찌 이리 나를 놀리는가?”

서 종사관은 칼을 뽑으려 했으나 여의치 않았다.

“네 필히 네놈의 목을 벨 것이다!”

조 경사는 아차 싶었다.

이쪽 송상현은 사백년 전에 죽었지만 경계선 저쪽의 정발은-----, 정말로 살아있을 것만 같았다.

그리고 저 칼로 자기의 목을 정말로 칠 것도 같았다.

“진짜 돌겠네! 허어!”

조 경사는 답답한 마음에 헛웃음을 내지 않을 수 없었다.

“이놈아! 어서 이 문을 열어라!”

서 종사는 어떻게든 유리창을 깨어보려 했지만 말 그대로 자세가 안 나온다.

그리고 강화유리는 잘 안 깨진다.

“네 놈 말대로라면 저기서 여기 오는데 사백년이 걸렸단 말이냐?”

서 종사는 자신이 지나온 경계를 가르치며 그렇게 외쳐댔다.

‘빙고!’

조 경사는 속으로 반색했다.

그리고 조 경사는 서 종사가 꽤나 똑똑한 사람이길 빌었다.

"맞아요, 맞아! 사백년이 지났어요!"

그러나 서 종사는 조 경사가 미쳤다고 생각했다.

"이보시오 포졸. 어찌 그리 허한 소리를 하시오! 그럼 저기 저 조선 백성들은 뭐란 말이오?"

조 경사는 달리 대꾸하지 않았다. 아니 달리 대꾸할 말이 없었다. 설명하기도 힘들었고 서 종사 스스로 알아채길 바랐다.

"저기가 사백년 전이라면 나는------, 지금 나는 어디에 있는 거요? 나는 산거요? 아니면 죽은 거요?"

서 종사관은 생각에 빠져들었고 무척이나 힘들어 보였다.

'저 경계를 넘으면------, 사백년을------, 분명히 내가 살던 조선인데--. 저 사람들------, 분명히 조선 백성인데------. 내가 지금 살아있는 건가?'

서 종사의 머릿속은 온통 흐트러져 갔다.

"여기는 조선이오? 아니오? 도대체 무슨 일이 벌어진 거요?"

서 종사의 최고 궁금증이었다.

'무슨 일이 벌어졌냐구---? x발, 내가 어떻게 알어----?'

조 경사는 속으로 소리를 질렀고 이제라도 신중해져야 겠다 생각했다.

"예! 조선 맞구요. 여긴 동래가 맞습니다!"

그래도 너무 늦게 오셨다란 말은 입 밖에 내지 않았다.

"요즘은 한문보단 한글! 아니 언문을 많이 써요. 아시죠, 세종대왕님!"

조 경사는 짬날 때 읽으려 두었던 신문을 집어 들었다.

그렇게 투명한 칸막이 너머로 보이는 조선이라는 한자에 서 종사는 묘한 안정감을 느꼈다.

언문은 제대로 배우지 않아 몰랐지만 조선이란 두 글자는 서 종사에 겐 마치 지옥에서 만난 보살이었다.

"그럼 지금의 부사라도 만나게 해주시오. 간청 드리오. 부산이 위험하오!"

이 와중에도 서 종사는 책임을 다하려 조 경사에게 애원했다.

이젠 조 경사의 고민이 시작된다.

'젠장! 부사는 사과고 젠장------!'

조 경사의 머릿속에 부산이 그려진다.

'백사장----, 해운대----, 왜군 대함선----, ㅋㅋㅋ----. 미치겠다. 조총으로 무장한 왜놈들. 거기다 노략질------.'

얼마나 많이 들었고 또 얼마나 많이 보았던가, tv에서----.

'아! 이 개새끼들!'

노략질에서 조 경사는 아내의 얼굴이 퍼뜩 떠올랐다.

'아! 마누라!'

발등에 불덩이가 떨어진 것 같았고 그제야 서 종사와 무조건 화해하고 싶었다.

이제 이 일은 서 종사만의 일이 아니라고 생각되는 조 경사였다.

'아------, 저놈의 칼!'

"좋아요. 도와드릴 테니 대신 아까 한 말 취소해요!"

"무슨 말 말이오?"

"아! 좀 전에 내 목을 친다매, 그 칼로!"

"사죄하겠습니다. 오해에서 비롯되었으니 용서하시오."

"Ok! 그래도 잠시만 기다려요."

"우리 딸을 아시오?"

“무슨 말인지?”

“방금 옥해라 하지 않았소------? 옥-해!”

비슷한 시각

박인수는 부산 kbc 방송의 다큐 전문 취재 기자이고 지금 후배 기자인 정해인과 같이 그곳에 있었다.

경계선 너머에는 익숙한 모든 것들이 사라졌다.

취재가 끝나면 돌아가야 할 곳들이------.

산들이 시원스레 보인다. 그것은 건물에 가려 볼 수 없었던 풍경들이였다.

박 기자는 자꾸만 민속촌이 떠올랐다.

'민속촌인가------? 아니다. 아니 민속촌이 갑자기-----, 왜?'

'타임 슬립! 시간여행인가---? 아닌데, 나는 지금 여기 동래에 있는데------, 그럼 저 사람들이 시간여행으로 여기 나타난 건가------? 어! 그것도 아닌데------.'

박 기자는 경계선 너머를 멍한 눈으로 보고만 있었다.

그곳에는 레커차가 사고 차량을 견인하려는 중이고 구급대원들은 부상자를 살피고 있었다.

박 기자는 몹시도, 몹시도 혼란스러웠다.

말도 혼란스럽기는 매한가진 듯 했다. 경계선을 넘은 건 자신의 온전한 의지도 아니었다.

서 종사의 끌림에 못 이겨 넘어왔고 조금 전 자유 아닌 자유가 찾아왔다.

말은 서 종사관이 싫었다. 자신을 이상한 곳으로 데려온 터라 더 그랬을 것이다. 사방엔 온통 낯선 것투성이다.

말은 자신이 넘어왔던 경계선을 돌아다봤다.

‘그래, 가자-----! 역시 집이 최고지, 뭐------!’

“또각또각, 히이이--잉! 푸륵 푸르륵!

말은 비키라는 듯 경계선 앞에서 멍해있는 박 기자를 슬쩍 밀쳐낸다. 놀란 박 기자는 한 번 더 놀래야 했다.

말은 박 기자가 메고 있는 카메라가 무척이나 마음에 들어서일까? 냄새도 맡아보고 무슨 맛일까 핥아도 본다.

잠깐 가슴을 쓸어내리던 박 기자는 이내 반가움을 나타냈다.

박 기자는 얼마 전 취재차 갔던 승마장의 훈련마인 복돌이로 착각했다. 말의 생김새는 그 놈이 그놈인데도 말이다.

“이야, 이놈 복돌이 아이가?”

박 기자는 진짜 반갑게 말을 맞이했다.

말도 그 반가움이 좋은 듯 박 기자를 제 주인을 만난 듯 반가워해주었고 박 기자가 자연스럽게 고삐를 잡아채도 말은 모른 체했다.

“거, 말 좀 잡아주소! 말 좀 잡아!”

조 경사는 박 기자를 향해 뛰어오면서 그렇게 외쳐대고 있었다.

조금 전

서 종사관은 성큼성큼 뛰는 말에 놀라서 조 경사를 애타게 부르며 말했다.

“이보시오, 포졸! 말 좀 잡으소! 저 말 좀 잡아!”

저 놈의 말이 혼자서 달아나는 것 같아 보여서일까? 서 종사는 꽤나 섭섭했나보다.

"이놈아, 같이 가야지. 어찌 혼자 내뺀단 말이냐?"

서 종사는 또, 괜시리 서운했다.

순찰차에 갇힌 신세도 그러하고 조 경사와 나눈 얘기도 그렇고 순찰차 밖으로 보이는 모든 것들을 또 그것을 이해하려 애쓰는 자신과 또 맡은 소임----.

그리고 동래성의 송상현, 부산의 정발 장군---, 아! 젠장------.

다시 조 경사를 보자.

"아따, 고마워요------. 이 눔아! 주인 두고 혼자 어데 가노?"

조 경사는 혼자 달아나던 말을 나무라며 말고삐를 잡아채려 했지만 말은 싫은 듯 박 기자의 뒤로 몸을 숨기려 했다.

"당신 뭡니까? 우리 복돌이를 알아요?"

박 기자는 그렇게 조 경사를 제지하며 나섰다.

조 경사는 당황스러워 하면서도 머쓱했다.

'이건 또 뭐지------. 이 말은 사백년을 넘어온 말인데------, 앞에선 이 남자는 또 뭐지------. 이 남자는 누구지------.'

의심할 필요는 없었다. 늘 보아왔던 30대 중반의 흔한 도시의 남자다.

말은 또 뭐지------. 말은 그 남자를 제 주인 대하는 듯 한다.

'얄밉다------. 누구냐, 넌!'

조 경사는 잠시 할 말을 생각하다가 가만히 서 종사를 가리키며 말했다.

"저기---, 주인이 있어요!"

과연 누가 주인일까? 조 경사도 조금은 헷갈려 했다.

그때 서 종사는 조 경사가 반쯤 열어놓은 유리창 너머로 힘겹게 그리고 억지로 얼굴을 내 밀고 있었다.

박 기자는 잠시지만 망설였다.

전대미문의 사태라 '취재가 먼저다' 라 생각했지만 살갑게 맞아주는 복돌이도 좋았다.

그는 카메라를 벗어 후배 기자에게 넘겼다.

"일단! 저 사람들 무조건 찍어!"

박 기자는 하얀 옷을 입은 사람들을 가리켰고 말은 아쉬운 듯 카메라를 응시했다.

'그래, 일단 찍고 보자! 죽인지 밥인지는 모르지만------.'

정해인은, 아니 정해인도 제정신은 아니다. 이 사태에 멀쩡하다면 그것도 제정신은 아닐 꺼다.

"좋아요! 일단 봅시다! 그 주인이란 사람!"

박 기자는 서 종사를 만나려 말고삐를 가만히 당겼다.

그러나 말은 카메라에서 눈을 떼고 싶지 않은 듯 했고 박 기자는 말을 토닥였다.

"괜찮아------, 아빠가 지켜줄게!"

취재차 우연히 알게 된 말의 생년월일이 자기의 딸과 같아서 스스로 아빠를 자처했던 박 기자라 그렇게 스스럼없이 굴었다.

말은 못내 아쉬웠지만 진짜 아빠를 따르듯이 애교를 부리며 "히잉" 댔다.

조 경사는 잠깐이지만 서 종사를 의심할 수밖에 없었다.

누가 봐도 이 남자가 주인 같아 보였고 말은 그렇게 박 기자를 아빠처럼 따르는 듯 했다.

"이 사람이 그래요? 자기가 우리 복돌이 주인이라고?"

반쯤 열린 창문 너머로 목을 내밀고 있는 우리의 서 종사는------, 참으로 애처로워 보였다.

말 그대로 울고 싶은 얼굴이다.

"나 좀 여기서 내보내 주시오------. 동래부사를 보게 해주시요! 도와준다 않았소------? 이미 왜구들이 부산일대를 휩쓸며 노략질에 신이 났을 거요!"

서 종사의 목소리에는 피가 맺힌 듯 했다.

'지금쯤이면------, 성 안으로 대피 못한 백성들은 어찌되었을까?' 생각하니 분통이 터졌다.

"이 사람, 이거 또라이 아냐------? 무슨 얘긴지 경찰 아저씨가 해석 좀 해줘요!"

박 기자는 서 종사를 그렇게 생각했다. 아직은.

조 경사는 또 난감했다. 이 사람은 서 종사처럼 똑똑할까? 아------, 또 머리가 아파왔다.

박 기자는 가만히 서 종사를 바라봤다.

기자 특유의 감이 샘솟는다------, 솟는다------, 솟는다.

"임마, 이거 죄명이 뭡니까?"

조 경사의 기대가 한순간에 날아갔다.

"나 부산 kbc 박인숩니다."

그는 명함을 건넬까 하다가 말았다.

방송국이란 말에 조 경사의 희망이 조금은 되살아난 듯 했다.

"그게 저 짝에서 넘어왔는데------, 자기가 정발 장군의 종사관이랍니다."

"정" "발" "장" "군"!"

조 경사는 경계를 가리키며 정발 장군을 또박또박 말해주었다.

제발 눈치 채라고 더 이상 말로 설명하기 힘들다고 제발 좀------, 조 경사는 속으로 애원 하고 있었다.

그쯤, 서 종사는 힘들었는지 머리를 빼고는 힘없이 앉아있었다. 진이 다 빠진 것 같았다.

"머리 한 번 더 내밀어 봐요."

"잠깐만요!"

조 경사는 얼른 창을 내려주었고 서 종사는 창턱에 어깨를 걸치며 박 기자를 물끄러미 올려봤다.

상투머리와 서 종사가 움켜잡은 칼이 박 기자의 뇌를 때렸고 박 기자는 퍼즐을 맞추기 시작했다.

경계선 너머의 사람들과 같은 사람이다. 거기에서 왔다는 것은 인정할 만했다.

"정발 장군 아시죠?"

조 경사는 박 기자가 얼른 이 사태의 전모를 알아주기를 바라며 한 번 더 말했다.

박 기자가 얼마 전 계룡대에서의 취재를 떠올렸지만 얼굴이 매치되는 장군은 없었다.

"x사단장이 정 씨긴 한데 외자는 아닌데------."

x발, 이 새긴 서 종사관보다 머리가 나쁘다. 조 경사는 그렇게 생각했다.

"아니! 임진왜란, 부산성-----, 정발 장군!"

제발 좀 알아차려라, 임마-----, 조 경사는 더 이상 못 알아먹으면 한 대 때리려 했다.

"아---, 그 정발 장군------. 그- 정발 장군!"

박 기자는 드디어 퍼즐을 완성했다며 득의에 찬 눈으로 서 종사를 보았다.

그 정발 장군이라면-----, 아-----.”

시간여행이 일어나 조선시대가 박 기자의 눈앞에 와 있는 것일까?

박 기자도 이제 감이 왔다. 이 일련의 사태가 무엇인지--, 앞에 있는 이자가 누구인지를-----.

동래부사며 왜구들의 노략질 저 사내의 피 맺힌 듯한 절규-----.

'x발, 전쟁이다. 저 경계 너머로 임진왜란이 왔다!'

박 기자의 눈에 하얀 옷을 입은 사람들이 자꾸만 눈에 밟혀 들어왔다.

'그래, 맞다. 그러면 이해가 된다. 아-----!'

박 기자의 가슴은 방망이질 하듯이 두근거렸다.

박 기자는 불쑥 한 쪽 무릎을 꿇어 눈높이를 맞추며 말했다.

“우리가 어떻게 도와드릴까요?”

그리곤 조 경사를 돌아보며 구원을 청했다.

조 경사는 아, 나는 또 왜? 라며 싫지 않은 눈빛으로 박 기자를 보았다.

서 종사는 눈물이 찔끔 났다.

이 짧은 순간에 이 찰나의 시간에 너무 많고, 너무 복잡한 일들이 아--, 또 생각난다. 정발 장군이--, 지원군을 기다리는 정발 장군이--.

그리고 이 사람들, 이 사람들이 믿음직해 보인다. 이제는 자신도 완전히는 아니지만 많은걸 이해했다.

여기는 많이 너무나 많이 변했고 또 다르지만 같은 조선이라는 걸 알았고 송상현 장군이 이미 오래전에 죽었다는 걸--, 힘들지만 그렇게 생각을 정리했다.

'그럼 지원군은? 형님은?'

여기는 시간이 너무나 많이 흘러있었다.

“여긴 얼마나 많은 시간이 흘렀소이까?”

서 종사는 한 번 더 확인하고 싶었다.

무릎을 꿇고 있던 박 기자가 잠시 생각하더니.

"사백년은 넘었을 겁니다!"

"아――――, 사백년!"

서 종사는 한 번 더 탄식해야 했다.

"나 좀―――, 여기서 나가게 해주시오. 답답하오이다!"

조 경사는 그제야 죄송하다는 듯 문을 열었다.

"죄송합니다. 이제 오해는 다 풀리셨죠? 칼은 뽑으시면 안 됩니다!"

조 경사――――, 여전히 칼은 신경 쓰였나보다.

서 종사는 잠시 아주 잠시 홀가분해진 육신에 기분이 좋았다. 그러다가 머리를 세차게 흔들었다.

"이렇게 있을 시간이 없습니다. 여기에 포졸이 있는걸 보니 군졸도 있겠구료?"

서 종사기 조 경사를 가리키며 말하자.

"걱정 마십시오. 에프15 한대만 뜨면 작살낼 수 있습니다!"

박 기자는 정말이지 기세등등하게 말했다.

"앳시오!"

서 종사의 귀에는 그렇게 들렸나보다.

그리고 잠시 침묵이 흘렀다.

그렇게 침묵이 흐르는 시간에도 부산은 피를 흘리고 눈물을 흘리고 있었다.

박 기자는 계속 전화를 했고 서 종사는 말고삐를 잡아끌려 했지만 말은 자꾸만 박 기자의 뒤편으로 숨으려 했다.

"응, 복돌아! 괜찮아! 괜찮아!"

박 기자는 말을 달렸고 서 종사는 가만히 샘이 났다.

"전화기가 꺼져있어------."

"어째 한 놈도 안 받노?"

박 기자는 가만히 경계선을 바라봤다.

그때서야 박 기자의 간담이 서늘해졌다.

'x발, x댔다------. 저 경계선 너머엔 우리 방송국도 없을 거며, 우리 아파트도 없을 거고, 우리 마누라랑 우리 딸은------, 아! 엄마------! 누구냐? 도대체 무슨 짓을 한 것이냐?'

박 기자도 이제 조 경사처럼 안달이 났다.

조 경사도 그랬지만 박 기자는 조 경사보다 더했다.

"아저씨! 경찰이잖아?"

박 기자는 조 경사에게 도움을 청했지만 조 경사인들 뾰족한 수가 있나? 젠장!

"아------! 옛날로 치면 포졸이에요, 이 사람!"

박 기자는 조금이라도 안심되라고 서 종사에게 그렇게 말했다.

그리고 서 종사의 입가에 작은 미소가 번졌다------. 아주 아주 아주 작게------.

"내 그리 짐작은 했소이다!"

조 경사의 입 꼬리가 살짝 올라갔다.

*

대 혼란의 시작

먼저 정전이었다.

대한민국 건국 이래 유래 없는 대 정전사태가 벌어졌다. 한전 창사 이래 이렇게 많은 정전 민원은 없었다.

sns는 경계선으로부터 점점 더 안쪽으로 폭발적으로 늘어났다. 사람들은 흥분에 떨었으며 정보를 얻으려 sns로 몰렸다.

검색량은 폭발적으로 증가했고 다운되는 서버는 하나 둘씩 늘어갔다.

그리고 모든 전화기가 불이 난 상태다.

kbc방송 보도국 뉴스 제작1부 부장인 박태수는 걸려온 전화를 받을까 말까 하던 참이었다.

"바쁘다! 급한 일 아니면 나중에 하자!"

휴대폰으로 걸려온 전화는 동생이었고 박 부장은 그렇게 끊으려 했다.

"죽고 사는 일입니다! 전쟁입니다!"

형의 성질머리를 잘 아는 박 기자는 지체 없이 내질렀다.

"전쟁? 무슨 전쟁 말이냐------?"

"지금 부산 앞바다에 왜놈들이 쳐들어 왔습니다!"

"이 자식이 미쳤나-----? 왜놈이라니---, 무슨 헛소리야!"

박 부장은 진짜 성질이 났다. 이 초유의 정전 사태에 머리가 지끈거리는데 동생이란 놈이 헛소리나 하고 있으니 말이다. 만약에 앞에 있기라도 했다면 한대치고 싶었을 것이다.

"형님! 내 말이 헛소리 같다는 건 인정할게요! 하지만 부산은 지금 사백년 전으로 돌아갔어요!"

박 기자는 가슴이 답답해져 갔고 자신도 모르게 가슴을 쳤다.

조 경사는 동변상련을 느낀 듯 정 기자의 등을 두드려 주었고 서 종사는 말과 눈 맞춤을 하려 했지만 말은 고개 들어 하늘을 보며 피했다.

"형님! 영상통화해요. 잠시만-----."

박 기자는 말고삐를 서 종사에게 넘기며 말했다.

"이게 내가 생각해낸-----, 지금으로는 제일 빠른 방법입니다!"

서 종사는 말고삐를 잡아 쥐며 뭔 진 모르지만 고개를 끄덕였다.

박 기자는 곧바로 경계선으로 뛰어갔고 말은 그런 박 기자를 쫓았다.

서 종사는 엉거주춤 말에 이끌렸고 조 경사는 덩달아 따라나섰다.

"형님, 녹화 되죠-----? 녹화하셔야 돼요! 최대한 빨리 방송 타야 돼요!"

박 부장은 혼란스런 이 와중에도 동생의 말이라 믿어보기라도 하려는 듯 조용한 곳을 찾았고 곧 자신의 방으로 갔다.

얼마 전 사버린 최신 기종이다.

이제 박 기자의 스마트 폰은 정해인의 손에 있었다.

박 기자와 정해인은 동래의 경계를 현장중계하고 있었다.

경계 너머의 사람들과 그리고 너무나도 이질적인 그 경계도 같이--.

그러다 박 기자는 순간 당황했다.

콜라를 마시고 있는 주모와 상투 튼 사람들.

아! 너무 낯설다. 조선 사람들 적응력 하나는 짱이었다.

영상을 보던 박 부장은 뭔가 생각난 듯 물었다.

"지금 거기 어디냐?"

“동래 연수동입니다!”

“거기 커피 집 한번 자세히 비춰 봐!”

박 기자는 됐다는 듯 카페다네와 김 첨지네로 카메라를 들이댔다.

그리고 박 기자는 놀랬다.

카페다네와 김 첨지네는 한 치의 오차도 없이 붙어있었다.

자기들의 일부분은 잃어버린 채-----, 그렇게 완벽한 경계는 완벽하게 붙어있었다.

그것을 본 박 부장은 혼란-----, 이제는 설명하기에 어깨가 아프다.

“일단 커피 집으로 들어가!”

박 부장은 명령하듯 했고 정 기자는 커피 집을 비추며 사람들 틈을 헤집고 조심스레 다가갔다.

“들어가! 주인을 만나봐! 이름은 최민호다!”

박 부장은 단호했고 커피숍 안은 조금 어두웠다.

“저---, 최민호씨-----.”

바닥에는 쓰러질듯 앉아 있던 남자가 힘없이-----, 박 기자를 올려다보았다.

그러다 자신을 찍고 있는 스마트 폰으로 눈이 쏠렸다.

“야-----, 새우젓 최민호--, 민호 맞냐?”

스마트 폰은 크게 울렸고 사내의 정신이 조금은 돌아온 듯 했다.

“새우젓-----, x발놈! 니 때수구나.”

사내는 스마트 폰의 목소리가 누군지 잘 아는 듯 했다.

“그래, 내다. 태수, 아이고 때수! 어떻게 된 거냐? 사실만 말해!”

박 부장은 최민호의 사정은 모른 채 팩트만을 원했다.

최민호는 가만히 안경을 벗어 탁자에 던지듯 놓고는 “집사람이 사라졌다-----, 그리고는 멸치 젓갈냄새가 났고-----.” 최민호는 젓갈 냄새를 떠올렸고 김 첨지네를 가리켰다.

정해인 기자는 김 첨지네를 찍었지만 아무도 없었고 젓갈 냄새만 났다.

박 부장은 혼란스러웠고 온몸이 아파왔다.

박 부장은 크게 한 번 호흡을 했다.

"일단 기다려 봐!"

그리고는 호떡집에 불난 듯한 뉴스제작 1부실로 다시 들어갔다.

"부장님, 아무래도 타임 슬립 같습니다!"

부서의 고참 피디인 최 피디였다. 불은 점점 더 세게 타올랐다.

박 부장도 이제 인정해야 했다. 그렇지 않고는 자신이 죽을 것만 같았다.

"그래! 그것이 최선이겠지!"

박 부장은 이제 온전히 수긍하려 했다.

"지금 사백년 전으로 타임 슬립 했다는 제보가 왔다!"

박 부장은 스마트 폰을 보이며 말했다.

그러자 고참급 피디들이 박 부장 주변으로 모여들었다.

박 부장은 박 기자를 불렀다.

"박 기자!"

"예! 부장님!"

두 사람은 이제 형과 동생이 아니라 어느새 방송인으로 돌아와 있었다.

"이젠 좀------, 천천히 하자---. 머릿속에서 정리가 안 된다. 하아!"

그렇게 박 부장은 잠시 숨을 돌렸다. 그리고는.

"여기도 지금 난리다. 니 말처럼 전쟁이 났다 해도 믿을 만큼------. 그래, 그 전쟁 이야기부터 해봐 봐! 그리고 그 전에 니 얼굴 한번 제대로 보자!"

그렇게 박 기자의 얼굴이 화면에 나왔다.

"이름은 박인수. 부산 지국에 있는 놈이다. 아는 사람?"

"예! 저랑 입사동기입니다."

바로 옆에서 같이 보던 다큐 전문 이 피디였다. 이로써 취재원의 신원은 확실해졌고 증인들도 생겼다.

"시작해!"

박 부장이 사인을 주자 정 기자는 커피숍을 나와 경계를 찍으며 박 기자가 말했다.

"여기 보이는 커피숍에서 부산 앞바다까지가-----, 사백년 전 조선으로 타임 슬립된 것 같습니다!"

"하-----, 좋아. 사백년이란 근거는?"

박 부장은 냉철해지려 애썼지만 속에선 천불이 일었다.

징해인 기사는 박 기자와 서 종사를 찍으려 했고 이를 지켜보던 조 경사는 서 종사를 박 기자의 옆으로 슬쩍 밀고는 화면 밖으로 나갔다.

"이름을 말씀해주세요!"

이 상황을 알 리 없는 서 종사는 떨떠름한 표정으로 박 기자를 보았고 말은 이 상황이 좋은 듯 연신 푸륵댔다.

"제 말을 따라주셔야-----. 그 쪽에서 바라던 지원군을 보낼 수 있어요!"

박 기자의 그 말에 알았다는 듯 서 종사가 고개를 끄덕였고 말도 따라 그랬다.

"자! 다시 한 번 물을게요! 이름을 말씀해주세요!"

"서중일이라 하오!"

"맡고 있는 직함이 있습니까?"

박 기자는 서 종사가 하급 군졸은 아닐 거라 짐작했다. 관복이 좋아보였다.

"부산진 첨사 정발 장군 휘하의 종사관이외다!"

박 부장은 꿈틀했다.

'박 기자 너-----, 장난이면 내 손에 죽는다!'

"지금 어디서 오는 길입니까?"

박 기자는 촬영 중인 정 기자의 스마트 폰을 보라며 서 종사에게 손짓했다. 서 종사가 자신을 보고 있었기 때문이다.

서 종사는 역시 똑똑했다.

"절영도에서 오는 길입니다!"

"지금 그곳에서 본 것들을 말씀해주세요!"

"왜군들을 직접 보진 않았지만 전령의 전갈이니 믿을 수 있소! 백 척 이상의 왜선들이 부산포 앞 바다에 나타난 것은 틀림없습니다!"

목이 메는지 서 종사는 잠시 뜸을 들였다.

"그것이 두 시진 전이오! 지금쯤이면 왜구들의 노략질로 많은 사람들이 상했을 겁니다. 동족들을 불쌍히 여겨주시오. 같은 조선 사람이라지 않았소?"

서 종사는 그래도 또 박 기자를 보며 말했고 눈물이 글썽했다.

박 기자도 목이 멨다.

'아! 어머닌 거기 그대로 계실까?'

박 부장은 믿기 어려웠지만 믿지 않을 수도 없었다. 모든 상황이 그렇다고 말하고 있었다.

그 시간에도 sns는 업데이트가 계속되고 있었고 타 방송사는 생방 중이었다.

"mbs 속봅니다!"

“지금 전대미문의 사태가 일어났습니다. 무슨 일인지 알아보겠습니다!”

아나운서는 침착했다.

“지금 파주에 나가 있는 항공 취재팀을 연결하겠습니다!”

“최창길 기자! 나와주세요!”

“mbs 최창길입니다!”

기자의 멘트와 함께 헬기의 소음이 같이 나왔다.

“파주가 사라졌다니 무슨 말이죠? 좀 자세히 전해주시죠!”

“기자는 지금 파주 상공을 날고 있습니다. 지금 믿기 힘든 광경을 보고 있습니다. 같이 보시죠!”

티비 화면은 기자에서 다시 파주 공설 운동장을 보여주고 있었다.

“보시는 것처럼 운동장의 절반이 사라졌습니다!”

운동장이 사라진 곳에는 사백년 전의 낮은 산이 운동장과 맞붙어 있었다.

“어떻게 된 건가요? 무슨 일이 일어난 거죠?”

아나운서는 그래도 침착했다.

“무슨 일이 벌어진 건지 눈으로 보고도 믿기지 않습니다. 다만 지진은 아닌 것 같습니다!”

“그렇게 생각하는 이유는 뭐죠?”

“너무 깨끗합니다. 뚜렷하고 완벽한 경계선이 보입니다.”

헬기는 경계선을 따라 서에서 동으로 경계를 따라 날고 있었다. 경계선 안의 남쪽은 그대로였지만 경계선 위의 북쪽은 과거로 돌아가 있었다.

“예. 경계선! 무슨 말인지 이해가 되네요.”

아나운서는 경계선이라는 말이 빠르게 이해되었다. 그것은 그만큼 깨끗하고 완벽한 경계였다.

*

하늘에서 본 경계는 동그란 원의 형태를 띠고 있었다. 그건 기자만의 상상이었을까? 아직은 누구도 확신하지 못했다.

지금은 원인보단 결과가 먼저였다.

대한민국은 지금 최대의 혼란으로 빠져들고 있었다.

mbs 속보를 보던 박 부장과 기자들은 또 한 번 충격에 휩싸였다. 하지만 이제 조금씩 그림이 맞춰지기 시작했다.

이 그림의 완성이 무엇인지 확실하진 않지만 말이다.

박 부장은 박 기자를 다시 찾으며 물었다.

"그 종사관이란 사람 같이 있지."

"예! 옆에 있습니다!"

"그 사람 진짤 수도 있겠다!"

박 부장은 이마를 찌푸렸다.

"배터리 빵빵하게 채우고 무조건 대기!"

그러고는 전화를 일방적으로 끊었다.

"국장님! 국장님! 아이, 형님!"

박 기자는 투덜거리며 배터리 잔량을 확인해야만 했다.

"충전 좀 합시다!"

박 기자는 옆에 있던 조 경사를 보며 말했고 언제쯤 발을 뺄까 고민하던 조 경사는 떨떠름했다.

서 종사를 빼앗긴 것 같아 그런 건진 몰라도------, 조 경사는 무언의 동의로 순찰차를 가리켰다.

박 기자는 순찰차로 향했고 말은 박 기자를 따랐다.

그리고 서 종사는 엉거주춤 고삐를 쥔 채 딸려갔다.

조 경사는 이제 결정을 내려야 했다. 지금이라도 당장 아내와 아이들을 찾아서 경계선을 넘을지를 말이다.

그러다 머리를 가로저었다. 아니다 서 종사와 함께 가자. 혼자서는 힘들겠지만 서 종사와 함께라면 용기가 날것도 같았다.

조 경사는 서 종사 뒤를 따르며.

"같이 가요, 서중일 종사관님!"

자신의 풀 네임을 불러주는 조 경사가 고마운 서 종사였다.

서 종사는 주먹을 불끈 쥐었다.

"최 피디! 지금 모든 촬영팀 소집하고 헬기 수배해!"

박 부장이었다.

'부산은 내가 직접 간다----! 엄마!'

*

박 기자는 복돌이에게 물을 먹이고 있었고 조 경사와 서 종사는 햄버거를 먹고 있었다.

조 경사는 그냥저냥 먹었지만 서 종사는 흥분되어 있었다.

조 경사는 그런 서 종사가 귀여웠다.

"어떻게 드실 만 하세요?"

정해인이 눈을 깜박 깜박거리며 서 종사에게 말을 걸자.

"예--헤!"

행복한 얼굴의 서 종사였다.

"이것도 드시면서 드세요!"

정해인은 계속 눈을 깜박 깜박거리며 자신이 먹으려던 콜라도 아낌없이 서 종사에게 양보했다.

"콜록! 콜록!"

그렇게 처음 마신 콜라는 천상의 맛이었다.

서 종사는 정해인이 눈을 깜박거리며 반할만큼 잘생겼다.

그렇다고 서 종사에게 여우 짓을 하는 정해인을 못마땅해 할 이유는 없었다.

박 기자가 눈꼴 시린지 작게 웃었고 조 경사도 그랬다.

서 종사는 그렇게 잠시 정발 장군을 잊을 수 있었다.

정전에도 불구하고 이동 통신은 건재했다. 아직까지는------.

sns는 접속이 힘들 정도로 폭주하였고 서 종사를 알아본 사람들은 같이 셀카를 찍고 싶어 했다.

박 기자가 원했던 그림이었고 박 기자의 노력이 컸다.

서 종사는 지금 sns 최고 스타로 떠오르고 있었다.

kbc에서는 지금도 서 종사와의 인터뷰를 재방송하며 임진왜란을 공식화하고 있었다.

여론은 여러 가지 의미로 흥분했다.

전쟁은 두려운 것이겠지만 사백년 전의 왜군이라면 가소롭지 않는가?

신나게 때려 부셔주자. 모조리 몰살시키자. 기꺼이 참전하겠다. 그렇게 여론은 하나가 되어 불타올랐다.

그러나 동래에서 부산으로 갈 수 있는 길은 이제 없다.

아니, 대한민국 어디서도 부산으로 갈 수 있는 길은 없었다. 있다면 말 타거나 아님 걷거나------, 아님 배 타거나----, 아! 헬기도 있다.

그런데도 차들은 꾸역꾸역 몰려들었다.

서 종사는 그들을 보고 기뻐하며 감동했다. 구원 군으로 착각해서일까?

서 종사는 박 기자의 손을 덥석 잡고는.

"고맙소이다! 이렇게 많은 지원군을 모아주셔서!"

"조금만 더 기다려 봐요. 공군이 곧 나설 겁니다."

박 기자는 서 종사의 손을 같이 잡고는 그렇게 달랬다.

그러나 박 기자가 모르는 게 있었다.

대한민국의 주력 부대도 이 미증유의 사태에 같이 사라진 걸 말이다.

주한미군 사령부의 허가 없이는 단 한 대의 전투기도 뜰 수 없다는 걸 말이다.

드디어 피난민으로 보이는 사람들이 보이기 시작했다. 그들은 조선의 피난민이었다.

그들은 경계선 밖에서 망설이는 모습이 역력했고 차마 넘어서지 못하고 있있다.

스마트 폰으로 속보를 보고 있던 서 종사는 부리나케 달려갔고 박 기자도 뒤질세라 따랐다.

"왜놈들이 어디까지 왔소이까?"

서 종사가 급하게 물었지만 모두들 얼어붙어 말이 없었다. 행색이나 몰골도 말이 아니었다.

무리 중 우두머리인 듯한 자가 서 종사를 보고 꽤나 반가운 듯 서 종사의 손을 잡았다.

"조선 사람이오?"

그의 손이 가볍게 떨리고 있었다.

"그렇소이다! 여기도 조선이오! 두려워 마시오!"

서 종사가 우두머리를 잡아 이끌자 뒤따르던 자들도 하나 둘 경계를 넘었다.

소도 넘었다.

"왜놈들은 보았소?"

서 종사가 우두머리를 재촉하며 말하자.

"보다마다요. 부산포에서 난리를 피해오는 중이오! 우리는 어찌 매번 당하기만 하는 거요?"

우두머리는 서 종사에게 울화를 쏟아냈다.

박 기자는 이 상황을 그대로 생중계했다. 한국의 정보 통신기술은 위기의 순간에 작게나마 빛나고 있었다.

kbc는 말 그대로 대박을 쳤다.

정발 장군의 전령과 최초 인터뷰했고 지금 피난민과의 인터뷰는 대한민국을 용광로로 밀어 넣은 것이나 다름없었다.

그러나 이때에도 정부의 공식 발표는 없었다.

다행이도 연수동 부녀회는 그들을 따뜻하게 맞아주었다.

소 때문에 곤란한건 어쩔 수 없었다. 부녀회장이 소를 겁내며 도망 다니자 누군가가 그랬다.

"아! 그럼 소는 누가 키우냐구?"

피난민들 속에는 유달리 소가 많았다. 한 집안의 전 재산이니 가족처럼 챙겼을 것이다.

지금은 사라지고 없는 조선의 전통 한우다. 많은 사람들이 소들에게 남다른 눈빛을 보내도 그건 이해해야 한다.

피난민들에겐 피자와, 햄버거와, 콜라가 제공될 것이고--, 서 종사는 부러운 눈으로 그들을 배웅했다.

서 종사가 말고삐를 잡으려 했으나 말이 슬쩍 피한다.

"이놈아, 이젠 돌아가야지 않겠느냐?"

서 종사가 기어코 말고삐는 잡아챘지만 말은 자꾸만 박 기자의 뒤로 몸을 숨기려 했다.

"도와주시오! 여기서의 소임은 다한 것 같으니 돌아가 우리 장군과 함께 하겠소!"

서 종사가 말을 타려 했지만 말은 콧방귀만 뀌었고 박 기자는 난감했다. 지금 서 종사가 간들 아무런 도움이 되지 않는다는 걸 알기 때문이다.

그러나 조 경사는 달랐다. 어느 샌가 사륜 오토바이를 타고 나타난 걸 보면 말이다.

"부앙! 부앙!"

"저랑 같이 갑시다!"

사륜 오토바이를 몰고 나타난 조 경사에 박 기자는 애매했다. 그렇게 가서 어쩔 거냐구?

交통경찰이라 총도 없을 것 같았다.

그리고 박 기자는 정부의 행태가 조금 이상했다.

지금쯤이면 공격 명령을 내렸어야 되는데 묵묵부답인 것이 마음에 걸렸다.

서 종사가 경계를 넘은지 두 시간이 훨씬 지났다.

'이것들이 그때처럼 몽진을 준비하나?'

박 기자는 가볍게 썩소를 날렸다.

그때서야 헬기 소리가 요란스레 들려왔다.

"투두두두"

"그래! 그럼 그렇지!"

박 기자는 소리 나는 쪽으로 머리를 돌렸고 많은 사람들이 환호하고 있었다.

헬기는 피난민이 넘어온 길을 따라 저공으로 날았다. 딸랑 한 대가.

'저거 소방 헬기잖아?'

박 기자가 알아볼 만큼 헬기는 저공으로 날고 있었다.

'왜 소방 헬기지? 전투기가 아니고?'

'도대체 뭐가 어떻게 돌아가는 거야?'

박 기자가 복돌이가 좋아할 만한 먹이로 뭐가 좋을까를 생각하지 않았다면 그 의문은 꽤나 오랫동안 박 기자를 괴롭혔을 것이다.

*

오후 2시의 용산

주한미군 제1통신 여단에 비상이 걸렸다.

본국과의 모든 연락이 끊겼고 인터넷, 위성통신, gps 심지어 무선 햄마저도 한국 외엔 반응이 없었다.

초유의 사태에 여단 수뇌부는 사태파악에 분주히 움직였다.

보고를 받은 주한 미군 사령부도 사태 파악에 나섰고 드디어 전시체재로의 전환을 고민 하고 있었다.

인류 역사상 이렇게 급작스런 전쟁은 없었다.

전쟁은 항상 전조가 있기 마련이고 요즘 같이 발달된 감시 체계 아래에서 느닷없이 나타난 적은 그들에게 충격 그 자체였고 어이없음이었다.

경계선이 나타나고 가장 극렬히 반응한 곳은 주한 일본 대사관이었다.

나가미 주한 일본 대사는 기민하게 대응했었다.

정보는 흘러넘쳤고 누구나 접근이 용이했다.

대한민국은 놀랐고, 당황했고, 감동했고, 분석하고, 대처하려 했다면 일본은 그중에서 감동을 뺐다.

분석하고 바로 대처했다. 그리고 핵심을 짚어냈다.

그리고 그에겐 도움을 주는 한국인이 많았다.

한일 친선모임에는 많은 한국인들이 줄을 섰고 그들 중에는 장학생으로 뽑혀 한국의 기득권으로 성장한 이들이 많았다.

그리고 비밀의 모임, 양회가 있었다.

삼인의 최고 수뇌부중 한명인 권두한. 그는 지금 국방부 차관까지 오른 인물이다.

나가미 대사는 그를 움직였고 주한 미 대사와 미군을 속였다.

그리고 그는 한국인의 반일 감정을 누구보다 잘 알고 있었다.

부산포의 일본함대는 몰살될 것이며 그 여세로 일본까지 점령하려 할 것이 뻔했다.

함대는 미끼로 주고 본토는 살려야 한다.

그러려면 이 사태의 주도권을 미군과 우리가 같이 잡아야 한다.

그렇게 그는 다른 이의 목숨을 담보로 한 악마의 도박을 시작하고 있었다.

어떤 수단으로도 본국과 연락이 되지 않았다. 어떠한 위성통신도, 어떠한 gps 신호도 잡히지 않았고 인터넷도 경계 안에서만 가능했다.

gps 신호를 받아야 하는 무인 정찰기는 이젠 무용지물이나 마찬가지였다.

오산 공군 기지에서 발진한 u-2 정찰기는 자신이 지금 어디를 날고 있는지 육안으로 확인해야 했으며 기지를 찾아 제대로 귀환할 수 있을까를 걱정해야 했다.

그래도 유인 정찰기는 경계선을 벗어나 북으로 날고 있었고 또 다른 한대는 일본으로 향하고 있었다.

gps 신호를 받을 수 없는 조종사는 곤혹스러운 임무를 수용해야만 했지만 다행인 것은 북으로 한참을 날아도 어떠한 방해도 받지 않았다는 것이다.

어떠한 전파도, 레이더 신호도 잡히지 않았다.

그렇게 조종사는 고도를 낮춰 시계비행을 했다.

고고도 정찰기로썬 있을 수 없는 행동이지만 그래도 될 것 같았고 짐작대로 그곳은 과거로 돌아가 있었다.

21세기의 것이라곤 찾아볼 수 없었고 초라하고 오래된 건축물뿐이었다.

조종사에게 더 이상의 임무는 무의미했고 이제 기지로 돌아가는 일만 남았다.

gps 신호가 없어 당황스러운 건 어쩔 수 없는 것이고 이럴 때를 대비한 훈련이 있었다 해도 그것이 그리 쉬운 일은 아닐 것이다.

또 한 대의 정찰기는 왜군의 함대 위를 고고도로 날았다.

사령부의 주문이 그랬다. 그들이 정체를 감추어야 했던 까닭이 있었을까?

그들은 부산의 상황을 기지로 전송하고는 그대로 일본으로 향했다.

일본은 경계 밖일까? 아니면 또 다른 경계를 만날까? 제대로 기지로 돌아올 순 있을까? 걱정 가득한 비행이었다.

그즈음 한미 연합 사령부의 지하 벙커에는 묘한 긴장이 흐르고 있었다.

모니터는 갖가지 정보를 토해내고 있었고 한국군으로 보이는 자는 깊은 신음을 내뱉고 있었다.

그곳에는 왜군의 대함대가 모니터의 화면을 가득 채우고 있었기 때문이다.

한미 연합 사령부는 좀처럼 결론을 내리지 못했다.

한국과 미군의 주장이 팽팽하게 맞서고 있었기 때문이다.

한국은 공격을 강력히 주장했지만 미군은 보류로 맞섰다.

한국은 발등의 불이었지만 미군은 다른 의미의 움직임을 보이고 있었다.

공격을 주장하는 한국과 동맹국을 공격하면 안 된다는 주한 미대사의 주장에 난감한 모양새 였다.

미군으로서는 주한 미대사의 주장도 일견 타당해보이기도 했다.

그것은 나가미 일본 대사의 논리였고 주한 미대사 스티브는 나가미의 제안에 동조하고 나선 것이다.

나가미의 계획은 이랬다.

일본군이 부산 성을 함락하고 동래로 진격하는 것을 그대로 방치한다. 그리고는 경계선에서 반격하여 완전히 제압한다.

부산 성의 함락을 문대통령의 과실로 돌려 실각되게 만든다. 그리고 차관이 한국의 군권을 장악한다.

나가미는 큰 그림을 그리고 있었고 차관은 모른 척했다.

그러려면 하루 정도의 시간을 벌어야 했고 그리고 대한민국에서 문대통령의 결정을 늦출 수 있는 사람은 한 사람밖에 없었다.

그는 바로 한미 연합 사령관 로버츠 대장이었다.

수많은 이들의 목숨을 담보로 한 참으로 무서운 계획이었다. 그러니 로버츠는 망설이고 머뭇거릴 수밖에 없었을 것이다. 본국과의 연락 두절이 재앙 그 자체였기 때문이다.

전쟁의 승패는 별 것 아니다.

사백년 전의 함대가 아닌가? 거기에다 미국으로선 둘 다 동맹국이지 않는가?

그는 뜸을 들일 수밖에 없었다.

그리고 동맹의 가치는 일본이 더했다.

본국도 경계선 밖인 걸까? 혹시 본국에도 여기처럼 경계가 생겼을 수도 있지 않는가?

본국과의 연락 재개를 최우선으로 하고 '중립을 지키자!' 그것이 로버츠의 결론이었다.

그리고 그것은 나가미의 계획이기도 했다.

한미 연합사 사령관은 그렇게 데프콘3 단계를 발령했었고 스티브는 속으로 박수를 치고 있었다.

그는 참으로 절묘한 수라고 생각했다.

그것은 한국군의 무장을 최소화하고 전시 작전권을 빼앗았기 때문이다.

한미 연합 부사령관 김호영 대장은 내내 스티브가 거슬렸다.

그는 사령관과 밀담을 나누면서도 누군가와 끊임없이 통화 중이었다.

지금 사령관을 움직이는 건 미 대사 스티브가 아니라 폰 속의 인물일 것이다.

누굴까? 궁금해서 미칠 것 같았지만 그에게 달리 뾰족한 수는 없었다.

내일 아침이면 공격을 감행할 왜놈들이 김호영 대장의 머릿속을 휘젓고 있었고 그의 마음은 불덩이를 삼킨 듯 그렇게 타들어가고 있었다.

오후 3시 30분

청와대 지하벙커에서는 국가안전보장회의가 침통한 가운데 열리고 있었다.

"곧바로 국무회의를 여는 게 좋겠습니다. 부재중인 위원이 너무 많습니다!"

그랬다. 핵심 위원인 국무총리, 외교부 장관은 해외 순방 중이고 국방부장관, 통일부 장관, 국가 정보원장은 경계 밖에 있었다. 그들 모두 경계 밖으로 사라지고 없었다.

비서실장인 자신과 외교 안보 수석만이 자리를 지켰다.

그중 외교안보 수석의 보고는 침통한 것들뿐이었다.

휴전선을 지키는 전방부대는 괴멸이었다.

수도방어 부대의 온전함이 그나마 위안이라면 위안이었다.

해군은 평택의 제2함대만 남기고 해병대도 반 이상이 사라졌고 주로 내륙에 위치한 공군만이 온전했다.

이런 중에 느닷없는 왜군의 출현은 당혹스럽고 어처구니없기까지 했다.

그리고 느닷없는 서 종사의 출현에 문인재 대통령은 기절초풍했을 것이 분명했다.

"지금 즉시 공격 명령을 내리겠습니다!"

그는 특전사 출신의 대통령이다.

드디어 그의 파괴적인 본능이 꿈틀거렸다.

"곧바로 비상계엄을 선포하겠어요!"

비서실장은 대통령의 의중을 파악한 듯 했다

"국무회의실로 자리를 옮기시죠?"

비서실장은 확대 국무회의를 권했고 대통령은 건의를 받아들이려는 듯 일어서고 있었다.

"그게 조금 곤란합니다!"

그러나 안보수석은 일어서려는 대통령을 그렇게 다시 주저앉게 했다.

"뭐가 곤란하다는 거죠?"

"계엄령은 대통령님 권한이라 가능하지만 공격 명령은 신중하셔야 됩니다! 일본은 우방국 입니다. 일본도 우리처럼 경계가 있다면 우리가 힘든 전쟁이 될 수도 있습니다!"

그럴 수도 있을 것이다. 하지만 이건 일방적인 침략전쟁이 아닌가? 자국민의 피해가 불을 보듯 뻔한데 어찌 망설일 수 있단 말인가?

"내 집에 들어온 도둑인데 잡아야지요! 그냥 보고만 있자는 건가요?"

대통령은 외교안보 수석을 몰아붙였다.

"미국의 생각은 다릅니다!"

그러나 수석은 곤란해 하면서도 자신의 의지를 굽히지 않았다.

미국이란 말에 대통령도 잠시 맥이 빠졌다가 놀란 듯 물었다.

"백악관에 연락이 됩니까?"

"그건 아닙니다. 다만 미국도 우리와 같은 처지일 수도 있다는 걸 말씀 드리는 겁니다."

경계가 여럿일 수도 있다는 걸 은연중에 강조하는 외교안보 수석이었다.

대통령은 외교안보 수석의 의중을 모른 척하며 말했다.

"그건 주한 미군의 생각이지요?"

"그렇습니다. 주한 미군은 중립을 택한 것 같습니다. 대통령님! 이성

적인 판단을 해주십시오!"

"수석의 생각도 그런가요?"

대통령은 침착히 물었다.

"지금 전시 작전권이 미군에게 있습니다. 그리고 전방의 모든 군인이-."

수석은 일부러 말끝을 흐렸다.

이런 외교안보 수석의 태도에 대통령은 잠시 뜸을 들였다. 비서실장의 보고가 그랬다.

그렇게 군의 움직임이 묘했다.

대통령은 이제 안보 수석을 의심하기 시작했다. 자신과는 교감이 잘되는 사람이라 생각 했는데.

'뭔가 있다. 다른 생각일까? 틀린 생각일까? 군부도 같은 생각이라면-.'

대통령은 수석이 미군을 등에 업었다곤 생각지 않았다. 그렇다고 혼자서 총대를 멜 사람도 아니었다.

'군 수뇌부와 외교안보 수석이 한편이다. 그렇게 생각해야 한다!'

그리고 그들 뒤로 미군의 그림자가 어른거렸다.

모두들 알고 있을 것이다. 내일 아침이면 왜군의 공세가 시작되고 이천이 넘는 군민이 도륙 된다는 걸 말이다.

그런데도 공격하지 말라니------.

"국무 회의실로 자리를 옮기시죠!"

가만히 듣고 있던 비서실장이 분위기를 반전하고자 한 말이었지만 그도 못내 찜찜했다.

이제 적인가 아군인가 판단을 내려야 한다.

국무 회의실은 어수선했다. 대통령이 오는 줄도 모른 채 묘한 그들만의 공방이 오가고 있었다.

노타이 차림의 대통령이 가만히 마이크를 켰다.

"지금 매우 이상하고 또 엄중한 사태입니다. 국가안전보장회의를 제대로 열 수 없을 만큼 비상한 사태예요! 그리고 지금은----, 이 사태의 원인을 파악하는 것보다 왜군의 침입이 더 급합니다. 국방부에선 누가 나오셨죠?"

대통령은 침착하고 차분했다.

"차관입니다!"

그의 목소리는 가늘게 떨렸지만 묘하게 흥분된 목소리였다.

"장관의 소재파악이 힘들다구요?"

"예! 연락이 닿지 않습니다!"

차관은 잠시 머뭇거렸다. 더 할 말이 있는 듯 했으나 참는 것 같았다.

"지금 동원 가능한 부대가 얼마나 되죠?"

대한민국 주력부대 대부분이 경계선 밖에 있었다.

대통령은 알면서도 물었다.

"우리 주력사단 대부분이 경계선 밖에 있어서------."

차관은 낙담하며 말을 이어갔다.

이제 경계선이란 말은 자연스럽게 통칭되고 있었다.

"수도방어 사단과 3개 예하 부대가 그나마 건재합니다만------."

차관은 일부러 말끝을 흐렸다.

"왜 공군은 얘기하지 않죠?"

"그, 그나마 온전합니다."

차관은 뜨끔했지만 마지못한 대답이었다.

"지금 바로 공격하세요! 군 통수권자인 제가 내리는 명령입니다!"

그리곤 차관의 태도를 살폈다. 선인가 악인가 대통령은 조바심이 났다.

그때 외교안보 수석의 얼굴이 찌그러지고 있었다.

"지금 전군에 데프콘3가 발동되었습니다. 아시다시피 작전권이 모두 연합 사령부로 넘어 갔습니다만 제가 사령관을 설득해보겠습니다!"

차관은 자신 있게 대답했다.

"좋아요! 지금 바로 하세요!"

대통령의 마음은 복잡했다. 수석의 말과는 다르게 차관은 자신의 명령에 머뭇거리지 않았다.

"제가 직접 용산으로 가겠습니다!"

차관은 청와대를 벗어나고 싶어 했다. 대통령에게 알 수 없는 두려움이 생겨서 그랬을 것이 뻔했다.

"그래요. 서둘러주세요!"

문 대통령은 작게나마 안심했지만 여전히 신뢰에 대한 의문은 가시시 않았다.

차관은 외교안보 수석과 남몰래 눈빛을 주고받았다. 그들은 역시 한 배를 탄 것일까?

그리고 권두한은 이내 국무회의실을 빠져나갔다.

대통령은 잠시 홀가분했다. 자신은 공격 명령을 내렸고 이제 그걸 지켜보면 된다.

전쟁 같지 않은 전쟁은 그렇게 방아쇠가 당겨진 것 같았다.

그러나 대통령은 몰랐다. 차관의 욕망을------.

전시 체재지만 경계 안은 평화로웠다. 혼란은 극에 달했지만 묘하게 안정감 있는 혼란 이었다.

문 대통령은 뒷맛이 영 개운치 않았다. 자신이 벙커에 있을 필요도 없는 전시라니------.

그때 비서실장은 대통령에게 조용히 속삭였다.

"대통령님, 벙커로 자리를 옮기시죠!"

"수경사로 말인가요?"

수경사엔 대통령의 전시상황실이 따로 있었다.

"아닙니다. 청와대 벙커로도 충분할 것 같습니다!"

"그래요 출동상황이 어찌 진행되나 알아봅시다!"

대통령은 경호원에게 지시를 내리는 듯 하더니 이내 벙커로 향했고 비서실장은 앞장섰다.

벙커안의 전시상황실은 부산하게 움직이고 있었고 비서실장은 대통령을 작은 회의실로 안내했다.

그리고 비서실장은 자신의 생각을 털어놓았다.

"대통령님! 차관의 행동이 의심스럽습니다!"

"차관은 지금 한미연합사령관을 핑계로 공격에 적극적이지 않을 겁니다. 차관의 속내를 알 수가 없습니다. 차관을 밖으로 풀어놓은 건 어쩌면 실수인 것 같습니다!"

비서실장은 작게 흥분하고 있었다.

그 말을 들은 대통령은 잠시 눈을 감았다.

"조금만 기다려주세요."

잠시 뜸을 들이던 대통령은 비서실장을 그렇게 달랬다.

"지금은 앞뒤를 가릴 수 없습니다. 협정이고 뭐고 우리 군 단독으로라도 움직여야 됩니다! 지금 부산에서 무슨 일이 벌어지고 있는지------."

비서실장은 분한 마음에 말을 다 잇지 못했다.

"똑! 똑!"

그때 누군가 회의실 문을 조용히 두들겼다.

　대통령은 기다렸다는 듯 비서실장을 보았고 비서실장은 그 의문의 방문객을 조심스레 맞았다.

　"찾으셨습니까? 대통령님!"

　그는 깍듯하게 인사했지만 비서실장은 조금 떨떠름했다. 이 시기에 군 출신이 아닌 국정원 출신은 꽤나 의외였다.

　"앉아요. 이 차장!"

　대통령은 자리를 권했고 이 차장은 잠시 머뭇거리다가 이내 앉았다.

　"이 차장!"

　"예, 대통령님!"

　짧고 단호한 대답이었다. 그는 국정원의 이인자 제1차장이었다.

　국정원장의 공석으로 대신 참석한 국무회의였고 그나마 늦어 회의의 내용도 제대로 모르는 상황이었다.

　국정원장은 경상도 출신의 정치인이었고 자신은 지역 안배 차원의 승진 인사여서 대통령과의 대면이 조금은 껄끄러웠다.

　이기수 제1차장은 전주 출신이며 원래는 해외 업무가 주 담당이지만 지금은 그것을 가릴 처지가 아니었다.

　"이 차장은 어떻게 생각하지요?"

　대통령은 콕 집어 말하지 않고 두루뭉술하게 물었다.

　대통령은 이 차장을 국정원장 만큼 신뢰하지 못하고 있었다. 그런 만큼 조심해야 했다.

　그리고 이 차장은 솔직히 난감했다. 자신이 지금 아는 거라곤 sns로 떠돌아다니는 것들뿐이었다.

　정보는 넘쳐났으나 그 정보를 다듬고 분석할 시간이 없었다. 이제 고작 두 시간이 좀 더 지났을 뿐이다.

　그 중 태반의 시간이 국정원장을 찾는데 허비되었다 해도 과언이 아니었다.

이 차장은 솔직히 대답했다.

"죄송합니다. 대통령님! 시간이 너무 없었습니다. 곧 제대로 된 보고서를 올리도록 하겠습니다!"

"보고서를 기다릴 시간이 없어요. 부산이 위험해요!"

문 대통령의 주먹에는 자신도 모르게 힘이 들어갔다.

이 차장은 의아스러웠다. 조금 전 공격 명령을 내리지 않았는가?

'혹시 대통령님께서 군부를 믿지 못하시는 건가? 왜 군이 아닌 정보부서인 자신에게 이런 얘길 하실까-----?'

고민하던 이 차장의 머릿속으로 탐욕스런 권두한 차관의 얼굴이 떠올랐다.

그러나 조심스러웠다. 잘못하면 권력 다툼으로 비춰질 수도 있다. 그렇다고 침묵할 수도 없는 노릇이었다.

그리고 그는 대통령의 의중이 궁금했다.

"군부를 믿지 못하는 것입니까?"

대통령은 아무 말 없이 이 차장을 보기만 했다.

"혹시-----, 국방부 차관입니까?"

이 차장은 재차 물었다.

국정원의 비공개 일급 파일에는 유사시 가장 위험한 인물로 예비역 중장인 권두한 국방부 차관을 첫손으로 꼽고 있었다.

자신도 예의 주시하던 인물이 아니던가? 친일파들의 비밀모임. 그 양회의 고위 간부 중 한명으로 말이다.

'괜한 말을 한 건가?'

이 차장은 성급한 자신을 속으로 나무랐지만 문 대통령은 속으로 작은 안도의 숨을 쉬었다. 자신의 뜬금없는 질문에 송곳처럼 찔러오는 이 차장에게서 작은 희망이 보여서다.

권두한 차관은 국방장관으로 여러 차례 사람들의 입에 오르내렸다. 군의 신망은 두터웠으나 비리가 제법 있었다.

대장 진급에 실패했고 지금 정권과는 껄끄러운 자였지만 야당의 압력이 상당했다.

권력 안배 차원의 마지못한 임명이었고 국방부 장관이 있기에 그리 크게 신경 쓰지 않던 인사였다.

그러나 지금은 군부의 영향력이 고스란히 그의 손아귀에 쥐어진 형국이고 따로 견제할 세력이 떠오르지도 않았다.

그런 그의 어정쩡한 스탠스가 못내 아쉬운 대통령이었다.

문 대통령은 권두한 차관에 대한 그의 속내가 알고 싶었다.

"권 차관은 어떤 사람이죠?"

"위험합니다! 권력에 대한 욕심이 많고 일본과 너무 가깝습니다!"

이 차장은 조금 흥분한 듯 했다.

"그 말은 무엇을 의미하는 거죠?"

대통령은 오히려 조금 전보다 침착했다.

"일본으로부터 자금 지원이 유독 많은 자입니다. 돈으로 군부를 산다는 놈이 돌 정도로 인맥 관리에 능한 사람입니다!"

그것은 이 차장의 사심 없는 판단이었다.

"일본과 가깝다는 말이 굉장히 위험하게 들리네요. 지금 일본과 전쟁 중인데------."

막연했던 불안감이 현실로 닥치자 문 대통령은 진심으로 안타까워했다.

그렇다고 해서 지금 국방부 차관을 경질할 수도 없다. 그의 친일 행각이 명분이 될 순 없었다.

"국정원은 군부로부터 자유롭지요?"

대통령은 무언가를 결심한 듯 물었다.

"차관도 국정원까지 신경 쓸 만큼 여유롭진 않을 겁니다!"

이 차장은 대통령의 말이 무엇을 담고 있는지 짐작한 듯 했다.

"국정원은 믿으셔도 됩니다. 지금 국정원에는 정치를 지향하는 자는 없습니다. 오직 국가와 국민만이 있을 뿐입니다!"

그런 이 차장의 말은 옳았다.

문인재 정부는 국정원의 적폐를 말끔히 청소했다. 국정원은 나름 정치적 중립을 지키려 애썼고 그들에겐 그것마저 자부심이었다. 이 차장은 이런 대통령을 작게나마 존경했다.

그러나 이 차장도 놓친 게 있었다.

그건 바로 cia 한국지부장 제임스였고 그는 노골적인 일본통이었다.

일본 지부에서 근무 중, 한국 지부장으로 승진, 발령했음에도 좌천으로 여길 만큼 불쾌감을 숨기지 않았던 자다.

국정원에서도 cia 한국지부가 감시 대상이지만 cia 한국센터에서도 국정원은 항시 감시 대상이었다.

정권이 바뀐 현 정부에선 그나마 느슨해졌지만 지금 이 사태를 빌미로 정보망을 총동원해서 들여다보고 있었다. 국정원의 일거수일투족을 말이다.

"정보가 차단당한 듯해요. 제대로 된 미군의 정보가 없어요! 안보수석도 차관과 같은 생각을 하는 것 같아서 걱정이에요!"

인간에 대한 배신을 곱씹는 대통령이었다.

외교안보 수석도 변절했을 것이란 말에 이 차장은 흠칫 놀랐다. 자신의 레이더엔 없는 인물 이었다.

'그도 양회의 사람인가?'

주일 대사를 오랜 기간 맡은 자였지만 특이사항은 없던 자였고 무엇보다 차관과의 연결 고리가 크게 없는 자였다.

지금은 권력 공백기나 다름없다. 권력을 향해 누가 튀어나올 줄 아무도 모른다. 적과 아군을 구분하기 힘들다면 우리도 그들에게 그런 존재가 되어야 한다. 대통령의 비상한 결심이었다.

그럴 만큼 시간이 없었다. 공격은 내일 아침에나 시작되겠지만 왜구들의 노략질에 고통 받을 동족을 생각하니 분노가 치밀었다. 대통령으로서 뒷짐만 지고 있을 순 없었다.

그래서 호랑이를 일단 밖으로 내몰았다. 아무리 군부를 장악했다 하더라도 쉽게 반기를 들진 못할 것이다.

그리고 이젠 외교안보 수석의 눈과 귀를 막아야 한다.

"임 실장! 국무 회의실에 브리핑 실을 하나 만드세요. 벙커에서 인력은 빼지 말고요. 책임자로 외교안보 수석을 임명하겠습니다!"

두 사람의 이야기에 가만히 귀를 기울이고 있던 임석종 비서실장은 대통령의 의중을 어렵지 않게 파악했다.

"예! 김 수석을 바쁘게 만들고 외교안보 비서실의 기능을 잠시나마 무력하게 만늘란 말씀이죠!"

임 실장은 두 사람을 번갈아보며 말했다.

참으로 급박하고 위중한 사태에 참으로 서글픈 대화였다.

적전 분열, 바로 그것이었기 때문이다.

대통령은 말없이 고개를 끄덕였다.

임 실장은 대통령께 예를 갖춰 인사하곤 임무를 수행하려 벙커를 나섰고 두 사람의 대화는 계속 이어졌다.

"계엄 사령관을 임명하셨습니까?"

"추천하고 싶은 인물이 있나요?"

대통령은 이기수의 의도를 그렇게 생각했다.

"그런 것이 아닙니다. 계엄 사령관의 임명을 최대한 늦추어야 합니다!"

이기수가 단호하게 말했고 대통령은 의아했다.

"아! 그래야겠군요!"

대통령은 한 발짝 늦게 이기수의 의도를 알아차린 듯 했다.

계엄령을 내리고 계엄 사령관을 지명하지 않는다?

계엄 사령관! 그것은 대통령에 버금가는 또 다른 권력자의 탄생을 의미한다.

이기수의 묘책은 문 대통령의 고민을 한꺼번에 날려주는 듯 했다.

계엄 사령관은 누가 되더라도 권두한의 손에서 놀아날 것이 뻔해보였다. 문 대통령의 작은 미소는 그래서 그랬을 것이다.

"통행금지령도 내리시면 안 됩니다!"

대통령은 고개를 끄덕였다.

"아마! 기무사가 어떤 식으로든 언론을 통제하려 들 겁니다. 우린 sns를 최대한 활용하겠습니다!"

"댓글 공작을 하겠다는 건가요?"

이 말을 하는 문 대통령의 얼굴이 조금은 어두웠다.

"예! 여론전이 승패를 가를 수도 있습니다!"

이기수의 그 말은 틀리지 않을 것이다.

문 대통령의 얼굴이 어두웠던 건 국정원의 댓글부대를 자신의 손으로 없애서 그런 것이 아니다.

그런 얄궂은 운명이 서글펐을 것이다.

그리고 아쉽게도 지금은 미군의 감시를 따돌리고 무력을 동원할 수 있는 곳은 국정원이 유일했다.

아니다. 미군뿐만 아니라 기무사의 눈도 피해야 한다.

현 정부에서 지금의 기무사는 계륵 같은 존재였고 물론 기무사도 그걸 눈치 챈 지는 오래다.

옛날의 영광을 오매불망하던 그들이 아니었던가?

기무사의 꿈틀거렸던 욕망은 경계와 함께 다시 날아올랐다 해도 과언이 아닐 것이다.

이기수는 또 국정원내의 이중 스파이도 경계해야 한다.

아니 이중 스파이랄 것도 없었다. 어차피 한 팀처럼 움직인 게 어디 하루 이틀인가?

물론 cia 한국센터에도 친한파는 얼마든지 있다.

그중엔 국정원의 심어놓은 이중 스파이고 있고-----, 그들이 누구의 편에 설 것인가는 명확하지 않은가?

이제 미국은 없다. 이기수의 자신감이 거기에 있었다.

문 대통령과 이기수. 누 사람의 지혜가 절실한 순간은 그렇게 다가오고 있었다.

*

"의원님! 잠시 자리를 옮기시죠!"

보좌관 김태구는 근심 가득한 박성태에게 중요한 말이 있는 듯 했지만 박성태는 못들은 척 별 반응이 없었다.

박성태 의원의 고향은 강릉이고 강릉은 경계 밖이다.

강릉엔 그의 부모와 일가친척들이 많이 살고 있었고 그에겐 이 사태가 날벼락을 맞은 것이나 진배없어 보였다.

자신의 지역구인 강릉이 사라졌으니 앞날도 꽤나 깜깜해보였다.

당내 최고 의원인 자신을 위로하는 국회의원들에 둘러싸인 그도 정신이 반쯤 나간 듯 했으며 그의 스마트 폰은 제구실을 못하고 있었다.

"강릉 쪽은 거의 사라졌다네요!"

후배 의원인 박혜경이 박성태를 위로하려 그렇게 말했고 박성태는 그제야 스마트 폰을 껐다.

그리고 이 모든 일이 자신의 지역구를 없애려는 공작이 아닐까? 하는 의심이 들기 시작했다.

"보좌관! 이거 여당하고 청와대가 작당해서 벌인 일이 틀림없다. 니가 좀 알아봐라!"

김태구는 박성태가 한심하단 생각이 들었지만 이런 상황이면 누구라도 그럴 수 있겠다 싶어 조금은 안쓰럽기까지 했다.

"의원님 심정은 압니다만 여당도 타격이 만만치 않습니다!"

김태구의 판단은 냉철했다. 그는 벌써 이 사태로 일어날 수 있는 유불리를 계산하고 있었다.

"목포의 이해성도 지역구가 거의 사라졌으니 피해가 우리 못지않습니다!"

"그래! 그건 그나마 괜찮네!"

본성이 그런 걸까? 아니면 이 사태에 제정신이 아니어서 그럴까? 라이벌인 이해성의 불행에 그나마 안심이 되는 박성태였다.

"원형의 경계라고------? 골고루 사라졌네------, 젠장!"

정말이지 입맛이 쓴 박성태였다.

"그럼! 충청도만 멀쩡하네------! 이거 충청도 사람들이 벌인 짓 아냐?"

박성태는 누구에게라도 책임을 물리고 싶었다. 그냥 가만히 있자니 끓어오르는 분노와 허탈감에 어찌할 줄 몰랐다.

“아이고, 의원님! 이건 인력으로 할 수 있는 일이 아니에요! 그리고 우리 기술이 그 정도나 되나요?”

청주가 지역구인 박혜경 의원은 애써 그렇게 불필요한 변명을 하고 있었다.

“의원님! 잠시------.”

김태구는 박혜경과 다른 의원들이 몹시 신경 쓰였다.

“어! 참---! 중요한 얘기야?”

김태구는 침묵하며 고개만 끄덕였다.

잠시 후 둘만의 독대는 그렇게 시작되고 있었다.

*

동래 사우나 김승철 사장은 동래에선 꽤나 유지로 통했다.

빈화가는 아니지만 3층 건물 전체를 사우나와 찜질방, 헬스클럽으로 사용했고 자체 주차장만 해도 20여대를 수용했으니 꽤나 컸다.

참! 진짜 사장은 아니었다. 그렇지만 하는 짓이 사장이나 다를 바 없이 굴었다.

출퇴근 시간이 따로 없었고 모든 일은 부지배인의 몫이었다. 그래서 김승철을 아는 이는 놀리듯 그렇게 불렀고 김승철도 딱히 싫어하지 않았다.

누구는 그를 조폭으로 아는 이도 있었지만 동래의 한량인 것만은 틀림없는 듯 했다.

경계가 나타나고 사우나는 한산했다.

천지가 뒤집어질 노릇인데 누구도 한가하게 땀이나 빼고 있을 순 없었을 것이다.

그나마 자체 발전기가 있는 동래에서 몇 안 되는 건물 중 하나였다.

김 사장은 직원에게 휴업공고를 붙이게 했고 언제 끝날지 모를 휴무에 들어가기로 했다.

"김 사장! 요 피난민들은 우찌 되노?"

김 사장의 사무실엔 대여섯의 고만고만한 인사들이 걱정스레 모여 있었다.

사상초유의 정전으로 장사는 일찌감치 손 놓은 상태였다.

경계선을 넘은 피난민이 생길 때쯤 맞은편에서 가방매장을 경영하는 박 사장이 물은 말이었다.

박 사장은 일명 박 가방으로 불렸다. 김승철이 그렇게 부르는 걸 좋아했다.

"뭐가 말인데?"

김승철이 되물었다.

"솔직히 왜놈들이야 걱정도 안 돼지만 얼마 전에 내가 해운대에 부동산 하나 사논 거 알제? 그거 누구 끼고?"

참으로 매몰찬 궁금증이지만 다들 한번쯤은 생각했을 궁금증이었다.

"글쎄?"

정말 애매하긴 했다.

"그게 몇 층이었지?"

"지하 있고 3층!"

"그 건물이 그대로 있으면 당연히 자네 것이지!"

"그럼 없다면?"

박 가방은 자신의 상가가 사라졌을 것이라고 확신하는 눈치다.

"만약에 말이야, 거기서 누군가 살고 있다면 내 거라고 주장하긴 좀--

----, 그렇지 않을까?”

“그럼 아무것도 없는 빈 땅이라면 어쩔까?”

“그렇다면야 박 가방한테 당연히 우선권이 있겠지! 토지 등기권리증이 있을 거 아냐?”

“그렇지! 맞다!”

걱정하던 박 가방의 얼굴에 화색이 돋았다.

박 가방이 얼른 전화를 건다. 상대는 아마 그의 아내일 것이고 그녀는 무언가 열심히 찾아야 할 것이다. 김승철은 그런 박 가방을 보며 작게 웃었지만 특별히 나쁘다는 생각은 하지 않았다.

그것은 과연 김승철의 생각대로일까? 그건 김승철도 자신 없었다.

“그보다 정부는 와 이리 조용하노? 왜놈들 쳐들어온 건 다 알끼고----, 서울은 멀쩡 하다던디? 전기도 멀쩡하게 들어오고-----.”

금방을 경영하는 유 사장이었다.

서부 발전소는 태반이 경계 안에 있었지만 동부는 모두 경계선 밖이었고 남부는 반이 조금 못되게 남아 있었다.

전체적으로 전력의 반 이상을 잃었다.

“이 정도면 계엄령 내리야 하는 거 아이가? 전쟁이 났다 카는데 군대가 너무 조용하다 아이가?”

주유소를 경영하는 고 사장이다. 그는 조금 전 주유소의 입구를 바리케이트로 봉쇄했다. 기름 값이 오를 게 뻔해보여서다.

얌체다.

모두들 이 사태의 원인보단 결과에만 매달리고 있는 형국이었다.

사람이 조금씩 늘어갔다. 김승철이 원체 마당발이기도 하지만 전기가 사람을 모으고 있었다.

스마트 폰의 배터리는 사람들의 욕구를 다 채워주지 못했고 사우나의 멀티 탭에는 충전기가 하나 둘씩 늘어가고 있었다.

*

당근이지

박 기자는 서 종사와의 인터뷰를 한 번 더 하고는 이제 잠시 짬을 내어 복돌이를 챙기고 있었다.

복돌이는 마냥 신이 났다. 좋은 주인을 만났다는 듯 박 기자의 뒤만 따라다녔다.

그럴 만한 것이 자신이 좋아하는 것만 쏙쏙 골라서 주니 이 얼마나 좋은가?

박 기자는 그만큼 말을 좋아하고 잘 알았다.

말 먹이를 구하러 경계선과 조금 멀어진 것은 어쩔 수 없었다.

가까운 편의점엔 말이 좋아할 만한 것이 없었기 때문이다. 그렇게 잠시 박 기자와 서 종사, 그리고 조 경사와 정해인은 짧은 휴식을 취하고 있었다.

서 종사는 많이 지쳐보였다. 육체의 피로보단 정신적인 충격이 더 컸을 것이다. 박 기자의 눈엔 그런 서 종사가 안쓰러웠다. 나이는 자신보단 어리지만, 아니다. 생물학적 나이는 어리지만 역사적 나이는------, 그의 나이는 어떻게 세어야 하나? 아------, 또 머리가------.

조 경사는 아예 사표를 낼 듯 했다. 자신을 찾는 무전에도 콧방귀만

꿰고 있으니 말이다.

"박 기자님! 이제 그만 돌아가야겠습니다!"

조 경사가 깔아준 박스에 누워 짧은 휴식을 취하던 서 종사가 일어나며 말했다.

박 기자에게 서 종사는 최고의 취재 대상이었다. 그런 서 종사가 지금 사지로 돌아가려 한다.

그리고 이젠 그를 붙잡을 명분도 없었다.

형의 얼굴이 잠깐 떠올랐지만 더 이상 인터뷰로 서 종사를 힘들게 하고 싶지도 않았다.

"저도 같이 가겠습니다!"

박 기자도 어머니의 안부가 걱정이었다.

그때 그의 스마트 폰이 울렸다.

"형님! 언제 옵니까?"

박 기자가 기다렸다는 듯 받자마자 외쳤다.

"지금은 어려울 것 같다!"

"무슨 일 있습니까?"

"지금 청와대 분위기가 묘하다"

"어떻게요?"

박태수 부장은 잠시 뜸을 들이더니.

"조선 사람은 대한민국 국민이다. 아니다로 법리 논쟁이 일어난 것 같다."

박 부장은 허탈한 듯 힘없는 목소리였다.

"어디 그런 미친놈들이 있습니까?"

박 기자는 흥분하지 않을 수 없었다.

한시가 급한데 이 무슨 개떡 같은 소리로 시간을 허비한단 말인가? 아무리 보잘 것 없는 왜군이라도 경계 밖의 사람들에겐 극한의 공포일 텐데------.

"누굽니까? 그놈들이!"

"군부 쪽의 움직임이 그래---. 그렇다고 항명은 아닌 것 같고------."

박 부장도 답답하다는 듯 말끝을 흐렸다.

"그 말은 대통령이 문제란 말입니까?"

박 기자는 의외란 듯 물었다.

"대통령은 분명하게 공격 명령을 내렸다고 들었어---. 그런데 미군이 문제야, 미군이------. 미군이 중립을 지킬 것 같아."

"여기에 중립이 말이 됩니까? 그럼 왜놈들을 그대로 두자는 말입니까? 어머니는 어떡하구요?"

박 기자는 또 한 번 분통을 터트렸다.

어머니란 말에 박 부장도 꿈틀했지만 자신을 진정시키려는 듯 잠시 말이 없었다.

박 기자도 잠시 말이 없었다.

"아직 연수동이냐?"

"예."

두 사람의 목소리에는 힘이 없었다.

"될 수 있는 한 경계에서 멀어져라. 전쟁은 경계에서부터 시작될 것 같다"

"경계안만 대한민국 영토란 겁니까?"

"미군의 방어 전략이 그럴 거란 분석이 지배적이다. 일본이나 미국에도 우리처럼 경계가 생겼을 수 있다. 확인이 먼저란 얘기지------. 미군의 입장이 그런 것 같아------."

박 부장의 확신 없는 확신 같은 대답이었다.

박 기자는 망치로 머리를 두들겨 맞은 듯 했다.

머릿속은 처음 경계가 나타났을 때처럼 어지러웠다.

논리로 따지려 치면 터무니없는 소리만은 아니었다. 자신도 혼란스럽긴 매한가지니 말이다.

그러나 이 뜨거운 본능은 어쩌란 말이냐? 젠장! 어쩌란 말이냐?

대한민국 대다수의 여론은 아니었지만 미군을 등에 업은 보신주의자들과 기회주의자들은 새로운 돌파구를 찾은 듯 그렇게 하나로 뭉치고 있었다.

문 대통령의 적폐청산으로 몸을 바짝 낮추던 그들이 말이다.

그들은 작은 권력공백의 틈을 비집고 뱀처럼 머리를 들이밀고 있었다.

"그 확인이란 건 언제 된답니까? 일본이라면 오늘 중에라도 가능한 것 아닙니까?"

'그렇다면 시간은 아직 우리 편이다!'

박 기자는 그렇게라도 희망을 가지고 싶었다.

"그렇나면 좋겠지만------."

박 부장은 회의적인 것 같았는지 말끝을 흐렸다.

"형님! 전 어머님을 보러갈랍니다!"

박 기자는 더 이상의 대화가 싫었는지 그렇게 말했다.

"인수야!"

박 부장은 동생의 이름만을 부르고는 더 이상 말이 없다. 붙잡을 수도 없고 보낼 수도 없는 지금이 너무 괴로웠다.

"혼자는 안 된다. 내가 갈 때까지 기다려!"

박 부장의 목소리는 여전히 힘이 없었다.

“당장 오기 힘들다는 거 압니다. 종사관님이랑 같이 가니까 너무 걱정 마세요. 형님은 형님대로 거기서 최선을 다해주세요.”

“다 막혔을 거야-----. 너무 위험하다. 인수야! 형 말 들어!”

박 부장은 그래도 동생의 안위가 먼저라고 생각했다.

“막히다니 무슨 말입니까?”

“좀 전에 계엄령 선포 됐어-----. 왜놈들 예상 진격로는 다 막고 주민들 대피시켜야지 않겠냐?”

박 기자는 잠시 낙담했다.

“죄송해요, 형님. 상황보고 다시 연락할게요.”

박 기자는 박 부장의 말을 다 듣지 않고 종료했다.

“조 경사님! 계엄령이 내렸답니다!”

박 기자는 말에게 간식을 주고 있는 조 경사에게 따지듯 말했다.

“박 기자! 안 내려지는 게 더 이상하지 않아?”

조 경사는 당연하다는 듯 말했다. 그렇구나? 참 비현실적인 현실이다. 차라리 모든 게 꿈이라면 좋겠다. 박 기자는 자신의 뺨을 가볍게 때렸다.

이제 이들은 서 종사와 자신들을 위하여서도 돌파구를 찾아야 할 것이다.

저기 저곳--, 부산에서-----.

과연 그들은 서로의 희망을 찾을 수 있을까?

정해인이 박 기자를 곁눈으로 보는 것은 그가 미워서라기보다 서 종사와 떨어지기 싫어서 그랬을 것이 분명했다.

정해인의 집은 경계 안이었고 사라진 사람도 없었다.

그런 자신을 부득부득 보내려는 박 기자가 마냥 고울 리는 없었을 것이다.

회사는 복귀하고 싶어도 사라졌을 것이 분명했고 자신도 서 종사를 돕고 싶었다.

정해인은 자신이 여자라서 그런 거냐며 따지고 싶었지만 차마 서 종사 앞에서 미운 모습은 보여주기 싫었을 것이다.

그녀는 눈물을 머금고 돌아서야 했고 자신의 명함을 서 종사의 손에 쥐어주는 걸로 만족해야 했다.

서 송사야 그 명함의 의미를 알겠냐 만은 정해인은 눈을 두 번 찡긋하고는 그렇게 떠날 수밖에 없었을 것이다.

서 종사가 그녀의 명함을 고이 챙긴 것은 딴 뜻이 있어서 그런 것은 아닐 것이다.

그건 그의 성품이 그런 사람이었을 것이라 그랬을 것이다.

김승철의 사우나엔 빠져나갔던 차들이 하나 둘 돌아오고 있었다.

물론 그들이 사우나를 즐기려 온건 아니고------, 일종의 피난처가 되어가고 있었다.

김 사장은 그들을 따로 막지는 않았다. 다들 지인들이고 책임감 같은 건지도 모른다.

자신은 동래의 유지니까? 후후후. 어쩌면 즐기는 지도 모른다. 후후.

"형님! 이대로 둘까요?"

이동희 부장은 사람들이 자꾸만 불어나자 김승철의 생각이 궁금해서 물었다.

"그냥 둬!"

김승철은 큰일 아니라는 듯 말했다.

이 부장은 어쩌면 술판이라도 벌어지겠다 싶어 속으로 작게 웃었다.

앉을 곳이 부족해 소파 팔걸이에 걸터앉은 김재형이 김승철을 보며 말했다. 김재형은 전국 보안업체 1위인 에스에스의 동래구 노조 지부장이다.

"형님! 계엄령인데 어째 군인들은 안보이고 경찰들만 요란합니다. 이상하지 않습니까?"

그렇긴 하다. 이상한 사태와 왜놈들------. 계엄령을 내린 것도 무리가 없고 군인들이 보이지 않는데도 이상할 게 별로 없다. 준비 중일 수도 있고 경찰력만으로도 충분하다 판단할 수 있기 때문이다.

그러나 왜놈들을 대하는 정부의 움직임은 김승철 자신도 이해하기 힘든 부분이 있었다.

"지금 군이 제정신이겠냐? 너무 많이 사라졌어------. 그렇대도 이상하긴 해!"

곰곰이 생각하던 김승철의 말이었다.

"그나마 특전사는 온전해서 다행입니다!"

특전사 출신의 김재형은 특전사에 대한 자부심이 남달랐다.

"모르지, 다행인지 불행인지."

김승철의 의미심장한 말이었다.

"걱정 마소! 옛날 특전사 아닙니다!"

김승철의 말이 무엇을 뜻하는지 알아들은 김 지부장은 그렇게 특전사를 두둔했다.

"그리고 대통령이 특전사 출신인데 무슨 걱정입니까?"

김승철은 고개를 끄덕여 인정했다.

"그래, 대통령이 특전사 출신이지."

*

이동희 부장의 염려는 적중했다.

족발집 사장의 등장에 몇몇이 박수를 치고 있었다. 족발과 함께 내려 놓는 소주는 족히 열병은 넘어보였다.

"여기서 술은 안 됩니다!"

김승철의 목소리는 차분했다.

"왜 그래, 김 사장! 왜놈들 때문에 그래? 그놈들은 동래 경찰만으로도 충분혀, 걱정 말고 일루 와!"

그는 오히려 김승철이 동조하길 바라며 손짓했다.

"압니다. 그래도 지금은 안 됩니다!"

여전히 목소리는 크지 않았다. 연장자만 아니라면 크게 야단치고 싶은 그였다.

자주 어울리는 형뻘이었기에 차마 대놓고 하진 못했다. 어찌 보면 속이 여린 편인지도 모르겠다.

김 사장을 잘 아는 그들은 더 이상 보채지 않았고 일단의 무리는 그렇게 사무실을 빠져 나갔다.

그렇게 사무실은 잠시 침울했다. 몇 사람은 입맛을 다시며 아쉬워했지만 말이다.

그 잠시의 침묵을 깨고 스마트 폰이 울렸지만 김 사장은 좀체 받지 못하고 있었다.

전화를 건 사람은 할아버지였다.

그러나 김승철의 할아버진 오래 전 돌아가신 분이었다.

직감적으로 얼마 전까지 다니던 회사일 거라 생각했지만 누군지는 고민해야 했다.

누구지? 슬쩍 훔쳐본 이동희는 기분 나쁜 티를 냈다.

"받지 마십시오. 형님! 해킹 당한 것 같습니다!"

잠시 더 뜸을 들이던 김승철이 마지못한 듯 받았다.

"오랜만입니다. 선배님!"

역시나 차분한 김승철이었다. 폰 속의 인물도 잠시 말이 없었다.

"복귀해라, 김 국장. 한라산의 명령이다!"

이 사람은 국정원 제1차장 이기수다. 이 차장은 껄끄러운 듯 불필요한 말은 하지 않았다.

"꼭 저여야만 하는 이유가 있습니까?"

김승철도 기 싸움에 지기 싫은 듯 조금 퉁명했지만 대통령이란 말에 가슴이 두근거렸다.

"지금 즉시 서 종사를 확보하고 연락할 것! 두 팀이다. 한라산의 작전이다. 부산지부 이상!"

이 차장은 잠시 대답을 기다리는 듯 하더니 그대로 끊어버렸다.

"x발! 첩보 놀이는 여전하네."

김승철은 천천히 폰을 내려놓고 가볍게 스트레칭을 하며 옛 기억을 떠올렸다.

두 팀이란 건 여러 개의 조직이 움직인단 소리다.

그만큼 큰일이란 거고 한라산은 대통령을 뜻한다. 한라산의 작전이란 건 대통령이 직접 내린 명령이란 소리다. 마지막 부산지부는 뭐지?

그냥 얘기하지, 어렵게 무슨------, 어차피 도청된다 해도 방법이 없다. 자신은 국정원을 나온 지 시간이 꽤 지났다.

이 선배와는 암 신호로 연결할 방법도 모르는 그였기에 짧은 심통이 났다. 스마트 폰은 또 언제 해킹했을까?

아직도 내가 관리대상인가? 김승철은 쓴 웃음이 났다.

사실 이렇게 복귀하는 일이 드문 건 아니다. 자신도 퇴직요원들과 수차례 공작을 했으니 잘 알고 있었다. 물론 필요한 만큼 쓰고 버려지는 건 어쩔 수 없는 것이다.

그렇다고 꼭 나쁜 것만도 아닌 게 수고비가 만만찮게 들어오니 딱히 거절할 필요는 없다.

하지만 자신처럼 파면당한 요원은 웬만하면 쓰지 않는 게 회사의 관행인데 일이 만만찮은 것 같았다.

김승칠은 오십이 다 되간다. 회사생활 십칠 년 중 십년을 이기수와 보냈다.

좋은 선배였고 경쟁자였다. 출세를 위한 선택은 아니었지만 결과적으로 그렇게 돼버렸다.

이 선배를 앞섰다는 달콤한 꿈은 덫이 되어 돌아왔고 정치적 사건으로 말미암아 자신은 파면 당했었다.

이 선배의 충고를 흘려버린 자신이 원망스럽기까지 했다. 파면 전 그는 부산지부의 지부장 이였고 본사에선 국장급이었다.

두 사람이 껄끄러운 건 한때나마 김승철이 서열 상 앞섰기 때문일 것이다.

"이 부장, 알바 하나 하자!"

몸을 풀던 김승철이 이동희를 보며 말했고 사무실에 있는 모두에게도 말했다. 그는 이것저것 재지 않고 본능처럼 움직이고 있었다.

"자! 아르바이트 하나 합시다! 서 종사관님을 찾습니다. 연수동 쪽에 있을 겁니다."

짧고 명료한 지시였고 다들 군말하며 따랐다.

그리고 자신도 sns를 하기 시작 했다. sns는 평소보다 많이 느렸고 여기저기서 짜증스런 목소리가 들려왔다. 그러다 십 여분 후.

"케이마트 주차장에 있답니다!"

마흔을 갓 넘긴 예비역 소령 출신의 동대장인 이낙훈이었다.

이낙훈은 지금 연수동 예비군 중대에 비상 대기 명령을 받고 있었다. 그런데도 그는 김승철과 같이 있었다. 그만큼 연수동은 혼란스러웠다.

"이부장 가자! 알바할 사람은 시동 걸고 대기하시고------."

김승철은 가볍게 움직였다.

이부장은 구시렁거리면서도 트렁크에서 무기될만한 것들을 챙기고 있었다.

사우나에서 케이마트까지는 직선거리로 4킬로쯤 된다. 거기서 직선거리로 2킬로를 더 가면 동래연수동의 경계다.

김승철과 이부장은 머릿속으로 최단거리 지름길을 찾고 있었다. 도로는 크게 막히지 않았고 위치 확인하고 도착까지 십 분을 조금 넘은 것 같다.

마트는 조용했고 정전 때문인지 셔터는 내려져 있었다.

그들은 케이마트 뒤편의 주차장에 정말로 있었다.

아마 조용한 곳을 찾아든 듯 했고 길에서는 보이지 않는 곳이다. 그들 세 사람은 대화를 나누고 있었다.

마트직원 중에 누군가가 이낙훈과 연결이 된 모양이다.

“형님, 경찰입니다!”

이동희가 조금 놀란 듯 나지막이 김승철에게 말했다.

김승철은 별일 있겠냐는 듯 눈짓하더니 무던히 다가갔다.

“조 경사 아닙니까?”

김승철은 조 경사를 잘 아는 듯 했다.

“아이구, 김 사장님. 여긴 우짠 일로 오십니까? 별일 없지예?”

두 사람은 그렇게 가볍게 서로의 안부를 물었다.

“김승철이라고 합니다!”

그리곤 서 종사에게 꾸벅 인사를 하더니 잠시 동안 고개를 들지 않았다.

쭈뼛거리던 서 종사도 고개를 숙이며 인사했다.

“서중일이라 하오이다!”

김승철은 고개를 들며 나지막이, 그러나 단호하게 말했다.

“어명을 받고 왔습니다!”

김승철의 갑작스러운 말에 서 종사는 잠시 멍하다가 무릎을 소리 나게 꿇었다.

“신 서중일!”

그리고 잠시 말을 잊은 듯 머뭇거리더니.

“어명을 받잡겠습니다!”

하며 땅에 머리가 닿을 듯 절을 했다. 김승철에게 말이다.

서 종사는 지금 어명이란 말에 혼이 나간 듯 했다. 그도 그럴 것이 조선시대 왕이란 건 절대적인 존재가 아닌가?

김승철은 살짝 당황한 듯 했다. 어명이란 말은 자신도 모르게 나왔다. 머릿속에 문 대통령이 한자리를 차지하고 떠나지 않았던 모양이다.

뭐 틀린 말은 아니지만 저렇게 반응하는 서 종사를 보니 민망하긴 했다.

당황하긴 박 기자도 마찬가진 듯 조 경사를 보며 눈짓을 했다.

'이 사람 누구죠? 이거 또 웬 미친놈이죠?'

"아이, 김 사장님. 무슨 소리합니까?"

조 경사의 얼굴에도 당황한 빛이 역력했다.

"이러지 않으셔도 됩니다."

김승철은 그런 서 종사를 일으키려 했지만 서 종사는 뿌리치며 말했다.

"먼저 어명을 받잡겠습니다!"

잠시 김승철은 난감한 표정으로 이 선배에게 연락을 취했다.

박 기자와 조 경사도 서 종사를 일으키려 했지만 서 종사는 꼼짝하지 않았고 드디어 박 기자는 김승철에게 따졌다.

"당신 뭐야? 누군데 이래?"

그러자 옆에 있던 이동희가 눈치껏 뛰어들었다.

"국정원에서 왔습니다!"

이동희도 국정원 현장요원이었는데 파면당한 김승철을 따라 미련 없이 사표를 던졌던---. 뭐랄까, 의리의 사나이-----. 김승철을 따라 멋진 세상을 보았던 터라 별 미련은 없었던 모양이다. 또 다른 면은 남아 있어 봐야 좋은 꼴 못 보는 처지기도 했고.

이동희의 출연에 잠시 멈칫하던 박 기자는 "신분증 좀 봅시다!" 라며 반전을 꾀하고 있었다.

'x발, x라 깐깐한 새끼네!'

이동희는 그렇게 생각하다가 주머니에서 신분증을 꺼내 박 기자의 눈앞에 들이밀었다.

옛날 것이지만 위조한 건 아니다. 위조하려면 할 수도 있는 그였다.

혹시나 하며 챙겨오길 잘했다고 이동희는 으쓱했다.

"이 선배! 찾았습니다!"

이기수는 한참을 있다가 받았다.

"역시 김 국장이다!"

이 차장은 놀랍다며 김승철을 치켜세웠다.

"일단, 연수 고등학교 후문으로 와서 합류해! 위장하는 거 잊지 말고."

그때 김승철이 말을 끊고 치고 들어갔다.

"대통령의 명령이 뭡니까? 알기 전엔 못 움직입니다!"

서 종사를 일으켜 세우려면 그걸 말해줘야 될 것 같았고 그래야 서 종사가 일어날 것 같았다.

"안 된다는 거 알잖아!"

조금은 신경질적인 이 차장이었다.

그는 지금, 대통령의 명령 운운했던 자신을 질책하고 있었다. 김 국장을 끌어들이려면 그 수밖에 없었다. 김 국장은 시답잖은 일에 관심을 보일 인물이 아니었던 거다. 그 덕에 일은 수월하게 풀렸지 않은가? 하지만 역시 개운치는 않았다.

김승철도 이기수의 반응을 예상하긴 했다. 현장요원이 공작의 전모를 알게 되면 보안유지가 힘들게 된다.

자신도 많이 겪어봤던 일이다. 하지만 서 종사를 일으키려면 알아야 했고 자신도 왠지 꼭 알아야 될 것 같았다.

김승철은 말없이 기다렸다.

이 거래는 김승철의 승리로 돌아갈 것이다. 답답한 건 이 차장이니까.

마지못한 이 차장의 얘기였다.

"지금 군이 정치적으로 대통령의 명령을 무시하고 있어! 그래서 우리 국정원이 나설 수 밖에 없었어!"

이 차장은 잠시 망설이다가 어쩔 수 없다는 듯 말했다.

"종사관님과 같이 부산 성을 사수하라!"

"그리고------."

잠시 이 차장은 머뭇거렸고 김승철은 침을 꿀떡 삼켜야 했다.

"날씨가 좋으면 오사카에서 만나자!"

그 말을 끝으로 이 차장은 전화를 끊었다.

김승철은 더 이상은 알려고 하지 않았다. 이 정도면 충분하다고 생각했다.

'날씨가 좋으면 오사카에서 만나자고? 무슨 소리지?'

'아, 참! 접선 암구호를 안 물어봤네? 요즘은 그런 거 없나?'

김승철은 스마트 폰을 보며 갸웃거리며 생각했다. 역시 감이 많이 떨어졌어------. 젠장!

국정원의 무장정도라면 충분히 가능한 작전이었다.

비공식적이지만 부산지부에도 꽤 많은 무기가 있------었지만 지금은 경계 밖이다. 이런 제기랄!

미안했던 김승철은 같이 무릎을 꿇고 조금은 비장하게 말했다.

"종사관님! 목숨 바쳐 부산성을 지켜내라는 전하의 명령입니다!"

잠시 듣고 있던 서 종사는 "전하, 성은이-----, 성은이-----." 그 다음은 모르는지 성은이만 찾고 있었고 감격에 몸이 떠는 것도 같고.

"일어나시죠!"

서 종사는 그제야 몸을 일으키려 했다.

저런! 다리가 많이 저린가보다.

그리고 김승철이 부축하며 보니 서 종사의 눈에서 눈물 한 방울이 떨어진다.

“우와, 김 사장님. 국정원입니까? 대단합니다!”

조 경사는 가볍게 호들갑을 떨었다.

“조선시대로 치마 의금부쯤 되겠다. 그죠?”

조 경사는 궁금증도 참-- 많았다.

김승철은 아는지 모르는지 “아니 뭐------.” 라며 말끝을 흐렸지만 박 기자는 “사람 잡아 조지는 건 똑같지요!” 라며 김승철을 보며 비아냥 거렸다.

김승철은 한숨 쉬며 박 기자를 봤고 박 기자도 지지 않으려는 듯 따라 봤다.

중간에 서 종사만 괜히 난처했다.

“이러지 마시오! 왕명을 갖고 온 분인데 어찌 이러시오?”

서 종사는 박 기자만 작게 탓했다.

박 기자는 국정원과 나쁜 기억이 있는지 편치 않은 눈치다. 김승철이 먼저 눈을 뗐다. 이러고 있을 시간이 없었다.

“종사관님, 저희랑 같이 가시죠! 군사가 준비되어 있습니다!”

그렇게 김승철이 서 종사를 모시려 했지만 박 기자가 제지하며 막아 섰나.

“믿지 마세요. 종사관님! 국정원은 조선시대로 치면 내시 감찰부 같은 덴니다. 하는 일이 똑같아요!”

박 기자가 이번에는 꽤나 세게 치고 나갔다.

“이러는 거 특수 공무집행 방햅니다. 처벌할 수도 있어!”

김승철의 눈에 불꽃이 튀었지만 서 종사 앞이라 참는 듯 겁만 준다.

“가시죠! 시간이 없습니다!”

김승철이 재촉하듯 서 종사의 팔을 잡자 박 기자도 지지 않으려고 서 종사의 다른 팔을 잡으며 말했다.

"왜? 병조에서 안 나서고 내시 감찰부가 나섭니까?"

박 기자는 김승철에게 윽박질렀고 자신도 그렇게 말하곤 어리둥절했다.

아마 서 종사가 쉽게 알아들으라고 그랬을지도 모르겠다.

김승철은 폭발하기 직전이다. 말문이 막히는지, 기가 막히는지 비틀거렸고 이동희가 붙잡아 바로 세웠다. 얼마나 어이없었으면 그랬을까?

이동희도 얼굴은 붉으락푸르락했지만 서 종사 앞이라 그런지 아니면 찔리는지 별 말은 안했다.

"이러지들 마시고 다 같이 가면 되지 않겠소?"

"그래요, 종사관님! 그럼 약속도 지키고------. 그죠, 박 기자님!"

조 경사는 서 종사의 말에 맞장구치며 박 기자를 보았다.

"그러든지요."

박 기자는 못 이기는 척 했다.

"목숨은 책임 못 집니다!"

김승철은 설득을 포기했다. 그러다간 뇌출혈이라도 일으킬 것만 같았다.

아! 지금도 어지럽다.

이동희는 어서 빨리 이 자리를 피하고 싶은지 김승철을 잡아끌듯이 하여 차에 태웠다.

그리고 조 경사는 살짝 고민해야 했다. 사륜오토바이가 못내 아쉬웠지만 혼자 타고가기엔 좀 그랬다.

그렇게 세 사람은 산토페의 뒷자리에 나란히 올라탔고 복돌이도 얼굴을 들이댔다. 타려고------.

서 종사가 다시 내렸다. 복돌이도 태우려고------.

이동희가 말렸다. 안된다고------.

결국엔 박 기자와 이동희가 합의했다. 천천히 달리기로------.

차는 연수 고등학교 후문으로 약속과 다르게 빠르게 내달렸고 복돌이는 서운했지만 박 기자를 놓치지 않으려는 듯 전력을 다해 산토페를 쫓았다.

사람들은 그런 복돌이를 보고는 신기해하며 사진을 찍어댔다.

'위장은 개뿔------.'

김승철은 작게 투덜대며 손으로 이마를 짚었다.

김승철은 국정원의 생리를 누구보다 잘 알았다. 이제 학교로 가면 자신의 임무는 끝이다.

서 종사를 인계하면 자신은 이 작전에서 배제 될 것이다.

일에 대한 보상은 적절히 받겠지만 그것으론 만족할 수 없을 것 같았다.

가는 내내 김승철은 '날씨가 좋으면 오사카에서 만나자!'의 의미를 곱씹어야 했다.

그냥 속 시원히 말하지 왜 은어를 썼을까? 도청을 염려할 만큼 상황이 어려운 걸까? 이 차장의 그 말은 다른 사람이 들어선 모를 것이다. 오직 김승철만이 알 수 있다.

김승철은 한때 오사카 총 영사관의 무관으로 파견된 적이 있었다. 물론 이기수와 같이 말이다.

자신의 동료였던 김한백이 오사카 야쿠자와의 거래에서 잠시 인질이 된 적이 있었다. 구출 작전이었는데 끝내 이기수는 나타나지 않았던 작전이었다.

혼자 사투 끝에 구해내긴 했지만 자신은 총상을 입어야 했던------.

김승철은 작은 부아가 치밀어 올랐다. 이기수의 그 말은 여의치 않으면 그때처럼 혼자서 처리하란 소리로 들렸다.

'지금 이기수는 대통령의 하명을 받고 움직이고 있다.'

김승철은 틀림없이 그럴 것이라고 생각했다. 그건 지금 그가 국정원의 실세라는 얘기나 다름없는 얘기고------, 그에 대한 경쟁심이랄까? 마땅히 정의 내릴 수 없는 묘한 기분이 일었다.

김승철은 이기수가 국정원 1차장이란 건 아직 모르는 눈치다.

"속도 줄이고 골목으로!"

김승철의 갑작스런 그 말에 이동희는 대꾸하지 않고 따랐다.

이동희가 차를 세운 곳은 학교가 보이지 않았다. 물론 학교에서도 이동희 일행을 볼 수 없는 그런 위치였다.

김승철의 본능이었을까? 아니면 시기심일까? 이기수의 뜻대로만 움직이기에 자존심이 상해서일까?

부산지부장으로 오기 전 김승철은 국정원장의 비서실장으로 실세중의 실세였다.

동향이자 학교 선배였던 그가 국정원을 장악하자 날개를 달았다.

진급은 초고속이었고 지저분한 임무는 자신의 몫이었다.

국정원장이 정치적으로 몰리자 자신의 비리를 가장 많이 알고 있는 김승철을 부산으로 보냈다.

국정원장의 배려인줄은 몰라도 어쨌든 그는 비리로 물러났고 기어이 김승철은 파면 당했다.

구속까지 거론됐다는 얘기는 나중에서야 알았다.

김승철은 자신이 이렇게나 출세 지향적일 줄은 몰랐다. 국정원장을 만나기 전 그는 동기들 중 선두를 달렸고 직업에 대한 자부심도 좋았다.

그래서 그랬던 걸까? 어쩌면 그는 잃어버렸던 그 자부심을 되찾고 싶

없을지도 모른다.

잠들었던 세포 하나하나를 깨우고자 온 몸에 힘을 주어본다.

그리고 다시 하나하나 되짚어봤다.

파면 당한 자신을 찾아야 할 만큼 급했다면 정보부 라인이 무너졌다는 얘기다.

그리고 국정원만으로 부산 성을 지켜야 한다면 군부가 다른 주머니를 찼다고 보는 게 맞다. 그럼 군 정보부도 대세에 휘둘릴 건 뻔하다.

"기자시죠?"

김승철은 뒤에 앉은 박 기자를 돌아보며 물었다.

박 기자는 아까의 앙금이 남았는지 말없이 고개만 끄덕이곤 딴 데로 눈을 돌렸다.

"sns에 떠도는 것 말고 정보 있으면 좀 주시죠?"

김승철은 정보가 부족했다. 특히나 지금 가장 뜨거운 청와대의 움직임이----, 지금 꺼낸 말도 사손심이 상할 정도였다.

'명색이 국정원인데. 아이, x발------.'

"군대도 그렇고 국정원도 그렇고 다들 왜 이리 한심해요?"

박 기사는 여전히 날카롭게 대응했다.

그가 이렇게 국정원에 가시가 돋은 이유는 형 박태수 때문이었다.

그의 형 박태수는 민주화 운동의 주역으로 이름이 꽤나 회자되던 사람이었다. 그 덕에 어린 자신도 많이 시달렸던 것이다.

그러니 정보부라면 색안경을 끼고 보는 듯하다. 우리나라 정보부가 한때, 아니 한참을 그랬으니 무리도 아니다.

김승철은 꿈틀했지만 같이 싸울 순 없는지라 좋게 말했다.

"싸움은 나중에 하기로 하시죠!"

목소린 차분했고 냉정했다.

박 기자도 실익 없는 싸움이 마땅치는 않았다.

다만 같이 협력해야할 상대가 정보부란 게 싫었을 뿐이다. 지금은 김승철의 말대로다. 자존심인지 피해의식인지 나중으로 미루자. 그렇게 생각하니 오히려 홀가분해졌다.

"그전에 하나만 물읍시다. 지금 군부의 실세가 누굽니까?"

박 기자는 정말로 궁금했다.

김승철은 곰곰이 생각해야만 했다. 솔직히 자신이 답해줄 수 없는 일이다. 모르기도 하지만 속내를 들킬 순 없는 노릇이었다.

단순하게 눈에 보이는 건 있었다.

전방의 부대가 사라지면 수도방위 사령부가 있고 특전사도 온전하긴 하다.

그러나 특전사는 예전의 쿠데타로 운신의 폭이 좁을 수밖에 없을 테고 남은 데라곤 수도방위 사령부가 가장 위세를 떨칠 것 같았다. 박 기자의 질문은 조금 고약하단 생각이 들었다.

그래도 답은 해주어야겠단 생각이 들었다. 그놈의 정보 때문에------.

"아무래도 수방사겠죠?"

"수방사랑 주한미군이 붙으면 누가 이길 것 같아요?"

박 기자가 이를 가는 듯하며 말했다.

김승철은 속으로 적잖이 놀랐다. 일개 기자의 입에서 나온 말치곤 예사스럽지 않았다.

도대체 청와대가 어떻게 돌아가는지 조바심마저 생겼고 또 혼란스러웠다.

아니, 수방사랑 주한미군이 왜 싸우냐구? 그건 내전을 말하는 건데 그는 의구심마저 들었다.

"아니, 수방사랑 미군이 왜 싸워요?"

김승철은 되물었다.

"대통령이 공격 명령을 내렸답니다! 그런데 미군이 그걸 막고 있고------."

박 기자는 분통이 치미는지 더 이상 말을 잇지 못했다.

김승철은 머릿속에 그림을 그렸고 이제야 이 선배의 핵심을 찾았다. 좀 전에 내려진 데프콘3. 그건 전시 작전권이 한미 연합 사령부로 넘어갔음을 말한다.

그건 한미 양국가간의 약속이다.

감정적으로야 저기 부산의 왜놈들은 죄다 물고기 밥으로 만들어도 시원찮을 일이지만---.

박 기자의 울분이 느껴지지만 쉽게 내려질 결정은 아닐 것이다. 이건 정치적인 문제로 풀어나갈 일이었다.

하지만 부신 성은 시간이 없다. 문인재 대통령이 이런 결단을 내렸다는 건, 군부가 대통령을 버렸단 말인가? 아니면 군이 미군의 눈치를 본다------? 아니다.

어쨌든 대통령은 인사권이라는 강력한 힘이 있다.

그걸 무시하려는 군대란, 그런 후폭풍을 감당할 자신이 있다는 얘긴데, 그건 반란이란 소리나 다름없는데------, 아무리 그렇다 해도 그건 아닐 것이다.

아무리 사태가 여기에 이르렀어도 대한민국은 이제 쿠데타로 정권을 잡는다는 것이 힘든 나라다. 위험 부담이 너무 크다.

하지만 군부와 미군이 한통속이라면 가능하다.

그러나 그들만으론 부족하다. 그렇다면, 그렇다면------, 정보다.

바로 자신과 같은 사람들. 일을 꾸미는 사람들. 그것만으로도 희열을 느끼는 괴물들.

김승철도 한때는 그랬다.

그때의 본능이 솟구쳐 튀어나오려는 것만 같다. 그렇다면 이 경계 안에 또 다른 괴물은 누구일까? 김승철의 머릿속에 뚜렷하게 떠오르는 놈은 제임스였다.

이기수가 양회와 권 차관을 위험인물로 지목했다면 김승철은 제임스를 떠올렸다.

김승철이 파면 당할 때 제임스는 한국 지부장으로 부임 했으니 악연이라면 악연이었다.

김승철은 그를 꽤나 야심적인 인물로 기억하고 있었다.

박 기자의 엉뚱한 질문에 김승철은 뜻밖의 수확을 얻을 수 있었다.

대통령의 명령에 군부가 복종하지 않는다는 것과 그런데 그것이 항명으로 비치지 않는다는 것이다.

명분 있는 항명은 군부에겐 큰 힘이 될 것이지만 대통령으로선 말할 수 없는 치욕일 것이다.

김승철은 꽤 오래 생각했다.

이기수가 쉽게 나를 찾았다면 제임스도 어렵진 않을 것이다.

아니, 나는 안테나에서 사라졌다 해도 지금 국정원의 실세가 이기수라면 그만큼은 커버할 것이다.

확인이 필요한 일이었다.

"조 경사님, 전화기 좀 빌릴 수 있을까요? 제건 도청 때문에------."

김승철은 조 경사의 동의를 구했고 조 경사는 선선히 응했다.

김승철은 전화로 이낙훈에게 학교 후문을 살필 것을 주문했고 이동희가 뒤를 볼 것이란 정보도 주었다.

"형님, 그냥 인수인계하고 빠지죠?"

이동희는 이 일이 영 마뜩치 않은 모양새다.

"나도 그랬으면 좋겠다만 일이 만만찮게 돌아간다. 네 뒤는 내가 커버할 테니까-----. 나라에 지은 죄, 갚을 수 있다면 갚자!"

김승철은 그랬으면 좋겠다 싶었다.

"참! 형님이 무슨 나라에 죄를 지었어요?"

이동희가 억울하다는 듯 말했지만 김승철은 달랐나보다.

그는 말없이 고개만 끄덕였다.

이동희는 "목표가 누굽니까?" 라며 묻곤 아까 챙겨온 연장을 다시 확인했다.

그러자 김승철은 고개를 저으며 "사람 다칠 일은 만들지 말자!" 그리곤 잠시 생각하더니 "우리 쪽 사람인 것만 확인하면 돼!" 하며 이동희의 손을 놓았다.

"그 얘긴 중간에 낚아챌 놈이 있다는 말이네요?"

이동희는 그러냐며 농의를 구했다.

"그렇대도 긴장할 필욘 없어! 어차피 서 종사나 나일 테니깐-----."

그렇게 말하며 김승철은 서 종사를 보았다.

둘의 얘기를 가만히 듣고 있던 서 종사도 소리를 버럭 지르며 외쳐댔다.

"여기에도 간자가 있는 것이오-----? 내가 직접 나서겠소이다!"

서 종사는 늘 그랬듯이 칼을 뽑으려 했다.

이제 서 종사도 제법 눈치가 늘은 것 같았다.

대신 조 경사가 잠깐 놀랬다. 아직도 서 종사의 칼은 무서웠던 거다.

*

제임스는 나가미의 연락을 받곤 한참을 생각해야 했다.

본국과의 모든 연락 두절은 참을 수 없는 공포였다.

최후의 통신. 잼마저도 경계 안 지부에서만 가능하단 걸 알고는 절망에 빠졌던 그였다.

cia 통신 교관이던 데이빗의 얼굴이 떠올랐다.

핵폭발에 의하여 생기는 전자기 충격파에도 통신이 가능하다던 그였다. 잼은 최후의 연락 수단이었다. 지금도 출력을 최대치로 올리는지 전자파가 살갗을 파고든다. 제임스의 머리도 어지러웠다.

참모인 다나카는 통신실에서 제임스를 데리고 나오며 제임스를 설득하려 했다.

"일본과 손을 잡는 게 우리가 살 길입니다!"

다나카는 일본계 미국인이다.

제임스는 따로 대꾸하지 않고 주한 미대사 스티브에게 연락을 취했다.

아직도 한국 내 통신이 자유로운 것을 의아스럽게 생각하면서------, 자신이라면 먼저 타국의 스파이들 통신부터 차단했을 텐데------. 민주주의를 책대로만 해석해서 그럴까? 왠지 그것만은 마음이 놓이는 제임스였다.

스티브도 꽤나 당황스러워 보였다. 몇 번이고 본국과의 연락을 강조했고 끝내는 절망하며 물었다.

"이보시오, 제임스! 이런 상황을 가정한 매뉴얼이 있습니까?"

제임스는 침묵했고 스티브는 한 번 더 좌절해야 했다.

"스스로 생존해야 할 것 같습니다! 나가미의 판단이 지금으로선 가장 좋습니다!”

제임스는 나가미의 전략이 옳다고는 생각지 않았다. 한국을 좋아하진 않지만 적으로 만들고 싶진 않았다. 자신의 판단으론 지금 한국은 세계 최대 강대국이다.

잼 통신이 불가능하다는 건 본국은 물론 세계의 모든 cia 말단 지부도 같이 사라졌음을 인정해야 했다. 그만큼 믿었던 잼이었다.

한국 내에는 많은 미군이 있다.

그리고 시간이 지나면 미군의 무장 해제는 필연적이 될 것이다.

명분이 사라졌거니와 비용을 누가 댄단 말인가? 이제 달러는 휴지나 마찬가지인 것이다.

운이 좋다면 전 미군과 그 가족들이 미국 본토로 돌아가서 다시 위대한 아메리카를 세우는 일인데 한국의 도움 없이는 불가능할 것이 뻔하다.

한국군의 손실이 너무 커 보이긴 하다.

그렇다고 지금의 전력으로 한국을 제압하기도 힘들어 보인다. 설사 제압하더라도 한국의 예비군을 생각하면 미군과 그 가족들, 단 한 사람도 살아남기 힘들어 보였다.

제임스로선 결과가 뻔해보였다. 그런데도 나가미의 유혹은 자신의 심장을 간질여왔다.

이중 노선을 취하자! 제임스가 내린 결론은 참으로 어쩔 수 없었을 것이다.

양쪽 다 발을 담그자. 일본의 계획대로 되어도 좋고 실패해도 상처를 최소로 줄이자. 하루만 아무 일 없다는 듯 하긴 어렵지 않다.

법리논쟁으로 하루를 가게 하자. 본국과 연락을 포기하는 건 너무 빠를 수도 있지 않은가?

이미 스티브도 나가미의 계획을 아는 듯 했다.

"후폭풍은 없겠습니까?"

스티브는 조심스레 제임스의 속내를 물어왔다. 제임스는 잠시 주위를 살피고는 낮게 읊조렸다.

"일단 여론이 중요합니다. 절대 한국을 자극하면 안 됩니다. 그리고 일본 동정론을 펴세요! 그들도 우리 동맹국 아닙니까?"

제임스의 계산은 정말로 음흉했다.

제임스는 알고 있었다. 나가미의 계획이 성공하게 되면 그 분노의 화살이 어디로 향할지를 말이다.

한국 정부는 틀림없이 연합사령부를 정치적으로 두들겨 팰 것이다.

그런데 그 하루를 한국정부에서, 아니 한국군부가 끌어준다면 한번 해볼 만한 일이었다.

그저 지켜보다 한국군부가 내린 결정을 따르면 되는 것 아닌가?

경상도에 미군 독립국가를 세우려는 나가미의 계획이 무모한 듯 하지만 불가능해 보이진 않는 이유였다.

한국의 여론만 분열되어 준다면 어림없는 일은 아닐 것이다.

제임스는 한국전쟁을 떠올렸다. 그때처럼 서로가 싸워주길 바라야 했다. 그런 자신이 괴물 같아 보였지만 자신의 직무라며 애써 외면하고 있었다.

"여기서 중립은 곤란하지 않겠소?"

제임스의 생각을 읽은 듯한 스티브는 곤혹스러워 보였다.

"24시간만 미적거리면 됩니다. 24시간은 그렇게 길지 않아요. 일본은 생사가 걸렸지만 우린 그저 감기예요."

제임스는 스티브를 그렇게 다독거렸다.

'그런데 그게 독감이면 우린 다 죽어요!'

스트브가 차마 입 밖에 내진 못 했지만 그의 불안감은 여전했다.

"좋아요. 하루만 지켜봅시다!"

스티브가 약간 기운을 낸 듯 했고 제임스는 몇 가지 당부인지 지시인지 모를 얘기를 하고는 통화를 끝냈다. 그렇게 둘은 가장 쉽고도 가장 어려운 길을 택했다.

그저 아무것도 하지 않는 걸로-----.

그리고 제임스는 지금도 정보 수집과 여론전으로 바쁜 요원들에게 또 다른 명령을 내렸다.

한국군의 동태는 미군에게 맡기면 된다. 그러나 국정원은 예외였다. 국정원의 힘만으로도 충분히 막을 수 있을 만큼 약해 빠진 일본군이니 더 말할 필요도 없었다.

그런 국정원엔 자신의 손발들이 거의 다라 해도 좋을 만큼 물갈이 되었다. 문대통령의 적폐청산은 참으로 시의적절했다. 제임스의 이마가 찌푸려진 건 아마 그래시일 거다.

그래도 그나마 안보수석이 있어 다행이었다.

그를 나가미가 말한 국방부 차관과 연결시키면 언뜻 그림이 그려졌다. 그건 제임스가 나가미의 계획에 동조한 이유이기도 했다.

제임스는 권 차관이란 자가 궁금하기도 했지만 이젠 그보다 더 급한 일이 있었다.

국정원의 움직임을 잡아낼 방법이 묘연했던 것이다.

그렇게 그는 참모들을 다그치기 시작했다.

직원들은 한직으로 밀려난 국정원 직원부터 접촉하기 시작했고 퇴직한 요원들과의 접선에도 주저하지 않았다.

시간이 지날수록 달러의 가치는 떨어질 것이다.

아니, 이 사태를 냉철히 판단하는 사람이라면 달러가 휴지란 걸 알아차릴 것이다.

그러니 하루만 버텨주길 바라면서 그들은 업무에 최선을 다했다. 여론전을 맡은 요원들은 다중 경계를 교묘히 전파하려 애쓰고 있었다.

미국도 한국과 같이 경계선이 생겼다고------, 미국 본토도 한국처럼 건재하다고------.

그것을 믿게 하는 것이 자신들의 임무였고 cia에 포섭된 한국인들은 주저함이 없어 보였다.

어차피 그 일은 일상처럼 하던 일이었고 제임스의 큰 그림을 보지 못했으니 달리 죄의식도 없어 보였다.

얼마 지나지 않아 국정원장이 경계 밖으로 사라졌고 현재 이기수 1차장이 국정원의 최고 실세란 걸 어렵지 않게 알게 된 제임스였다.

제임스는 이기수를 정점으로 놓고 예상 가능한 시나리오를 그려 나갔다.

역시나 국정원 요원들의 움직임이 있다는 보고가 여기저기서 올라왔다.

자신의 생각과 같이 올라오는 보고에 제임스는 자신감도 생겼다.

그리고 그 자신감은 문대통령의 공격 명령을 알게 됐을 때도 당황하지 않을 수 있게 해 주었다.

그러나 이기수도 만만치는 않았다.

문대통령의 적폐청산은 국정원을 다시 태어나게 만들었지만 그것은 수뇌부일 뿐이었다.

머리와 꼬리만 바뀌었을 뿐 오래된 몸통이 문제였다.

정치적으로 휩쓸리진 않지만 돈과 의리로 움직이는 자들은 쉽게 바꿀 수도 없고 또 잘 드러나지 않는 게 맹점이었다.

정보부 세월만 이십년이 넘는 그였다.

그리고 국정원장의 부재도 악재라면 악재였다.

자신의 뒤에 대통령이 있다는 것을 직원들에게 각인시켜야 하는데 그럴 시간적인 여유도 없었다.

그리고 잘못되면 대통령께 정치적으로 누가 된다. 그래서 어렵게 생각해낸 작전이 허수 주문이었다.

이 차장은 망설이지 않았다.

이 차장은 국정원의 작전이 국정원에 의해 무산될 수 있다는 것을 심각하게 걱정해야 했다.

보안이 생명이었다. 군이 대통령의 뜻만 받든다면 간단한 전쟁이다.

대구 k2 비행장에서 부산까지 f15면은 10분이면 된다. 서너 대만 폭격에 나서면 혼비백산 줄행랑일 것이다.

그런데 그것이 여의치 않다. 교묘한 법리논쟁으로 시간을 끄는 것이 눈에 보일 정도다.

그들이 부산을 포기하고 얻으려는 것이 과연 무엇일까?

주도자는 군부와 안보 수석이었다.

부산하게 전시 브리핑 실을 만들면서도 안보 수석의 논리는 몇몇 야당인물의 뜻과 같이 하고 있었다.

대통령도 곤혹스러운 눈치가 보인다. 대통령이 부산 성을 잃으면 민족의 죄인이 된다.

막강한 군사력으로 이 천의 군민이 도륙난다면 어떤 이유를 들더라도 탄핵감이다.

눈을 부릅뜨고 있는 야당으로선 놓칠 수 없는 먹잇감이고 그리고 명분과 법리논쟁에서 크게 지지 않고 있었다.

그것은 주한미군의 힘이 아직도 영향력을 잃지 않은 것이고 군이 항명 아닌 항명을 하는데 최고의 버팀목이 되어주고 있었다.

젠장! 정치란 게 이렇게 비정한 것일까?

*

국정원의 조직도 많이 바뀌었다.

적폐청산으로 많은 날개가 잘려나갔고 예산도 대폭 줄어들었다.

각 지부에 배치된 무기도 대부분 예비군 무기고로 옮기기로 되어있었다. 대통령의 뜻이 완고했으나 수뇌부에서 반대가 심했었다.

그러다가 남북 평화회담으로 옮기는 쪽으로 잠정 결론이 난 상태였다. 이 차장이 가슴을 쓸어내린 대목이었다.

그리고 국정원의 움직임은 낱낱이 포착되어 제임스에게로 올라갔다.

교차 확인된 국정원의 작전은 이랬다. 조선의 서 종사란 자를 확보하려 한다는 것과 그 접선 장소가 셋이라는 것이다.

종합해보면 국정원은 아직 서 종사란 자를 확보하지 못했지만 곧 만날 것이고 모종의 작전이 시작될 것이란 소리였다.

제임스는 입맛이 썼다.

자신이 줄타기 하는 광대인 것만 같아서다.

요원들의 무장을 최소화 할 수밖에 없었고 그것마저도 사용을 최소화 하라고 지시한 자신이 못내 싫었다.

이제 미국은 없다. 눈앞의 커다란 먹이는 자칫 입을 찢고 우리를 숨 막히게 할 수도 있는 것이다.

그들은 정말이지 후폭풍을 최소화 해야만 했다.

연합사령관 로버츠에겐 말해주었다. 잼도 통신두절이란 걸. 그것이 무엇을 의미하는지 그도 잘 알 것이다.

태생이 군인이라 연기를 잘 할지 의문이지만 말이다.

군인의 충성은 뒤에 조국이 있어서 가능한 것이 아닌가?

목숨을 바쳐도 좋을 조국이 없다는 것이 제임스를 힘들게 했고 자꾸만 아내와 아이들의 얼굴이 어른거리게 만들었다.

두 곳은 연수동이고 한곳은 문이동이다. 부산으로 가는 가장 빠른 옛길일 것이다.

어차피 대단위 총격전은 자살 행위와 같은 것이니 무조건 피해야 한다. 그것이 참으로 곤혹스런 제임스였다.

그러나 제임스의 이 소극적인 개입은 이 차장이 의도한 바는 아니었다.

이 차장은 혹여라도 국정원에 반하는 세력이 있다면 더 크게 부풀릴 계획도 갖고 있었다.

물론 그것은 최후의 수단이 될 것이다.

넓은 저택에 나무 한그루가 탄다면 관심을 끌지 못하지만 식량 창고로 옮겨 붙는다면 사정이 달라진다. 무조건 꺼야만 한다.

바로 여론 몰이고 제임스가 가장 우려하는 부분이다.

이제 제임스는 여론을 다른 곳으로 돌려야 했다.

바로 불안감 조성이다. 부산 동래에 집중된 여론을 다른 곳으로 돌리려면 불안감이 최고다.

지금 모든 마트에서 일어나는 사재기가 그것이고 몇몇 곳은 약탈에 버금가는 일도 벌어지고 있었다. 제임스의 무리가 선동하기 전까진 그리 심하진 않았다.

아니, 오히려 차분했다고 말할 만큼 시민들은 의연히 대처했다. 사라진 이들에겐 잔혹 했지만 없어진 북한은 남한에겐 축복 그 자체였다.

거기에다 경찰도 태반이 차출되어 동래 연수동으로 갔으니 지금 대한민국은 치안 부재의 상황이나 다름없었다.

그러나 계엄령이 내려진 상황인데도 불구하고 여전히 군은 출동하지 않고 있었다.

제임스는 무장 병력을 연수동과 문이동으로 급파하려고 주한미군 사령관인 로버츠에게 연락을 취했다.

그러나 로버츠는 연락이 되지 않았고 대신 통화한 스티브의 대답은 이랬다.

주한미군이 한국을 겁내고 있다는 것이다.

그들이 전력을 뺄 수 없다는 것은 바꿔 말하면 한국군이 완전한 통제에 놓여있지 않다는 것이다.

그랬다.

지금 한국군은 두 갈래로 나뉘어 미묘한 대치를 거듭하고 있었다.

차관을 지지하는 수방사 세력과 대통령을 지지하는 특전사 세력으로-----, 그들은 보이지 않는 다툼을 벌이고 있었다.

차관이 수방사 사령관으로 복무하다 물러난 게 얼마 전이었다.

물러나면서 후임으로 강력히 추천한 게 지금의 사령관이니-----, 대통령으로선 발톱에 박힌 가시 같은 존재였다.

대통령이 특전사를 움직인다면 수방사는 미군을 등에 업고 실력 행사에 나설 것이 뻔했다.

어거지 같지만 수방사도 명분이 없진 않다. 그것이 대통령을 힘들게 했고 바로 이러한 대치 상태가 지금의 이상한 계엄 상황을 만들었다.

제임스의 고민은 깊어갔다. 이대로 손을 놓고 말 것인가?

아니면 승부수를 띄울 것인가-----? 손을 놓기엔 너무 아쉬웠다.

부산성만 함락되면 끝나는 싸움이다. 한국의 평화는 나가미의 말처럼 그들에겐 지옥이 될 것이 틀림없었다.

자신의 처지론 로버츠를 상대할 순 없었다.

지금도 그는 연락조차 받지 않았고 자신의 비서를 통해서 통보만 하지 않는가? 지금도 그와 같이 있을 스티브라면 가능할 것이다.

제임스의 계획을 들은 스티브도 잠시 망설이는 기색은 있었다.

어쩌면 그도 생사의 기로에 선 것이나 다름없는 처지였으니 참으로 괴로울 것이다.

*

지금 평택엔 델타 포스가 훈련 차 머무르고 있었다.

1개 지역대 병력으로 전부 합하면 오십 여명이 조금 넘는다.

시간상으로 스무 시간만 딜레이 시키면 되고 그것도 비전투 요원인 국정원이라면 그리 어려운 작전도 아닐 것이다.

그들은 틀림없이 전투를 꺼릴 것이다.

명분도 좋다. 전시체재가 아닌가? 동래의 자국민 보호라면 누구도 반대하기 힘들 것이고.

이제 스티브도 로버츠와 담판을 지어보기로 마음먹었고 제임스의 판단은 틀리지 않을 것이다.

자국 대사인 스티브의 강력한 자국민 보호 요청을 로버츠는 마냥 무시할 순 없었다.

거기에다 cia 까지 나서니 더는 어쩔 수 없는 듯 보였다.

그러나 잠시 또 다른 고민은 있었다.

자신에겐 델타포스를 움직일 권한이 없었다. 로버츠는 그래도 미국의 존재를 부정하고 싶진 않았던 것이다.

"중립을 선택하게 하는 것이 최선입니다!"

김태구는 박성태를 다그치듯 몰아붙이고 있었다.

조용한 곳이었고 도청을 염려한 밀실이었다.

"김 보좌관! 아무리 그래도 중립은 말도 안 된다. 난 뒷감당 못한다!"

박성태도 이젠 정신을 차린 듯 제대로 된 생각을 하고 있었다.

아무리 신세를 지고 있는 김태구지만 이건 너무 무리한 요구였다. 그렇다고 이 자리를 박차고 나갈 만큼의 용기도 없었다.

어쩌면 그는 김태구의 허수아비일 만큼 많은 금전적, 정신적 지원을 받았으니 막 대하기도 그랬을 것이다.

"미군의 제1동맹국이 일본입니다. 이런 경계가 우리만 있으리란 보장이 없습니다. 하루면 됩니다. 미군에 등 떠밀린 양 어쩔 수 없다고----, 내일 점심때까지만 버티면 됩니다!"

김태구는 뱀처럼 박성태를 유혹하고 있었다.

김태구는 양회의 일원이고 권두한과는 동향이었다.

그리고 그는 국회의원 보좌관 모임인 국보회의 회장이기도 했다.

물론 국보회의 보좌관 모두가 양회의 일원은 아니었다. 양회의 사람은 다섯 명 남짓했으나 그들이 모두 국보회의 핵심인 것이 문제였다.

정치적인 실리는 확실해보였다.

동족으로선 안타깝지만 사백년 전의 조선 사람들이 아닌가? 역사적으로 이미 죽은 사람들이 아닌가?

부산성만 함락된다면 대통령을 끌어내릴 수 있다는 양회의 논리는 튀어나오려는 양심마저도 누를 수밖에 없었을 것이다.

권력이란 그런 것이다.

"앞장서서 중립을 외치라는 것이 아닙니다. 여론을 미군에게 실어주고 시간만 끌면 됩니다. 나머진 제가 알아서 하겠습니다!"

김태구는 머뭇거리는 박성태를 그렇게 압박했다.

"태구야! 내가 최고 위원이다! 내가 나서면 당이 나서는 것과 똑같다. 지지하는 의원이 있겠냐?"

정말이지 박성태는 나서고 싶지 않은 자리였다.

"걱정 마십시오! 이미 삼십여 명 확보했습니다. 그냥 미군의 손만 들어주면 되는 것입니다. 어려울 게 없습니다!"

박성태는 그저 듣고만 있었다. 그의 머릿속은 실리 계산으로 복잡했지만 그의 양심은 갈피를 잡지 못하고 있었다.

"크게 나서실 일도 없어요! 그저 묵인만 하십시오! 욕은 미군이 먹게끔 여론은 조장하면 됩니다!"

김태구의 논리는 정치 공학적으로 허점이 별로 없어 보였다.

박성태의 눈빛이 순간 빛났고 그는 기어이 김태구의 세치 혀에 놀아나기 시작했다.

"욕을 미군이 얻어먹어?"

"그렇게 여론을 만들면 됩니다. 언론이 우리 편 아닙니까? 지금이야 정신없이 보이는 것만 보도 하지만 정치적인 눈으로 보게끔 만들어주면 됩니다!"

"어떻게?"

박성태의 구미가 확 당기는 순간이었다.

"지금 언론이 제일 이를 가는 사람이 누구겠습니까?"

"대통령?"

박성태는 알면서도 물었을 것이다.

"미군이 중립을 택하고 미적거리면 부산성은 내일 점심때쯤이면 떨어질 거예요. 그걸 빌미로 탄핵하면 됩니다. 빠져나갈 길이 보이지 않을 겁니다!"

김태구의 논리는 박성태의 심장을 마구 두들기고 있었다.

　까마득히 멀게만 보였던 청와대의 봉황이 자신에게 손짓하는 것만 같았다.

　"탄핵! 그래, 그 정도면 탄핵감이지! 하------! 지지율 떨어지는 소리가 벌써부터 들리네. 하------! 언론하고 손잡고 미군하고도 손잡으면 안 될 것이 뭐가 있겠냐?"

　박성태는 분명 흥분하고 있었다.

　그러나 그도 사람이어서 그랬을까?

　자신의 보좌관인 김태구가 괴물 같아 보였다.

　분명 오늘의 자신을 만든 건 김태구다.

　그건 부인할 수 없는 것이다. 돈이면 돈, 조직이면 조직. 무엇 하나 빠지지 않게 만드는 김태구였다.

　처음부터 의심한건 아니었지만 이유는 충분했다. 그러다 이내 생각을 바꿨다. 그 이유가 무엇이든 간에 손해 볼 일 없으니 굳이 따질 일은 아닌 것이다.

　박성태는 그렇게 악마의 손을 잡았다.

　하지만 노회한 정치인답게 그는 끝내 확답을 주진 않았다. 그저 미적거렸다는 것이 옳을 것이다.

　그의 마음속 한가운데에는 아직도 한 가닥의 양심이 남아있었다.

김태구의 전쟁

김태구가 이끄는 댓글 부대는 정신없이 바쁜 시간을 보내고 있었다.

주요 포털은 예전부터 일정부분 장악하고 있었지만 지금은 그때와는 또 다른 전쟁터였다. 그들의 목적은 하나였다. 분란 그 자체만 있으면 되는 것 이였다.

그들은 평화도 아니고 전쟁도 아닌 어정쩡한 상태를 원했다. 긴 시간 도 필요 없다. 내일 점심때까지만 갑론을박하며 싸울 수 있게 소스만 제 공하면 되는 것이다.

그리고 김태구의 계산은 이미 끝나있었다. 양회의 운명은 곧 자신의 운명과 같은 것이라 여겼으니 달리 피하고 싶지도 않았다.

앙다문 입술에 쌍꺼풀 없는 그의 눈은 어둑한 저녁의 늑대와 같았다. 그는 두 아이의 아버지였고 이제 겨우 사십에 다다른 가장이었다.

김태구의 어린 시절은 평범했다고 하는 것이 옳을 것이다.

그의 아버지도 평범한 사람이었고 부유하진 않았지만 그렇다고 딱히 불편한 것 없었던 지극히 평범하고도 평범한 유년시절이었다.

다만 그의 어머니가 친일파 중 한사람의 후손이었다.

어머니의 할아버지가 친일 인명사전에 등록된 걸 알게 된 후 작게 방 황도 있었다.

그러나 그것이 무슨 문제란 말인가? 이미 20세기 후반이고 그것은 까 마득한 과거이니 자신에게 미치는 영향은 미미했다.

그의 아버지가 외한위기 때 실직만 하지 않았다면 그때 그의 부모가 이혼만 하지 않았다면 그도 누군가처럼 평범한 삶을 꿈꾸었을 것이다.

배고픈 청춘은 고민도 많았을 것이고---, 그러나 그의 고민은 남다른 데가 있었다.

친일파의 후손은 대대로 잘 살고 있는데 외삼촌을 보니 그것도 아니었다.

분명 친일 인명사전에 등록될 만큼의 친일파였는데, 참! 궁상맞은 삶이었다.

술에 취한 어머니의 넋두리는 항상 일정했다. 전쟁만 없었다면---, 전쟁만 없었다면----.

전쟁 통에 그녀의 할아버지가 죽고 가세는 급격하게 기울었었다. 그리고 가난한 친일파가 빌붙을 곳은 한 군데밖에 없었을 것이다.

사람들은 그녀의 아버지를 더러운 친일파의 자식이라며 겉으로 욕하면서도 굳이 내치진 않았다.

반공을 외쳐댔던 그들 또한 친일파가 다수였으니 반공은 곧 친일파의 전쟁이나 다름없는 것 이었다.

그렇게 김태구의 외할아버진 친일파에서 반공투사로 변신해 살다가 죽었다. 위험한 시대에 위험하게 살다가 갔다. 위험한 시대의 그리 별것도 없는 삶이였다.

김태구가 양회의 일원이 된 것도 별 것 아니었다. 그는 아직도 일식이 마음에 차지 않는 토종 한국인이다.

그는 정치학을 공부했고 교환학생으로 일본에서 잠시 공부했었다. 그때 나가미 교수를 알았고 그의 제안을 뿌리치지 않은 것뿐이다.

그때 그는 스스로 친일파를 선택했었다. 외할아버지 같은 가난한 친일파가 아니라 성공한 친일파가 되고 싶었다.

그리고 지금 그의 삶은 꽤나 좋다. 유력한 대권후보는 아니지만 나름 역량 있는 정치인의 최측근 보좌관이니 그런 선택에 대한 후회도 없다.

　그는 권두한의 추천으로 정치에 입문했었고 차기 국회의원 선거에 나설 것이 틀림없었다.

　왕후장상의 씨가 따로 있나? 그에게도 봉황의 꿈이 없다면 그것은 분명 거짓말일 것이다.

　그렇게 김태구의 전쟁은 계속될 것이다. 욕망일까? 아니면 어처구니없는 욕심일까?

　그의 눈빛이 이글이글 타오르는 건 어머니와 외할아버지의 못다 이룬 꿈 때문은 아닐까?

*

　그들의 초조함은 어쩔 수 없었을 것이다.

　세 사람은 김승철마저 학교로 떠나자 조금 초조해 했다. 상대가 국정원 직원이라니------, 숙을 수도 있다는 그 말이 이제야 실감나기 시작한 모양이다.

　박 기자와 조 경사는 무료함과 공포를 달래려는지 서 종사의 애타함을 달래주고 있었다.

　작은 화면으로 보는 스마트 폰은 신기하기 짝이 없었고 탐라에서 한양까지 반 시진이면 간다니 이건 쫌 놀랬다.

　사람이 달에 갔다는 것은 재밌었고 핵폭발의 위력을 보았을 땐 많이 놀랐다.

　비아 뭣인가는 꼭 구하고 싶었고 부산의 누군가에게 꼭 전해주고 싶었다.

　임진왜란의 결말을 알았을 땐 슬펐고 다시 일제강점기를 맞았다는 얘기엔 서글펐다.

그 서글픔만큼 서 종사는 콜라를 마셨다. 복돌이도 미쳤는지 콜라를 좋아했다.

박 기자는 말렸지만 서 종사는 개의치 않았다. 자기 한 모금, 복돌이 한 모금-----, 둘의 사이가 많이 좋아져 보였다.

넉넉히 사둔 햄버거도 반은 복돌이의 차지였다. 박 기자가 놀랐지만 복돌이는 신이 났다.

그러다 이상한 소리가 나자 조 경사가 얼른 스마트 폰을 낚아채갔다.

분명히 그 소리다.

서 종사는 조 경사를 아쉬운 듯 봤고 조 경사는 서 종사의 눈을 피했다.

박 기자는 아무 말도 없었고 복돌이도 그랬다. 서 종사는 콜라를 마셨고 복돌이도 그랬다. 이번엔 박 기자도 말리지 못했다. 다만 김승철이 빨리 왔으면 싶었다.

김승철은 조심히 이동희의 뒤를 따랐지만 후문에 도착할 때까지 아무런 조짐이 없었다.

후문은 닫혀있었고 운동장엔 학생 몇몇이 농구하는 모습만 보였다.

한가한 일상에 다들 잠시 맥이 풀린 듯 했다.

그랬다. 너무 일찍 왔다.

국정원이 무기 챙겨서 오려면 한 시간 이상 걸릴 것이다. 지금은 gps 도 안 된다. 제대로 찾아나 올지가 걱정이다. 자신은 가까이 있기도 했지만 서 종사를 너무 쉽게 찾았다.

셋은 일단 이낙훈의 차를 타고 서 종사와 일행이 있는 곳으로 차를 돌렸다.

김승철은 도청을 감수하고서라도 자신의 폰을 사용할 수밖에 없었다.

그러나 이기수는 어쩐 일인지 연결이 되지 않았고 차는 어느새 서 종사가 있는 골목으로 접어들고 있었다.

김승철의 초조함은 별것도 아니었다. 자신이 지금도 현직이라면 어찌할 것인가에 대한 진지한 고민이었다.

어차피 칼은 이 선배가 쥐었지만 마냥 기다리기엔 시간이 촉박했다.

"이 대장!"

김승철은 이낙훈 동대장을 늘 그렇게 불렀다.

"예! 형님!"

이 대장은 덤덤히 김승철을 보며 대꾸했다.

"우리 총 좀 구하자!"

김승철은 다른 설명 없이 곧바로 그렇게 말했다.

"예?"

이 대장이 무슨 소리냐는 듯 제대로 답을 못했고 이동희도 눈이 동그래졌다.

"나도 쓸 일 없었으면 좋겠다만 돌아가는 꼴이 수상해서 그래!"

"그래야 된다면 그래야죠."

잠시 생각하던 이 대장은 짐작이 간다는 듯 말했다.

지금 군의 움직임은 누가 봐도 이상했다. 피난민들은 늘어났지만 왜구를 소탕하려는 기미가 보이지 않았다.

정부는 피난민들을 수용했고 잘 보살피는 듯 했다.

그러나 거기까지였다. 정부는 경계 밖의 조선인들을 자국민으로 여기지 않는 것 같았고 그런 정부를 성토하는 여론이 조금씩 늘어갔다.

이 대장은 김승철의 과거를 잘 아는 듯 했다.

"아니, 우리까지 나설 필요 있습니까?"

이동희는 여전히 탐탁지 않아 했지만 그러곤 더 말이 없었다.

　김승철은 행여나 이기수와 연락이 끊어질 경우를 대비해 스스로 뭔가를 하고 싶었다.

　그것이 어쩌면 지금껏 살아온--, 자신에 대한 자부심이 아닐까?

　김승철은 그런 사람이었다.

　지금 이낙훈의 차엔 이동희 대신 조경사가 타고 있었다.

　연수동의 경계는 접근이 쉽지 않았고 김승철은 조 경사에게 도움을 청했다.

　동래에서 부산성까지 가장 빠른 길은 서 종사가 넘어온 길이다.

　직선거리로 15킬로 안쪽으로 보인다. 산길을 감안하더라도 두 시간 정도. 넉넉잡아 세 시간이면 충분할 것이다.

　김승철은 이제 사라진 국정원의 부산지부를 재건하기로 마음먹은 듯했다.

　어차피 알바지만 자신의 신분은 유효했고 이 선배로부터 사건 종료의 신호도 없었다.

　법적으로 따져도 지금은 부산지부 지부장이 틀림없었다. 어쩌면 김승철은 그렇게 믿고 싶었을 것이다.

　김승철은 두리번거리며 누군가를 찾는 듯 했고 또 누군가는 그를 알아보고는 아는 척을 했다.

　"지부장님! 여긴 우짠 일로?"

　동래 경찰서 정보 과장이었다.

　"어, 이 계장! 오랜만이네."

　김승철은 예전에 자주 보던 자라 반갑게 맞았다.

　"아이고, 과장인지 좀 됐심다!"

　이 과장이 쑥스러운 듯 하면서도 자랑스럽게 말했다.

　"그래, 축하해! 나도 조금 전에 복귀 명령 받았어."

물론 김승철도 자신의 존재를 그렇게 알렸다.

"아, 예! 그렇습니까? 축하합니다!"

이 과장의 태도가 갑자기 공손해졌고 옆에 있던 조 경사의 어깨가 괜히 으쓱했다.

일반인들에겐 딴 나라 얘기겠지만 이 과장 같은 부류의 사람들에겐 국정원은 아직도 두려운 존재였을 것이다.

"과장님! 연수 고등학교 쪽에서 말을 봤다는 제보가 있습니다!"

정보과 직원의 말에 이 과장은 이맛살을 찌푸렸다.

말이란 말에 김승철도 놀랐고 조 경사도 당황했다. 젠장! 그 말은 복돌이가 아닌가?

"무슨 소리야, 말이라니?"

김승철은 시치미를 떼며 물었다.

"아, 예! 상부에서 종사관님의 신병을 확보하라는데---, 그기 좀--."

이 과상은 발끝을 흐렸다.

"결국 체포하란 소리구만 뭐!"

김승철은 별 것 아니라는 듯 말했고 이 과장은 그것이 곤혹스러운 듯 했다.

"아니, 종사관님을 모셔도 시원찮을 판에------, 도대체가 어떻게 돌아가는지?"

이 과장은 참--, 마뜩치 않은 표정이었다.

김승철도 답답한 건 매한가진 듯 했다. 경찰의 협조를 구하려 했지만 오히려 역공을 당한 샘이니 무척이나 황당했다.

이 과장은 그렇게 한 무리의 인원을 이끌고 연수 고등학교 쪽으로 향했다.

'짜식, 좀 천천히 움직이지.'

김승철의 속마음은 그랬다. 김승철은 서둘러 차에 올라 이동희를 찾았다.

"이 부장! 종사관님 모시고 사우나로 와! 지금 경찰에 체포령이 내려졌어. 제길!"

김승철의 목소리는 가래가 끓는 듯 탁했다.

"아니, 형님 그건 또 뭔 소립니까?"

이 부장은 뜬금없다는 듯 되물었고 김승철은 급하다는 듯 말했다.

"지금 연수동 경계에서 출동했으니까 부딪히지 말고--, 서둘러! 얘기는 나중에 해!"

전화를 끊은 김승철은 조 경사를 봤다. 조 경사도 난처한 듯 했지만 김승철의 의도를 안다는 듯 무전기를 들어보였다.

"내가 도움이 될 겁니다!"

김승철은 조 경사를 믿을 수밖에 달리 뾰족한 수가 없었을 것이다.

김승철의 차는 거리를 두고 경찰차를 그렇게 따라가고 있었다.

이동희는 황당한 김승철의 얘기에도 불구하고 명령을 따랐다. 지금은 앞뒤 잴 시간이 아니다.

"부릉!"

이동희는 급하게 시동을 켰고 머릿속으로 연수동 지도를 그려 나갔다.

그때 박 기자가 궁금하다는 듯 따지고 들었다.

"지금 우리만 갑니까?"

이동희는 대꾸도 않고 그대로 차를 몰았다.

순간 서 종사도 놀랐고 박 기자도 놀랐다. 복돌이는 많이 당황했다.

"끼 익!"

이동희는 급하게 차를 멈추어야 했다.

　문제는 복돌이다. 저 놈을 버리고 갈 순 없었다. 그렇다고 좀 전처럼 같이 달릴 수도 없고 말발굽 소리는 멀리서도 신나게 들릴 것이 분명했다.

　이동희는 급하게 서 종사와 박 기자를 번갈아가며 봤다.

　"기자님, 말 탈 줄 압니까?"

　직설적으로 묻는 이동희의 말에 박 기자는 어리둥절한 듯 되물었다.

　"아니, 설명을 좀 하구 가요!"

　이동희는 차마 설명할 수 없었다.

　그건 서 종사의 실망을 감당할 자신이 없어서다.

　"연수 사우나 아시죠? 짭새는 따돌리고요."

　그리곤 눈을 깜박깜박거렸다.

　어이없어 하던 박 기자도 "아니, 그럼 경---, 아니, 짭새가-----?" 라며 서 종사의 눈치를 가만히 살폈다. 그도 그럴 것이 이동희의 행동거지는 경찰이 서 종사를 잡으려 한다는 모양새였다.

　이동희가 고개를 끄덕이자 박 기자는 알겠다는 듯 이동희의 어깨를 가볍게 두드렸다.

　"종사관님, 설명은 나중에 드리겠습니다!"

　박 기자의 마음은 정말로 급했다. 그는 급하게 차에서 내렸다.

　복돌이는 뭐가 좋은지 신나있었고 박 기자가 고삐를 잡아채도 모른 척했다.

　박 기자는 복돌이의 고삐를 가볍게 잡아채곤 말에 올랐다.

　"복돌아, 한번 달려볼까?"

　오랜만에 앉아보는 안장이지만 크게 낯설진 않았다. 다만 사백년 전의 안장이라 작고 어색하긴 했다.

　서 종사는 갑작스런 두 사람의 행태가 미심쩍어 물었다.

"도대체 무슨 일로 그러시오?"

차마 제대로 된 답을 할 수 없었던 이동희는 얼버무릴 수밖에 없었다.

"나중에 금부도사님을 만나면 답해주실 겁니다!"

이동희는 자기들은 내시가 아니라며 항변하듯 그렇게 말했다.

금부도사면 지금의 국정원 부산 지부장과 비슷할 것도 같다는 생각에 말이다.

서 종사는 다행히도 금부도사란 말에 일단 수긍하는 눈치였다.

"알겠소이다! 내 후에 듣겠소!"

이동희가 서 종사를 모시고 연수 사우나로 가는 것은 별 문제가 없었다. 이면 도로엔 경찰도 없었지만 사람도 별로 없었다. 소개령에 많은 이들이 떠나고 없었다.

그러나 박 기자는 상황이 많이 달랐다.

복돌이의 발굽소리는, 게다가 아스팔트 위에서의 말발굽 소리는 꽤나 요란했다.

벌써 눈치를 챈 듯한 경찰차의 사이렌 소리는 점점 가깝게 들려왔다.

그러자 박 기자는 오히려 복돌이의 속도를 조금씩 줄여나갔다. 박 기자와 복돌이를 발견한 세대의 순찰차는 복돌이를 포위하듯 그렇게 멈춰 섰다.

그리고 정보과 이 과장은 살짝 맥이 빠져야 했다.

"종사관님은 어디에 계십니까?"

이 과장은 의외로 부드럽게 나왔다. 박 기자를 자극하고 싶진 않았을 것이다.

"경찰이 무슨 일로 종사관님을 찾아요?"

박 기자도 모른 척 대꾸했다.

이 과장은 조금 난감했다. 솔직히 말하기도 그렇고 대놓고 윽박지르기도 쉽지 않아서다.

상대는 지금 실시간 검색 일순위에 오르내리는 기자가 아닌가?

이럴까 저럴까 고민하던 이 과장은 작심한 듯 복돌이의 고삐를 잡으려 했다.

"히이잉!"

복돌이가 앞발을 높이 들며 저항하려 하자 경찰 여럿이 달려들었다.

그래도 그나마 다행인 것은 복돌이와 박 기자를 해하려는 것은 아닌 듯 했다.

복돌이가 더 크게 울부짖자 박 기자가 복돌이를 달래며 이 과장에게 말했다.

"협조할 테니 설명을 해봐요!"

그러자 경찰들도 마지못한 이 일을 설명해보라는 듯 이 과장을 봤다.

"기사로 내진 마소!"

이 과장은 그래도 말을 아꼈다.

"알겠습니다! 내더라도 여러분들에겐 피해 없도록 쓸 겁니다. 걱정 말고 말해요!"

박 기자는 거짓말하고 싶신 않았다. 기자와 경찰들의 생리가 그랬다. 그건 경찰도 알고 기자들도 아는 얘기다.

"지금 조선 사람들 신분이 애매해요. 지금 계엄 사령부 지침이------."

이 과장은 곤혹스러운 듯 잠시 말을 잇지 못했다.

"우린 그저 종사관님을 수용소로 모시려는 겁니다. 미안한 얘기지만 난민에 거기다 불법 무장까지 했으니------."

그리고는 이 과장도 어쩔 수 없는 자신들을 이해하라는 듯 박 기자를 올려다봤다.

"난민이라뇨? 거기다 말이 좋아 수용소로 모신다는 거지, 결국은 체포하겠다는 얘기와 같잖아요!"

박 기자는 애꿎은 이 과장만 탓했다.

"정말 종사관님이 불법 난민입니까? 여러분들도 그렇게 생각해요?"

박 기자는 경찰들은 들으라며 소리쳤다.

박 기자의 호통 치는 듯한 말에 경찰들도 별 대꾸를 하지 못하고 다시 이 과장만 봤다.

이 과장도 아차 싶긴 했지만 별 도리가 없다는 듯 다시 말했다.

"계엄사 방침이 그런 걸 어떡해요, 그럼. 그라고 종사관님이 대한민국 국민이 아닌 건 맞잖아요?"

이 과장은 자신도 답답하다고, 자신도 힘들다고, 그리고 대한민국 법이 그런 걸 어쩌냐며 박 기자와 맞섰다.

이제 경찰들은 다시 박 기자를 봤다.

"종사관님이 여기 오신 이유를 다들 아시잖습니까? 부산성에서 무슨 일이 벌어질지 아시잖아요! 정부도 그렇고 군대도 그렇고 경찰마저 이러면 서 종사님은 어떡합니까?"

박 기자는 화가 치밀어 올랐다.

이 사실을 서 종사님이 알게 된다면 정말로 면목이 없을 것 같았다. 난민이라는 표현에 기가 찼다. 아! 미군만 없었다면-----.

"기자님! 그건 계엄 사령부에 맡깁시다. 사백년 전의 왜군 아닙니까? 우리 동래 경찰들로도 충분해요."

이 과장은 걱정도 팔자라는 듯 태평스런 태도였다.

박 기자는 이 과장의 눈을 잠시 피하며 생각했다.

지금 군과 미군이 미묘한 알력 행사로 대치중인 걸 이 사람들에게 설명할 순 없는 일이다.

또 이들과 대치할 수도 없고 또 여차하면 이들의 장담대로 경찰의 힘이 필요할지도 모를 일이었다.

또 박 기자는 이 과장의 말처럼 다 내려놓을까도 싶었다. 국정원이라며 나타난 사람도 왠지 믿음이 가지 않고------, 이것이 다 무슨 일인가도 싶었다.

그러다 서 종사와 부산성 생각에 세차게 머리를 저었다.

박 기자는 다시 마음을 다잡았다. '대통령을 믿어보자!' 그는 자신의 결정이 틀리지 않기를 속으로 빌며 말했다.

"수용소는 어디로 정했습니까?"

"아! 구민 체육관요!"

박 기자의 말이 반가운 이 과장의 대답이었다.

"종사관님은 지금 지쳐서 주무십니다. 깨는 대로 모셔갈 테니 먼저들 가요"

이 과장을 안심시키려는 박 기자었다.

"우리랑 같이 갑시다. 아니면 어디 계신지 말하면 우리가 모실게요."

이 과장은 박 기자의 속셈을 간파한 듯 박 기자를 쉽게 놓아주려 하지 않있다.

박 기자의 말은 누가 봐도 믿음이 안 갔다. 에휴------.

"연수 고등학교 후문에 계십니다."

마지못한 듯한 대답이었고 박 기자는 나중에 다시 기회를 보기로 했다.

"내가 앞장설 테니 따라 오슈!"

박 기자가 복돌이의 고삐를 살짝 잡아채자 복돌이가 푸르륵 거리며 경찰들을 노려봤다.

고삐 놓으라구------.

경찰들은 복돌이와 이 과장의 눈치를 살폈고 이 과장은 고개를 끄덕였다.

그렇잖아도 연수 고등학교 후문이 궁금했던 박 기자는 날쌔게 복돌이를 몰았다. 그리고 복돌이를 놓칠세라 경찰들은 거리를 두지 않고 따랐다.

그들은 종사관님 깨지 말라고 사이렌 소리도 울리지 않았다.

그러나 그건 경찰의 헛수고였다.

연수 고등학교엔 지금 막 UH-60 블랙호크가 요란한 굉음을 내려 착륙하고 대원들을 쏟아 내고 있었기 때문이다.

그리고 복돌이의 말발굽 소리를 들은 국정원 직원들도 여기저기서 튀어나왔다.

국정원 직원들은 델타포스의 출현을 예견한 듯 후문을 트럭으로 잽싸게 막으며 복돌이를 막아섰고 델타포스 또한 국정원의 존재를 짐작한 듯 확성기를 울렸다.

"충돌은 안 됩니다! 이건 계엄사령부의 작전입니다!"

이 한마디는 자기들은 합법적인 작전이고 국정원은 불법적인 작전이란 걸 심어주려는 계산된 선수였다.

이 사람은 cia 한국지부 소속인, 한국계 미국인인 김수동이었다.

그러나 그건 계엄사령부도 모르는 작전이었고 그걸 국정원도 안다.

복돌이는 오늘 일진이 꽤나 사나운 듯하다. 진짜 열불이 난다는 듯 앞발을 있는 대로 쳐들며 울어댔다.

그 바람에 박 기자는 뒤로 떨어질 뻔했다.

그래도 박 기자는 일단 아무것도 모른다는 듯 그저 놀라기만 할뿐이다.

제일 놀란 건 이 과장과 경찰이었다. 델타포스와 국정원 사이에 끼어

죽을 맛이었다.

두 팀이 박 기자와 경찰 일행을 에워쌌기 때문이다. 델타포스와 cia가 이십 여명 국정원도 그보다 적어보이진 않았다.

두 팀 다 장비 빨이 후덜덜 했다.

델타포스는 영화에서나 보던 미군이었고 국정원은 멋진 슈트에 방탄복, 거기에다 최신형 불펍 돌격용 소총은 이 과장의 오금을 저리게 만들었다. 그렇게 두 팀은 상대를 노려보고만 있었다.

후문을 막아섰던 트럭의 국정원 요원은 오줌을 지릴 뻔했다. 델타포스가 그 트럭을 방패막이로 삼고 있으니 괜한 짓을 한 꼴이다. 그렇다고 내릴 수도 없고 죽을 맛이다.

이 과장은 들고 있던 권총이 창피했던지 슬그머니 감추고는 국정원 팀에게 물었다.

"종사관님은 어딨습니까?"

국정원 1팀장인 박철호는 그제야 무슨 소리나는 듯 이 과상을 보다가 다시 박 기자를 자세히 봤다.

김수동은 박철호를 따라했다.

그리고 두 사람은 박 기자가 서 종사가 아니라는 걸 그제야 알았다.

아마 긴장감에 복돌이만 보고 지레 짐작한 듯 했다.

김수동은 속아서 안절부절 했지만 박철호는 그냥저냥 한 듯 했다. 어차피 델타포스를 묶어 두기만 하는 작전이니 손해 볼 것도 없었다.

그러나 김수동의 불안감도 그리 오래가지 않았다. 자기들도 지금처럼 국정원과의 충돌 없는 대치가 목적이니 이렇게 시간만 끌 요량이었다.

서 종사가 없다는 것이 의심스럽긴 해도 우리들은 팀이 더 있다며 자신만만해 했다.

그렇게 시간이 조금씩 흘러갔다.

그러다 복돌이가 무료한 듯 앞으로 움직이자 박 기자는 모른 척 놓아 두었고 이 과장은 당황해 하며 복돌이의 꼬리를 잡았다.

같이 가자고 우릴 버리지 말라고.

복돌이는 뒷발질 하려다 말고는 머리를 돌렸다. 이 과장을 보고는 내 꼬리를 놓으라며 푸—륵 거리며 눈을 치켜떴다. 이 과장은 복돌이의 꼬리를 놓고는 괜히 섭섭했다.

델타포스와 국정원이 복돌이를 막아서자 복돌이는 비키라며 머리를 휘둘러 댔다.

가까이서 복돌이를 막아서던 두 사람은 일제히 팀장들의 눈치를 살피자. 국정원은 보내 주랬고 델타포스는 판단을 주저했다.

김수동은 계획에 아예 없던 박 기잔지라 애매하기도 하고 유명한 기자를 계속 잡아두기도 부담스러웠다.

이때 복돌이가 이마로 델타포스를 밀어내자 요원은 지지 않으려는 듯 씩씩거렸다.

그러다 요원이 복돌이에게 헤드락을 걸자 복돌이는 가소롭다는 듯 머리를 뒤로 크게 젖혔다.

델타포스 대원은 뒤로 잠시 나는 듯 하다가 뒤에 있는 순찰차 본네트 위로 크게 떨어졌다.

지고 싶지 않았던 델타포스는 끄떡없다는 듯 일어나더니 다시 복돌이를 잡으려 했고 그렇게 복돌이는 가볍게 뒷발질로 마무리했다.

국정원은 키득거렸고 델타포스는 가볍게 한숨을 지었다.

방탄복을 착용했던 대원이라 크게 다쳐 보이진 않았지만 어쨌든 의문의 1패였다.

보고 있던 이 과장도 자신감이 생겼는지 복돌이처럼 성큼성큼 걸었다. 그러자 좀 전처럼 델타포스와 국정원이 이 과장을 막아섰다.

　복돌이처럼 힘으로 밀어붙여 보지만 두 사람은 가볍게 막으며 뒷사람을 가리켰다.

　헤드락의 거친 숨소리에 이 과장은 풀이 죽을 수밖에 없었고 이 과장을 따라 지옥을 벗어 나려던 경찰들은 다시 샌드위치 신세가 되어야만 했다.

　델타포스와 국정원은 경찰을 방패막이 삼아 그렇게 대치를 이어갔다. 두 팀은 그렇게 서 종사를 기다렸고 이 이상한 전쟁은 이런 요상한 대치를 만들어 냈다.

　cia 한국 지부장 제임스는 이렇게만 하루를 허비하면 됐다. 서 종사는 놓쳤지만 국정원을 막은 것으로 만족했다.

　어차피 왜군의 침입 루트야 손바닥 보듯 하고 있으니 경계안의 시민들이 피해를 입진 않을 것이다.

　지금도 유인 정찰기가 경계를 감시하고 있으니 그건 안심이다.

　경계 안이 공격 받는나면 곧바로 격퇴할 수 있을 만큼 가까이 아파치를 배치했으니 달리 걱정할 것도 없었다.

　제임스는 지금처럼 국정원만 제압하면 된다. 현재 국정원 2팀의 행방도 레이더에 들어왔다. 그냥 지금처럼 무력 충돌 없이 대치한다면 좋을 상황이다.

　어쩌면 그에게 작은 승산이 보였다.

*

국정원 1차장 이기수는 서 종사의 행방이 굉장히 궁금했다.

자신의 예상대로라면 김승철과 같이 연수 고등학교로 왔어야 했다. 이 차장은 그들이 오는 도중에 서 종사를 낚아채려 했다.

서 종사는 이기수의 계획에 없으면 곤란한 존재였다. 서 종사 없이 구원병이랍시고 도착해봐야 화살 받기 딱 좋은 꼴이기 때문이다.

부산성에 들어가지 않고 왜놈들과 전투가 벌어지면 수적 열세도 자명했다.

이기수는 김승철과의 연락을 포기했다. 그건 역시 도청을 염려해서다.

그리고 더 이상 시간을 끌 수 없었다.

이제 출발해서 공격전까지 갈 수 있을까도 의문이었고 어느 정도의 시간이 걸릴 것인지 예상할 수도 없기 때문이었다.

이기수는 청와대를 벗어나며 몇 번이고 미행을 살펴야 했고 모든 통신수단을 차단했다. 아예 전원을 꺼버렸다. 유선 통신이야 모르지만 무선통신은 무조건 잡아내는 미군과 cia다.

그들의 모든 시선이 국정원으로 몰린 상황이었으니 이기수의 몸 사림도 이해할만 했다.

그렇게 통신과 차단된 사람들이 한곳으로 모여들고 있었고 이기수는 서 종사와 김승철의 행운을 빌었다.

안가는 꽤나 부촌에 있었다. 중심부에선 한참 떨어진 곳이지만 마당이 넓었고 큰 창고가 있었다.

그곳엔 대대 병력을 무장시킬 만큼의 무기가 가득했고 비밀 침투 장비도 많았다.

지금은 하늘로 침투할 방법이 전혀 없다. 한미 연합사령부는 항공기의 이착륙을 엄격히 통제했기 때문이었다.

직원들은 묵묵히 맡은 일에 집중하고 있었다.

이들이라면 cia의 정보원으로 포섭되긴 힘들 것이다.

이기수도 이들을 선택하며 씁쓸해 했다. 자신도 정보교환이란 명목으로 cia와의 거래가 심심찮았기 때문이다.

국정원 자체에서도 통상 있는 일이니 지금 그걸 탓할 수도 없었다. 그만큼 크고 거대한 존재였으니 더 말해 무엇하랴.

이들 중에 cia에 포섭된 자가 있다면 그건 하늘에 맡길 뿐이었다.

그래서 김승철을 따로 찾지 않았다.

그라면 어떡하던 서 종사와 함께 부산성에 나타날 것이기 때문이다. 오사카에서처럼 말이다. 이번엔 오로지 김승철에게만 행운을 빌었다.

호버 크래프트는 네 대가 전부였다. 이기수는 훈련 중인 이들 전원을 이 곳으로 비밀리 호출했던 것이나.

호버 크래프트는 11톤 카고 크레인 두 대에 두 대씩 나란히 위장포를 덮어쓰고 있었다.

안가에는 보안을 위해 한명도 남겨둘 순 없었다. 그래서 주방장과 부주방장의 입술이 대빨 나왔나보다.

툴툴거리면서도 가장 많은 짐을 챙기는 주방장이었다. 나머지 셋은 상주 직원이라 별문제 없었고 이기수가 믿을만한 자들이었다.

주방장은 큰 찜통 솥을 실으려는 듯 했고 부주방장은 말렸다.

소풍가는 거 아니라면서-----, 무거운 침묵 속에서 상주 직원 둘은 희미하게 웃었다.

복돌이는 보면 볼수록 신기한 놈이었다.

자신이 쫓기는 걸 안다는 것처럼 발굽소리를 거의 내지 않고 가볍게 달리고 있었다. 그런 복돌이가 너무 좋은 박 기자였다.

박 기자는 조금 둘러 가더라도 큰 길은 피했다. 서 종사를 찾는 경찰들은 이 과장만 뿐만이 아니었기 때문이다.

복돌이는 순찰차의 사이렌 소리에 목을 움츠리며 자신의 몸을 숨겼고 길을 건널 때도 머리만 쏘옥 내밀어 순찰차가 있나 없나 살피는 복돌이였다.

박 기자는 그런 복돌이의 몸에 엎드려 길만 알려주면 되었으니 참으로 복돌이는 재미있고 웃기는 녀석이었다.

박 기자와 복돌이는 그렇게 연수 사우나로 무사히 도착했고 서 종사는 반갑게 복돌이를 맞았다.

연수 사우나는 연수동의 사랑방 같은 곳이었다.

박 기자와 서 종사가 이층의 찜질방에 나타나자 많은 사람들이 환호해주었다.

물론 복돌이도 빼놓지 않았다.

찜질방에 말은 들어갈 수 없다고 말렸지만 복돌이의 애교와 거래에 그만 항복한 김승철이었다.

복돌이는 몸을 낮추어 김승철에게 탈 것을 요청했고 김승철은 복돌이의 제안을 흔쾌히 받아 들였다.

"자! 자! 여러분! 여길 봐주세요!"

복돌이에 올라탄 김승철의 말이었고 그의 얼굴은 조금 상기되어 있었고 비장했다.

"여기 종사관님이 계십니다만, 경찰이 알게 되면 곤란합니다!"

그리고는 김승철은 잠시 말을 잇지 못하다가 화난 듯한 목소리로 말을 이어갔다.

"지금 체포령이 내려졌답니다! 이게 말이 됩니까?"

김승철의 말에 사람들은 조금씩 흥분했고 복돌이도 화가 난다며 푸르거렸다.

당황한건 서 종사였다. 그리고 억장이 무너져 갔다. 박 기자와 조 경사가 서 종사를 다독거릴 때쯤 김승철은 한 가지 부탁을 했다.

"sns로 이 사실을 퍼 날라주세요! 단! 서 종사님이 여기 계시단 애긴 하시면 안 되고요. 아시겠죠!"

여기저기서 경찰에 대한 욕설이 튀어나왔지만 김승철은 그대로 두었다. 그러다,

"그럼 저놈아, 저건 뭔교?"

한 사내가 성질을 내면서 조 경사를 가리켰다.

조 경사는 얼굴이 새빨개지는 듯 하더니 떨리는 목소리로 "지는 무조건 종사관님 편입니다!" 하고는 서 종사의 손을 잡고 만세를 불렀다.

박 기자도 "이 분은 제가 보증합니다!" 라며 서 종사의 남은 손을 잡고 만세를 불렀고 김승철도 고개를 끄딕이며 인정했다.

복돌이는 자신의 머리를 조 경사의 머리위로 '턱' 걸치고는 "히잉" 댔다. 마치 자기도 인정 한다는 듯이------.

소 경사의 눈에 작은 이슬이 맺히는 순간이었고 알 수 없는 무한한 자신감이 생기는 순간 이었다.

sns는 조금씩 불타올랐다. 여론은 조금 전까지는 다른 일로 시끄러웠다. 한국 사람이다와 그러면 곤란하다로 말이다.

여기서도 법리논쟁은 피할 수 없었다. 이 문제는 전 국가적인 합의가 필요한 일이기 때문 이다.

그러려면 필요한 건 시간인데 서 종사에겐 그 시간이 없었다.

그리고 김승철의 노림수는 어느 정도 먹혀 들어갔다.

서 종사에 대한 경찰의 체포령은 많은 반감을 불러 일으켰고 경찰에

대한 성토가 줄을 이었다.

우두머리였던 노인과 피난민들은 "우리도 대한민국 사람이다!" 며 플랜카드를 들고 시위 했다. 동영상은 여기 저기 퍼 날라졌고 조회 수는 계속 늘어갔다.

틀림없이 난민 브로커가 부추겼을 것이다. 김승철의 의도가 거긴까진 아니였는지 그는 조금 씁쓸했다.

"도사님!" 서 종사는 김승철을 그렇게 불렀다.

김승철은 싫지 않은 듯 "예, 종사관님." 이라며 다정히 말하고 복돌이에게서 내렸다.

"전하는 직접 뵈었쏘이까?"

서 종사는 이 혼란스러움에 드디어 의문이 생기기 시작했나보다.

"종사관님! 혼란스럽다는 거 압니다. 지금 상황이------."

김승철은 서 종사를 안심시키려 무진 애썼다.

"삼국 통일 전에 당나라가 신라에 연합군으로 들어온 것 아시죠?"

김승철은 예를 들어 설명하고 있었다.

"알다 뿐이겠소? 그 놈들을 몰아내고서야 온전한 통일을 이루지 않았소이까?"

서 종사는 김승철을 똑바로 쳐다봤다.

"그때와 지금이 비슷한 형국입니다. 그때처럼 당나라 군대가 이 땅에 주둔 중인데------."

차마 더는 말하기 힘든 김승철이였다.

"아! 그런 일이 있습니까?"

서 종사도 참으로 안타까운 듯 했다.

"지금 모든 군령권을 당나라가 갖고 있습니다. 우리 국정--, 아니 의금부는 전하의 밀지를 받고 은밀히 움직이는 중이라서 그럽니다. 전하의 뜻은 확고하니 걱정 마시고 조금만 더 계십시요. 제가 계책을 마련하겠습니다.”

그것은 김승철의 진심이었다.

서 종사의 안타까움은 조금 전보다 더했지만 잠시나마 김승철을 미심쩍어 했던 자신이 부끄러웠다.

김승철은 이낙훈과 김재형을 보고는 “시작하자!” 하며 주먹을 불끈 쥐었다.

이낙훈과 김재용은 알겠다는 듯 고개를 끄덕거렸고 그들은 미리 계획을 세워놓은 듯 했다.

이낙훈 동대장은 잘못되면 군법회의에 넘겨질 수도 있는 일이였지만 망설이지 않았다.

그건 그의 조부님이 독립운동가여서 그랬을 확률이 높을 것이다.

연수동 경계는 경찰들로 인해 일반인들은 접근이 불가능했다.

하늘 위에는 멀찍이서 공격용 헬기가 이따금씩 보였지만 땅에는 군인의 그림자도 없었다. 모두 무장한 경찰들뿐이지만 누구도 이상하다 생각지 않는 전쟁터였다.

이제 간간히 넘어오는 피난민들은 안전한 수용소로 보내지고 있었지만 그것이 전부였다.

그러나 누구도 경계 밖을 나갈 순 없었다.

이제 정전 사태도 어느덧 안정을 찾아가고 있었다. 정부와 한전의 복구 노력도 주요했지만 수출전문 산업단지의 사용감소가 절대적이었다.

만들어 봐야 수출할 곳이 사라졌으니 전기를 사용할 필요가 없었던 것이다.

그래도 경계 주변의 완전복구까지는 시간이 좀 더 걸릴 것 같았다.

*

문인재 대통령은 이기수를 보내고 난 뒤 노심초사하고 있었다.

여전히 제대로 된 정보는 차단당하고 있었고 청와대 외곽 경비 병력은 자신을 지키는 군인인지 아니면 감시하는 병력인지 자신할 수 없었기 때문이다.

전시 작전권이 미군에게 넘어간 뒤 대통령이 할 수 있는 일이라곤 너무나 제한적이었다.

특전사에선 공격명령을 내려달라고 비선으로 계속 접촉해왔지만 고민할 수밖에 없었다.

아니, 고민하는 자신이 너무나 위선적이라는 생각도 했다. 법을 전공한 자신이라 그런지 혼란스러움이 가득한 그의 머릿속이었다.

미군이 직접 왜구를 공격하는 것은 합법적 이지만 한국 단독으로 왜구를 공격하면 그건 반란이기 때문이다. 사백년 전의 부산을 위해서 현재의 서울을 전쟁터로 만들 순 없는 노릇 이었다. 어쩌면 그런 구실만으로도 지금의 정부는 괴뢰정부로 몰락할 수도 있었다.

먼저 움직이는 쪽이 질 수밖에 없는 대치가 계속되는 전시상황이었다.

부산을 구해서 얻을 수 있는 것보다 잃어서 얻는 것이 더 많은 미군으로선 참으로 절묘한 수였다.

바로 아무것도 하지 않는 것. 정부의 실축을 기다리며 아무것도 하지 않는 것. 바로 그것이었다.

'누군가 있다! 미군을 움직이는 자는 누군가?'

이기수가 말한 양회의 사람들에게서 소름이 돋는 문 대통령이었다.

권 차관과도 연락은 끊어지지 않았다. 여전히 미군을 설득 중이란 그의 말은 이젠 더 이상 믿을 수 없었다.

그래도 여론은 여전히 정부와 대통령의 편이었다. 부산을 구해야 한다는 국민적인 열망은 한결 같았지만 조선 사람들의 법적신분에는 여론이 묘하게 어긋나고 있었다.

경계 밖의 한국은 사백년 전의 조선으로 돌아갔지만 부동산의 소유권은 당연히 지금의 한국이어야 한다는 논리였다.

조선인들에겐 그들의 정부 즉, 조선왕조가 사라졌으니 조선왕조가 인정하는 모든 권리도 같이 소멸됐다는 식이었다.

처음엔 치기어린 장난 같았던 얘기는 이해득실에 따라 편이 확연히 나눠지고 있었다.

경계 밖의 조선과 조금이라도 부동산과 관련 있는 사람이라면 이제 주저 없이 조선인들의 법적 권리를 인정하려 들지 않았다.

참으로 부동산에 목숨 거는 전형적인 한국인들이었다.

그렇다고 해서 부산을 걱정하지 않은 건 또 아니었다. 아니, 걱정할 필요도 없다고 생각하는 것이 당연했다.

지금의 군사력이면 왜구들 수준은 그냥 어린아이 정도밖에 되지 않으니 말이다.

청와대의 속사정을 모르니 어쩌면 그들에겐 호시절 꽃놀이로 여긴지도 모르겠다.

기무사는 완전히 미군의 명령체계 하에 있었다. 그건 어쩔 수 없는 노릇이다. 그렇게 수십 년을 훈련 받았으니 어쩌면 당연한 것이 아니겠는가?

그들은 또 군부를 좌지우지했던 옛날의 영광을 되찾으려 갖은 수를 썼다.

주요 언론은 cia와 기무사에 의해 교묘하게 통제되고 걸러졌다. 다만 sns는 통제에 애를 먹고 있었다. 거기엔 국정원의 노력도 한몫 했고 cia의 작은 몸 사림도 있었다.

한국인의 기질을 제대로 파악한 그들이었다. 주요 언론에 대한 통제는 쉽다. 법대로 하면 되니까. 그리고 반발은 언제나 조금씩 늦게 나온다.

법리논쟁으로 시간을 끌다가 물러나주면 그만이다.

하지만 sns는 커버할 범위가 너무 넓었다.

그리고 sns까지 통제하려다 벌집을 쑤신 꼴이 될 수도 있으니 어쩌면 이해할만 했다.

얼마 전의 촛불시위를 경험한 그들이었다.

그것은 인류 역사상 처음이라 해도 과언이 아닐 것이다. 무소불위의 권자였던 대통령을 무혈로 끌어내린 민족이 아닌가?

그러니 여론의 방향을 조금만 비틀어주면 된다. 그들의 눈을 조금만 가리고 말이다.

그리고 그들의 의도대로 여론은 엉뚱한 곳에서 갑론을박하고 있으니 순조롭게 되어가고 있는 듯 했다.

사실 국정원의 댓글방어는 힘에 겨워보였다.

가장 막강한 댓글부대를 보유했던 집단이었는데 지금은 꽤나 힘겨워 보였다.

지금은 대통령의 가장 우군인 국정원이지만 아이러니하게도 그 댓글부대를 해체한 게 문 대통령이었으니 조금은 씁쓸한 국정원이었다.

연수동 주민센터의 피난민 수용소엔 이제 막 이동발전기가 도착하고 있었다.

아직도 정전 복구는 시간이 걸릴 모양이었다.

피난민들은 그곳에서 대한민국을 알아가고 있는 중이었다.

임진왜란의 결과를 알게 된 사람들은 혼란스러워져 갔다. 오늘 시작된 전쟁은 이미 사백년 전에 끝났으니 참으로 이상했다. 그럼 지금의 원수 같은 저 왜놈들은 또 누구란 말인가?

부족한 건 없었다. 아니, 태어나서 처음 맞아보는 호사였다. 그중 최고는 역시 콜라였다. 냉기가 빠진 콜라였지만 그들에겐 신세계나 다름없었다.

누군가는 여기가 무릉도원이라고도 했다.

여기저기서 트림 소리가 자꾸 났지만 연수동 주민센터 직원들과 자원봉사자인 부녀회의 누구도 얼굴을 찡그리지 않았다.

"나는 망우당 곽재우라 하오!"

피난민 중 한 사람이었던 자가 그렇게 말하며 자신의 신분을 밝혔다.

그는 부산을 다녀오다가 난을 만났다.

연수동 동장인 홍순표는 기자들과의 인터뷰로 즐거운 시간을 보내고 있었다.

기자 중 하나가 망우당 곽재우란 소리에 화들짝 놀라기 전까진 그랬다.

이제 기자들은 홍순표를 씹다버린 껌처럼 버리고는 곽재우에게로 몰려들었다.

카메라의 셔터 소리는 귀가 아플 정도였지만 피난민들은 그래도 곽재우에겐 관심을 두지 않았다.

그들에겐 곽재우의 의미가 콜라보다 못한 존재였지만 지금의 한국에서야 얼마나 고맙고 또 존경받는 인물이 아니었던가? 수용소의 모든 이목이 그에게로 쏟아졌다 해도 이상할 게 없었다.

이 상황을 가만히 보고만 있을 홍순표가 아니었다.

정계 진출을 노리는 그에게는 일생일대의 찬스였을 것이다.

기자들을 밀치고 "아! 장군님!" 하며 넙죽 절을 하는 홍순표였다.

그러자 기다렸다는 듯 모든 카메라가 홍순표를 향했다. 참으로 자연스러운 그림이었다.

일약 홍순표의 이름이 대한민국 전역에 도배되는 순간이었고 조선 사람들이 한국인들에겐 어떤 존재인지 다시 각인되는 순간이기도 했다.

누구는 벅차서 눈물도 흘렸다.

누군가 박수를 치자 모든 이들이 그랬다. 기자들도 쳤다. 피난민들만 안 그랬다.

곽재우가 민망한 듯 홍순표를 일으켜 세우자 그제야 일어서던 홍순표는 감격에 겨워 곽재우를 부둥켜안으며 "장군님!" 했다. 그의 눈에 비친 눈물 한 방울은 진실해보였다.

다시 카메라는 미친 듯이 돌아갔고 부녀회장이 만세를 외치자 홍순표는 곽재우의 손을 잡고 만세를 외쳤다. 카메라는 더 미친 듯 했고 그렇게 세 번을 더 했다.

홍순표는 이, 절 한번과 만세 삼창으로 언젠가는 유력한 대권후보가 될 것이 틀림없어 보였다.

부녀회장 추미숙은 두 손을 불끈 쥐었다. 두 사람은 부부였다.

그리고 이를 접한 곽 씨 종친회는 더 난리가 났다.

그동안 현풍 곽 씨다. 아니다 현광 곽 씨다로 작은 분란이 있던 터였는데 드디어 종지부를 찍을 수 있게 되었으니 그럴 만도 했다.

여론은 많이 변했다.

곽재우의 등장으로 양보해야 할 명분이 생겼기 때문이다.

만약에 망우당 곽재우가 자신의 부동산에 대한 권리를 주장한다면 그것도 문제라면 문제였다.

평범한 조선인이었다면 모르지만 망우당은 그 무게가 달랐다.

그를 부정하면 대한민국을 부정하게 되는 꼴이었다.

곧 있으면 이순신 장군님도 만나게 될 텐데 그분 앞에서 감히 누가 이 따위 얘기를 꺼낼 수 있겠는가 말이다.

문인재 대통령이라도 깍듯이 맞이해야만 하는 분이 아닌가?

그렇게 여론은 드디어 이순신 장군 앞에서 무릎 꿇고 있었다. 국정원이 주도한 이순신 장군의 논리는 회심의 반격이었다.

지금 국정원의 댓글 부대는 합법적으로 변해있었다. 지금은 전시고 여론전 또한 놓칠 수 없는 최전선이니 어쩔 수 없는 일이다.

문인재 대통령도 좋아요를 가만히 눌렀다.

cia와 양회의 무리들은 다른 돌파구를 찾으려 눈에 불을 켰지만 좀처럼 만회의 기미가 보이지 않았다.

하지만 그래도 한국인의 부동산 사랑은 완전히 잠재우진 못할 것이며 훗날 완전한 합의가 도출될 때까지 분란이 끊이지 않을 것은 분명했다.

*

이제 막 서울을 벗어난 이기수 일행은 갈 길이 먼 듯 꽤나 서두르는 모양새다.

벌써 열시를 넘어서니 그래야도 했다.

11톤 카고 크레인 두 대에 중화기를 가득 실은 2.5톤 윙 카도 두 대나 됐다.

자신은 1톤 냉동 탑차에 올라 선두를 달렸다. 냉동 탑차는 주방장의 욕심으로 무거웠던지 속도를 좀체 내지 못하고 있었다.

가운데 앉은 부주방장은 그래서 그런지 꽤나 눈치를 주곤 했다.

'아니, 휴대용 가스레인지를 왜 챙기냐구?'

주방장과 부주방장의 관계가 어째 이상했다.

알고 보면 이랬다.

주방장의 스펙은 화려했지만 안가에 배속 받은 지 얼마 전이다. 한마디로 부주방장의 짬밥에 밀리는 그런 형국이다.

그리고 냉동 탑차에 꾸역꾸역 아무 거라도 막 집어넣은 건 주방장의 오기가 한몫 했다.

부주방장이 투덜거릴 때마다 짐은 자꾸만 늘어났고 그런 주방장의 요구를 거부 못하는 부주방장은 또 투덜거렸고 또 주방장은 요구하고 또 투덜거리고-----, 그래서 탑차는 빵빵 했다.

두 사람의 관계를 알 리 없는 이기수는 묘한 긴장감이 흐르는 냉동 탑차에서 땀을 삐질 흘렸다.

그리고 그는 작은 차가 더 빠를 거라 생각했다.

그런데 웬걸 제일 늦다. 그리고 이 이상한 어색함은 또 뭐란 말인가? 그냥 입에 재갈을 물리고 기둥에 묶어놓고 올 걸 하며 후회하는 이기수였다.

그래도 한숨은 쉬지 않았다.

김승철과 그 일행들은 세대의 차에 나누어 타려 했다.

문제는 또 복돌이였다.

복돌이를 두고 가자는 말에 서 종사가 펄쩍 뛰었다.

복돌이는 물자가 부족했던 조선의 귀중한 재산이었고 그런 말을 두고 간다는 건 주상전하에 대한 불충이라며 막무가내였다.

물론 복돌이도 말도 안 된다며 푸륵거리고 있었다.

그러더니 1톤 카고 트럭에 스스로 오르는 복돌이였다.

모두들 '그래봤자 안 된다'고 손사래 치자 복돌이는 짐칸에 바짝 엎드리고 있었다.

그리고 고개를 말아서 구석으로 구겨 넣으니 보기에는 민망했지만 밤이라 뭐가 뭔지 분간하긴 힘들어 보였다.

'보라구, 이러면 된다구.' 하면서 복돌이는 "히잉!" 거렸다.

모두들 기가 차 했지만 서 종사만큼은 복돌이가 자랑스러웠다.

그렇게 네 대의 차가 금정산으로 향했다.

"도사님, 어디로 가는 것입니까?"

조수석에 앉은 서 종사가 조심스레 물었다.

뒤에 앉은 박 기자와 조 경사도 바짝 다가앉으며 귀를 쫑긋 세웠다.

"도착하면 말씀 드리겠습니다. 잠깐이라도 눈 좀 붙이시죠?"

"이대로 경계를 돌파하려는 건 아니죠?"

걱정스런 박 기자의 말이었다.

"두 분도 잠깐--, 눈 좀 붙여요"

"총 필요하면 우리 지구대로 가요! 내가 책임지고 빼올게요."

조 경사는 당당하게 장담했다.

괜시리 울컥해지는 김승철이었지만 따로 내색하진 않았다.

그러나 조 경사가 테이저 건을 만지며 점검하는 듯하자 김승철은 자신의 가슴을 쳤고 악셀을 끝까지 밟았다.

*

연수 고등학교 후문의 정보과 이 과장 일행은 진짜 죽을 맛이었다.

서장한테 연락했지만 서장도 뾰족한 방법이 없는 눈치다.

국정원도 그랬고 델타포스도 그랬다. 둘 다 완충지대가 필요했는데 이 과장 일행이 안성맞춤이었다. 이 과장 일행이 조금만 움직여도 그들의 총구는 불을 뿜을 듯 했다.

이 과장은 이 칼날 같은 긴장감을 풀어보려 국정원에게 말했다.

"우리 뭣 좀 먹읍시다!"

국정원이 델타포스에게 말했다.

"콜?"

델타포스도 말했다.

"콜!"

그들은 잠시 휴전하기로 신사협정을 맺었다.

그리고 남들 보기 좀 그러니까 자리도 옮기기로 했다. 연수 고등학교 운동장으로 말이다.

이 과장의 일행이 운동장으로 향하자 델타포스와 국정원은 대통령을 경호하듯 따랐다.

갑자기 우쭐해진 이 과장 일행은 키를 빼앗기면서 현실로 다시 돌아와야 했다.

국정원과 델타포스는 꽤나 만족한 눈치다. 작전이 순조롭게 이뤄지고 있으니 서로가 불만이 없었다.

국정원은 미군의 눈을 돌리는데 성공하고 있었고 델타포스는 국정원의 발목을 잡는데 성공 했으니 서로가 불만이 없었다. 절대 총격전은 피하라며 신신당부하던 명령권자의 명령에도 부합하니 이보다 더 좋을 순 없었다.

아! 물론 이 과장 일행에겐 미안했지만 그건 작은 사고에 불과할 뿐이었다.

델타포스는 피자와 치킨을 원했고 국정원은 중국음식, 이 과장 팀은 족발을 선호했다.

그리고 잠시 침묵이 흘렀다.

이 과장이 국정원도 보고 델타포스도 봤지만 둘 다 꿀 먹은 듯 말이 없었다.

이 과장은 우리가 봉이냐며 화를 내봤지만 델타포스와 국정원은 작게 휘파람만 불어대고 있었다.

또 한 번 이 과장은 서장에게 도움을 청했지만 욕만 디립다 먹고 말았다.

그리고 이 과장은 놀라야 했다. 아무리 배달 문화가 발달해도 그렇지, 전시 중인데도 불구하고, 거기다 정전에도 불구하고 배달이 된단다. 지x, 마지막 한 가닥 희망마저 그렇게 날아가는 순간이었다.

이 과장의 이번 달 봉급은 그렇게 사라질 것이다. 이 과장은 마지막 희망을 붙잡으려는 듯 영수증을 몇 번이고 외쳐야 했다.

야식은 사실 홍순표와 추미숙의 일정엔 없었다.

그가 어디 보통 사람인가? 무려 망우당 곽재우였다. 인물도 꽤나 수려했고 천상 선비였다. 그런 망우당 선생께 올린 저녁은 못내 그의 마음을 아프게 했다.

그렇다고 따로 특혜를 줄 수도 없었다.

자신의 빨간 비단 한복을 선물로 드리고 싶었지만 그러지 않은 그였다. 홍순표는 그런 점에서 공정했다.

예산이 넉넉지 않은 연수동 주민센터지만 또 앞으로 얼마나 될 진 모르지만 오늘만큼은 제대로 대접하고 싶었다.

하지만 추미숙은 홍순표의 얘기에 기겁을 했다. 동장 봉급이 얼마나 된다구, 미쳤냐 구도 했다.

하지만 홍순표는 사랑한다며 추미숙의 손을 잡고는 물러서지 않았다. 추미숙은 어디서 돈을 메꾸냐며 고민했지만 그녀도 싫어하진 않았다.

나중의 일이지만 이 야식 사건으로 추미숙은 쏠쏠한 쌈짓돈을 만져 보게 된다.

gk케터링 최태성 대표는 홍순표의 요구에 반색했다.

그렇잖아도 정전으로 내일 쓸 먹거리가 걱정되던 참이었다.

정전이 되자 그는 냉장과 냉동이 필요한 모든 재료를 자사의 냉장 차량에 별도로 보관해야만 했다.

애꿎은 기름만 낭비하던 차였으니 그렇게 반가울 수가 없었다.

직원들은 투덜거리며 다시 모였지만 최태성은 모른 척하며 손으로 동그라미만 했다.

물론 보너스 준다는 얘기다. 최태성은 째째한 자가 아니었다.

그렇게 회사의 모든 재료를 싸그리 모아 연수동 피난민 수용소로 향했다.

최태성 일행을 제일 반긴 건 기자들이었다.

기자들은 이제 종군 기자가 되어 있었고 아직 잠들지 못한 피난민들과 얘기를 나누고 있었다.

이 이상한 사태에 놀라는 그들의 반응은 하나하나가 재밌었다.

또한 피난민들은 피곤하기도 했지만 기자들과의 인터뷰도 재밌어 했다. 특히나 여성들은 한국 사람의 뽀얀 피부에 놀라워하면서 부러워했다.

정전으로 먹거리가 부족한 건 다들 이해했다. 빵은 넘쳐났지만 한국인은 밥심 아닌가?

김영란법 때문에 밥 한 번 먹기도 눈치 보이는 시절이다. 그런데 이런 잔칫집 분위기는 누가 뭐랄 사람도 없다. 이거 다 한국인의 정 아닌가?

다만 한 가지 전쟁 중에 이래도 되나 하는 것뿐이었다. 계엄령도 내렸지만 결론은 이래도 된다로 만장일치였고 부산의 왜구는 개나 줘라였다.

야식 타임은 또다시 sns를 달구었고 홍순표의 인기는 대통령만큼이나 좋아졌다.

누군가 공금으로 그래도 되냐고 살짝 시비를 걸었지만 홍순표의 집 팔겠다는 소리에 박수를 보냈고 돈을 보태겠다며 은행계좌도 불러라 했다.

그러자 홍순표는 극구 사양하며 다만 자신의 본심만은 왜곡하지 말아 달라했다.

홍순표의 집 팔겠다는 소리에 추미숙은 몰래 가족사진을 sns에 올리며 당부했다. 집 안 팔리게 도와달라고 말이다.

결과적으로 말하면 홍순표의 집은 무사했다. 최태성은 통 크게 무료로 자기가 쐈고 앞으로 최태성의 gk케터링은 전국구로 거듭나게 될 것이니 모두가 윈윈했다.

이러다 홍순표 동장은 대통령이라도 될 기세였다.

홍순표는 좋은 동장이었다.

다만 청와대 사람들은 많이 불편했다.

사람들이 속도 모르고 말이야.

*

이기수 일행은 벌써 날을 넘겼다.

차들은 어느새 대구를 지나고 있었고 다들 잠들지 못하고 있었다. 가끔씩 들리는 헬기 소리는 그들의 숨소리도 거칠게 만들었다.

지금 대한민국에서 유일한 희망일지도 모르는 그들이기에 더욱 그랬을 것이다.

한국군은 지금도 움직일 수 없는 허수아비로 전락하고 있었다. 한미연합 사령관 로버츠의 명령 없이 움직인다면 그것은 군 형법상 총살감이니 달리 방법도 없었다.

특전사를 움직인다면 곧바로 내전으로 치달릴 기세였다.

미군의 움직임이 그랬고 어찌 보면 원하는 눈치다.

권두한의 움직임도 꺼림칙했고 청와대 202 외곽 경비단의 움직임이 그랬다.

원래의 위치보단 청와대로 더 바짝 붙어왔다.

그건 통보도 없는 조치였고 101 내곽 경비단장의 모골이 송연했다.

혹여나 12.12 사태처럼 우군의 충돌이 우려되는 순간이었고 청와대는 숨소리마저 내지 못하고 있었다.

미군을 등에 업은 권두한의 노림수였다. 자칫 반란 같은 202의 움직임이지만 엄연히 합법적인 명령 계통을 밟았다. 다만 청와대에 통보만 없을 뿐이다.

사실 202 외곽 경비단의 움직임은 예상하기 힘들었다. 그들의 임무는 청와대를 지키는 것이 주 임무기에 더 그랬다.

아무리 수방사의 입김이 세다 해도 본연의 임무를 버릴 경비단도 아니었다.

아쉽게도 그건 전시 작전권이 미군에 있는 것이 문제였다. 일단 202 경비단의 명령 체계를 흔들어 버린 권두한이었다.

청와대와 연락 가능한 모든 통신 채널을 변경하고 권두한의 지시를 받은 수방사는 경호를 빌미로 202 경비단을 청와대로 바싹 붙였다.

거기엔 수방사 30 경비단과 헌병단이 일조했다.

202 경비단은 경호를 목적으로 의심 없이 움직였고 청와대 경호 실장에게 따로 보고하지 않았다.

통신 채널의 변경이야 작전상 그렇다 해도 의도한 보고 누락은 반란이나 마찬가지다.

202 경비단장은 그것을 알고 있었다.

미리 계획된 작전일까? 아니면 꿈틀거리는 그의 욕망 때문인 걸까?

이제 오판한 청와대가 특전사를 불러들이거나 아니면 101 내곽 경비대가 무방비 상태인 202 외곽 경비대를 공격하면 서울은 다시 12.12를 보게 될 것이 분명했다.

거기에다 202 외곽 경비대와 그리고 한 몸처럼 움직이고 있는 헌병단의 피해는 수방사를 끌어들이기에 좋은 불쏘시개가 될 것이 틀림없었다.

청와대의 내곽 경비단이 수방사에 의해 와해된다면 그것은 군 권력이 권두한 차관에게로 넘어간다는 얘기가 된다.

그것이 나가미의 계획이었고 그 중심에 양회의 장학생인 202 경비단장이 있었다.

김희열 202 경비단장에겐 어려운 일도 아니었다.

202 경비단이야 피해가 크겠지만 자신은 멀찍이 있으니 다칠 일도 없고 그저 모르는 척 태업만 하면 되니 힘든 것도 아니었다. 권두한의 묘수는 단 한 사람, 경비단장만 움직이면 되었다.

그리고 경비단장 또한 한 가지만 하면 되었다. 101과의 통신 두절, 이제 101 내각 경비단과 청와대의 오판만 기다리면 되는 상황이었다.

당황한 101이 202를 호출했지만 202는 호출에 응할 수가 없었다.

거기엔 기무사의 작은 태업이 있었다.

101 내곽 경비단장은 즉각 경호 실장에게 알렸고 경호 실장은 지체 없이 청와대에 보고했다.

보고를 받고 가장 놀란 이는 역시나 문 대통령이었다. 특전사를 출동시키자는 비서실장의 요구는 문 대통령의 가슴을 아프게 했다.

"임 실장! 흥분을 가라앉히세요."

애써 침착한 대통령은 비서실장을 달래고 있었다.

"틀림없이 권두한의 짓입니다. 우리도 대비해야 합니다!"

그래도 비서실장의 태도는 강경했다.

대통령의 고민은 깊어졌다. 지금 당장 호출한다 해도 시간상 늦다.

그러다 오히려 저들에게 빌미만 제공하는 꼴이다. 서울에서 전투가 벌어진다는 건 상상 하기도 싫은 대통령이었다.

권두한, 그의 압박이 서서히 조여오고 있었다.

비서실장이 이렇게도 특전사를 찾는 것은 이유가 있었다. 청와대에서 가장 믿을 수 있는 전력이 특전사기 때문이다.

대통령에 취임 후 가장 물갈이가 심했던 곳이 특전사였다.

군수뇌부의 반대가 만만찮았지만 정치군인을 혐오했던 그가 밀어붙인 결과였다.

안보 수석과 국무위원들의 반대에도 불구하고 대통령은 물러서지 않았던 것이다. 그때의 선택으로 그나마 숨통이 트이는 문 대통령이었다.

물론 국방부의 반대도 만만치는 않았었다.

대통령은 눈을 지그시 감았다.

'어차피 수뇌부 한두 명일 것이다. 그 짧은 시간에 쿠데타를 모의할 순 없었을 것이다.'

문대통령은 21세기 젊은 장교와 장병들을 믿기로 했다. 그들은 틀림없이 쿠데타에 동조 하지 않을 것이다.

그러나 지금의 대치 상태는 너무나 위태로워보였다. 그때 문득 202 외곽경비대의 전략 전술 배치가 궁금해진 대통령이었다.

부대가 등을 지고 있다면 그것은 다행이지만 만약에 청와대를 보고 있다면 그것은 정말로 위험하다.

그것은 전투의 시작을 알리는 징조이기 때문에 그랬다. 전쟁이란 무릇 마주보고 싸우는 것이 아닌가?

대통령은 자신이 직접 확인하고 싶은 듯 자리를 박차고 일어섰다.

"내가 직접 확인하겠어요!"

대통령의 그 말에 기겁을 한 건 경호 실장이었다.

"안됩니다. 대통령님!" 그의 본능적인 행동이었고 "지금은 전십니다. 제가 직접 하겠습니다!" 라며 대통령을 말렸다.

경호 실장은 대통령의 판단이 참으로 현명하단 생각이 들었다. 그리고 사지일지도 모를 그곳으로 대통령을 보낼 순 없었다.

그는 따로 부하를 보내지 않고 직접 움직였다. 드론으로 간단히 확인할 수도 있지만 돌발적인 상황을 만들 수도 있어 그것도 위험했다.

그는 권총도 내려놓은 채 빈 몸으로 경호원과 단둘이 청와대를 나섰다.

바람은 잔잔하게 불었고 그의 가슴은 속절없이 뛰고 있었다.

그는 그렇게라도 대통령의 기대에 부흥하고 싶었는지도 모른다.

그렇게 두려운 마음으로 얼마를 걸었을까? 두 사람의 인기척을 느낀 군인 하나가 그들의 앞길을 제지하며 나섰다. 그러나 그렇게 위압적이진 않았다.

"정지 하십시오! 진돗개!"

경비대원은 총을 들이대고 경계하며 암구호를 물어왔다. 그러자 경호원이 자연스럽게 받아 쳤다.

"진달래! 수고 많습니다. 경호 실장님이십니다."

"충성! 경위 한길수 근무 중 이상 없습니다!"

한길수는 경호 실장의 얼굴을 아는 듯, 작지만 똑 부러지는 목소리로 경호 실장을 맞았다.

한길수의 얼굴을 알아본 경호 실장도 그제야 마음이 놓인 듯 했으나 여전히 후들거리는 그의 다리는 멈추지 않았다.

청와대에 등을 내어주고 있는 202 경비단의 모습에 눈물이 날 것만 같은 경호 실장이었다.

경호 실장은 그 즉시 한길수를 통해 202경비단장을 호출했다.

경호 실장은 202경비단장을 불러 통신두절에 대한 책임을 물으려 했지만 202경비단장은 나타나지 않았다. 그것은 심각한 명령 불복종이었다.

대신 나타난 부단장의 변명에 경호 실장은 기가 찼다. 그는 자신의 주둔지를 비워둔 채 30 경비단으로 달아나고 없었다.

통신채널은 부대마다 다르게 설정되어 있었고 이를 기무사가 철저히 통제하고 있었다.

서로가 서로의 의도를 파악하지 못하게 만들고 있었다. 소리 없는 반란이나 다름없었다.

김희열 22경비단장은 꽤나 능력 있는 자였나 보다. 202 경비단은 그의 명령에 충실했으니 어찌 보면 그럴 만도 했다.

부대는 흐트러짐은 찾기 어려웠고 그저 직무에 충실하고 있었다. 경호 실장은 그들에게 어떠한 속내도 비추지 않았다. 다만 직접적인 공격은 없겠다란 생각은 들었다.

‘이놈들이 노리는 게 뭘까?’

경호 실장도 특전사의 필요성을 뼈저리게 느끼는 순간이었다.

경호 실장은 그렇게 202 경비단을 순시했고 간부들을 격려했다.

그리고 별달리 제재할 방법도 없었다.

"충성! 걱정 마십시오!"

돌아서 청와대로 발길을 돌리던 경호 실장은 부단장의 그 말에 가슴이 먹먹했다.

부단장과 간부들은 경호실장의 노파심을 알아차린 듯 했다.

단장의 수상쩍은 행동은 충분히 그럴 만하다고 느꼈다. 합법적인 명령인 듯 했지만 수상 했고 무엇보다 보고 누락은 반란이라 생각한 그들이었다.

어찌 보면 자신들의 최고 명령권자인 경호 실장마저 무시하는 단장의 명령에 내심 반발하던 터였다.

경호실장이 따로 돌아보진 않았고 다만 엄치 척 했다.

그는 한참이나 엄지 척 했다.

그리고 왜 단장이란 놈이 30 경비단에 숨었을까? 생각하고는 202 부단장의 늠름한 태도에 자신의 생각을 바꿨다.

202 경비단장이란 놈은 멍청한 놈이라고----, 그리고 그런 놈을 단장에 앉힌 자신도 멍청한 놈이라고 말이다.

대통령의 예단처럼 젊은 군인들의 생각은 옛날과는 많이 달라져 있었다. 민주주의를 스스로 쟁취한 세대였고 문 대통령에 대한 애정도 한 몫 했다.

'그래, 수뇌부 몇 놈이다! 그 몇 놈의 정치군인들이 펼치는 장난이다!'

경호 실장은 그렇게 믿고 싶었다.

청와대의 밤은 그렇게 깊어가고 있었다.

그건 권두한과 수방사 사령관에겐 치욕과 같았을 것이다. 물 흐르듯 하다가 곳곳이 끊겼다. 거기엔 특전사의 입김이 크게 작용했다.

청와대 외곽 경비단장은 그런 특전사의 엄포에 몸을 사렸을 것이 분명했다.

상대가 특전사였으니 어쩌면 당연했을 것이다.

그리고 먼저 부하들을 통솔할 자신도 없었다. 전투 명령을 내렸다간 자신이 먼저 당할 판이었다.

202 경비단장이 30 경비단으로 줄행랑을 친 것도 그 때문이었다. 특전사의 죽여 버린다는 엄포에다가 경호 실장의 호출은 그의 꽁무니를 빠지게 하기 충분했을 것이다.

이렇듯 권두한의 계획은 잘 되어가고 있는 것도 아니고 그렇다고 나쁜 것도 딱히 없었다.

여전히 이런 상태로 부산성의 함락만 기다리면 되는 꼴이다.

권 차관은 그래도 특전사는 못마땅했다.

청와대를 지킨다는 명분으로 출동만 해주면 얼마나 좋은가? 물론 그 전투에서 많은 사람이 상하겠지만 그러면 그럴수록 명분은 더 좋지 않은가?

특전사는 옆에서 변죽만 울려대고 있으니 권 차관의 입맛은 씁쓸했다.

과연 시간은 누구의 편일까?

아쉬운 권두한은 잠들지 못하고 있었다.

*

이기수 일행은 김해를 지날 때까지 어떠한 제지도 받지 않았다.

이 믿을 수 없는 사태와 또 이상한 전쟁은 조금 이상한 계엄령을 만들어냈다.

계엄사령부는 말 그대로 허수아비였고 미군의 꼭두각시가 되어있었다.

현시점에서 어쩔 수 없는 일이겠지만 그것이 이기수 일행에겐 어쩌면 행운이었는지도 모른다.

연합사령부는 한국군의 이동을 최소화 했다. 아니 엄밀히 말하면 이동 자체를 막았다. 청와대는 그런 연합사령부를 의심했지만 별달리 수가 없었다.

모든 작전권이 그들에게 있으니 어쩔 수 없는 노릇이었다.

특전사의 출동 요구는 번번이 묵살 당했고 사령부의 불만은 극에 달했다. 전시체재 하에서 군의 출동을 막는 연합사령부였다.

그들에겐 그만큼 묘한 전쟁이라 그랬을까? 하기사 그럴 만도 한 것 같다.

군대란 건 풀어놓으면 통제가 어렵다. 하물며 전시중이라면 더할 것이다. 그들의 총구가 어디로 향할지는 뻔하지 않는가?

이기수는 김해 대동 ic에 못 미쳐 속도를 줄이며 고민했다. 대동 ic를 지나면 얼마 지나지 않아 경계일 것이고 그 경계엔 틀림없이 병력을 배치했을 것이다.

이기수의 일행은 작은 관심에도 눈에 띌 만큼 수상했다.

11톤 카고 크레인이 그랬다. 이젠 통행량도 많이 줄어 더 그런 것 같았다.

대동 ic의 불빛은 흐릿했다. 비상 발전기를 쓰는 탓인지는 몰라도 그랬다. 그걸 뺀다면 지금 이 나라가 전쟁 중인지도 모를 만큼 한가한 김해였다.

이기수는 그렇게 생각했다.

자신도 전쟁을 치르러 가는 전사인지 아니면 직원 단합회를 가는 즐거운 여행객인지 헷갈리기도 했다.

그것은 그가 탄 차가 털보네 식품이라 그랬고 운전하는 자가 주방장이라 더 그런지도 몰랐다.

일단 다른 차량은 대기하고 털보네 식품만 움직였다. 이기수는 호버크래프트를 내릴 수 있는 최적의 장소를 찾아 경계를 살피고 있었다.

예상대로 경계의 경비는 삼엄한 듯 했다. 그러나 경찰들로만 조성된 계엄군은 어째 부드럽기까지 하다.

꼭 음주단속 현장 같은 분위기다.

우스운 얘기겠지만 아직은 계엄 초기라 민원에 대한 부담이 몸에 배여 그랬을 것이고 시간이 지나면 그들도 틀림없이 권력의 달콤함에 빠져들 것이다.

역사가 그걸 말해준다.

다른 게 있다면 그들의 손엔 음주 단속기가 아니라 m16 소총이 쥐어져 있다는 사실, 그것 뿐이었다.

그들은 경계만 경계할 뿐 털보네 식품이 다가가도 무신경했다.

다만 아주 가까이는 제지했다.

일단 경계의 경계는 이랬다. 왜군의 예상 진격로는 다 막혔다고 보면 됐다. 그 부근의 길이 있는 곳엔 경찰 계엄군이 있었다.

물론 안 막아도 산이나 들로 다 막혔겠지만 그래서 구멍도 많았다.

물론 그들도 황당하지만 명령이 그랬다. 그들에겐 전시의 날카로움도 없었으며 오히려 따분함이 가득한 얼굴들이었다.

그리고 김해 공항도 거진 경계 밖이다.

털보네 식품은 김해 대저 분기점 부근에서 적절한 장소를 찾았다. 경계에선 다소 멀지만 짐을 내리기 좋은 장소였다. 낙동강 하류였고 새소리가 들렸다.

밤바람은 다소 차가웠고 시원했다. 차에서 내린 이기수는 그렇게 느꼈다.

이기수는 주방장의 전화를 켜고 팀원들을 호출했고 주방장의 눈꼬리가 살짝 올라갔지만 개의치 않은 이기수였다.

작은 문제가 생긴 것은 이때부터다.

적절한 장소를 찾은 것은 맞는데 어딘지를 몰랐다. 지도를 펼치긴 했는데 가물가물하다.

그건 네비가 먹통이니 그럴 만도 했다.

차라리 다시 돌아가서 데려오는 편이 더 나을 듯 했다.

"뭣들 하세요?"

이기수가 부산을 떠는 주방 팀에게 물었다.

"아! 밥은 묵고 싸워야죠!"

젠장! 누가 봐도 영락없는 여행객이었다.

오는 내내 부루퉁하던 두 사람은 어느새 다정한 연인처럼 손발이 척척 맞았다.

속으로 기가 살짝 차는 이기수였지만 어째보니 고맙기도 했다. 배가 많이 고픈 그였다.

"가면서 먹을 수 있도록 부탁해요."

걱정 말라며 주방장은 장담했고 부주방장은 휴대용 가스레인지와 불판을 내렸다. 이기수는 모른 척 했다.

이기수는 침착한 사람이었고 좀체 화를 낼 줄 모르는 선비형의 남자였다.

그러나 지금 참을 수 없는 분노에 자신의 머리를 쥐어박고 있었다.

이기수는 길치다. 이 길인가 싶으면 저 길 같고, 저 길이다 싶으면 이 길 같았다.

그것을 알고 마중 나온 직원이 없었다면--, 아----! 생각만 해도 아찔한 이기수였다.

그때 머리 위로 헬기소리가 요란하게 들렸고 이기수는 본능적으로 하늘을 봤다. 다행히 경계를 살피는 헬긴지 무심히 지나치고 있었다.

일행들은 가슴을 쓸어내렸고 그들은 무사히 도착했다. 갈 때보단 수월했던 이기수는 주먹을 불끈 쥐었다.

*

네 대의 차량은 금정산 경계에서 망연자실해야 했다.

금정산 자락의 예비군 훈련장은 사라지고 없었다.

무기고로 가는 가장 빠른 길이었는데------, 김승철의 다리가 살짝 후들거리는 순간이었다.

김승철도 이것까진 생각 못했다.

여기라면 충분히 무기를 구할 줄 알았던 그였다.

이낙훈도 막막하긴 매한가지였다. 자신의 설득으로도 안 된다면 힘으로라도 빼앗을 요량 이었다.

그런데 그게 아예 사라졌으니 둘 다 하늘이 노래졌다.

“그러면 경찰서라도 털죠?”

“내가 동래 경찰서장을 잘 압니다!”

조 경사와 박 기자가 어설프게 끼어들고 있었다.

김승철은 이제 화도 안냈다.

“형님, 그렇게라도 합시다!”

이낙훈은 다른 방법이 없지 않냐며 그렇게 말하며 김승철을 살폈다.

‘아니, 이대장까지 왜 이래!’

김승철은 속으로 짜증이 살짝 밀려왔을 것이다.

김승철이 예비군 훈련부대를 택한 것은 이유가 있었다.

여긴, 부산 지부장으로 있을 때 자주 찾곤 했던 곳이다. 사용 연한이 지났거나 신무기 교체로 남은 총기류는 반드시 여기로 모이기 때문이었다.

그리고 어느 부대든 무기고와 탄약고는 외진 곳에 있기 마련인데 여기가 특히 더 그랬다.

그건 폭발의 위험 때문이다.

이 대장처럼 설득할 생각도 안했다. 이동희와 같이 라면 맡겨놓은 것처럼 빼 올 자신도 있었다.

세상에 누가 함부로 총기를 내주겠는가? 더구나 전시에.

경찰서를 털자고, 거기다 서장한테 빌리자고------. 아, 젠장! 거긴 여기보다 몇 배나 힘든 곳이다.

김승철은 한동안 입을 다물었다.

서 종사는 그쯤 눈을 떴다. 그리고 잠들었던 자신을 작게 탓하며 차에서 내렸다.

복돌이가 그런 서 종사를 보며 반겼다. 역시 콜라와 햄버거의 힘은 컸다.

서 종사는 작게 기지개를 켜며 몸을 추슬렀고 또 기합을 넣는 듯 숨을 고르곤 했다.

"이제 출발하는 것입니까?"

옷매무새를 단정히 하던 서 종사가 김승철을 보며 말하자 그는 망연자실 했지만 그래도 서 종사 앞에선 내색하진 않았다.

"구원병을 기다리는 중입니다!"

시간을 벌어보자는 생각이었을까? 김승철은 그렇게 말하곤 고민에 빠졌다.

다들 머리를 맞대고 연구해봤지만 결국은 경찰서밖에 없다며 김승철을 보챘다. 물론 경찰서도 생각해본 김승철이었다.

동래경찰서 무기고는 지하다. 입구는 단 하나. 아무리 생각해도 뾰족한 방법이 없었다.

시간은 자꾸 가는데 김승철의 입술이 바짝 타들어가고 있었다.

그때 김재형이 손을 들었다.

"여기다!"

두 대의 차량이 앞서거니 뒤서거니 하며 도착하고 있었다.

김승철이 말한 구원병은 진짜 있었나보다.

"형님!"

그들은 김재형을 그렇게 불렀다. 나이대로 보면 과장이나 부장소리를 들어야 했지만 아직도 대리인 그였다.

꼭 필요한 자리가 아니면 직함을 뺐다. 하긴 그 나이에 대리는 머쓱하다.

그건 노조 운동 탓이 컸다. 성격이 괄괄한데다 사람 뒤로 숨는 것을 싫어하는 그였다.

한때 부산을 떠들썩하게 만들었던 파업으로 해고도 당했었고 김승철과의 인연은 그때부터였다.

김승철은 보안업체 ss의 파업에 깊숙이 관여했고 그때 김재형을 알았다.

해고자 전부를 복직시킨 건 오로지 김승철의 힘이었고 김재형은 그런 그를 많이 따랐다. 지금 여기 있는 사람들도 다들 아는 이야기다.

김승철을 알아본 이들이 깍듯하게 인사하는 이유가 거기에 있었다.

이들이 여기에 몰려든 건 김재형과의 친분도 있겠지만 김승철이란 이름이 더 작용했을 것이다. 어쩌면 목숨이 위태로운 일이 아닌가?

그들은 서 종사에게도 깍듯했다. 처음엔 좀 놀랐지만----, 복돌이도 좋은 듯 연신 푸륵거리며 반겼다.

이렇게 만나서 다 좋은데, 정말 좋은데, 총만 있으면 되는데-----, 김승철은 못내 아쉬웠고 서 종사를 볼 낯이 없었다. 그렇다고 경찰서를 털 수도 없고 미쳐가는 김승철이었다.

그렇게 멍하니 잠시 시간이 흘렀다.

"지부장님! 뭐, 총 때매 그랍니까?"

분위기를 눈치 챈 노조원 김홍기였고 그의 예비군복은 깨끗했다.

두 지부장은 질세라 김홍기를 봤다.

"와, 어데 구할 데 있나?"

김재형이 빨랐다.

"제가 있던 데라 잘 암니다. 무기고는 여 말고 딴 데 있심미다!"

이게 무슨 소린가? 김승철의 눈이 휘둥그레졌다.

"작년에 부대 확장했다 아임미까? 무기고도 옮겼심다."

김홍기는 천연덕스럽게 말했다.

그랬다. 김승철이 간절히 원했던 무기고는 부대 확장공사와 함께 옮겨졌었다. 그러면 뭐하나 부대 자체가 사라진 걸------.

두 지부장은 금세 시무룩했다.

"무기고는 경계 안일지도 모림미다!"

김홍기의 대구 사투리는 걸쭉했다. 김홍기는 작년까지 훈련소에서 부사관으로 복무했었다.

"진짜!"

이번엔 김승철이 먼저였고 그렇게 반가울 수가 없었다.

김홍기와 김승철이 먼저 정찰병으로 앞장섰고 나머지는 그 뒤를 조용히 따라 움직였다.

그렇게 수상한 예닐곱 대의 차량은 경계를 따라 북동쪽으로 움직였고 복돌이도 서종사를 태우고 신나게 달렸다.

무기고는 김홍기의 말대로 5, 6킬로나 더 위로 옮겨져 있었고 또 김홍기의 말대로 경계 안의 외로운 섬처럼 남아있었다.

김홍기는 헤드라이트를 끄고 조용히 쪽문 쪽으로 차를 몰았다.

일반인들은 여기에 길이 있는지도 모르는 곳이었다. 인근엔 인가도 없었다.

어두웠고 불빛도 없었으며 대한민국에선 잊어버린 곳이었다.

무기고의 철문은 안에서 잠겨있었고 경계 서는 군인들은 보이지 않았다. 김홍기는 잠시 갸우뚱했지만 이동희는 어느 샌가 다가와서 철근 절단기를 들이댔다.

참으로 손발이 척척 맞는 일당들이었다.

무기고의 문은 열려있었다. 그건 안에 누군가 있다는 얘기였고 김홍기는 조심스러웠다.

지금은 총에 맞아죽어도 할 말이 없는 상황이다.

그런 사람들이 지금 여럿이다.

젠장! 그 중엔 말도 있다.

김홍기는 심호흡을 크게 했다.

"김 상병! 나 김 중사다!"

누가 있을 줄 모르는 상황이라 아무렇게나 불렀지만 안에서는 작은 소란이 일었다.

"선임만 나와라!"

김홍기의 그 말에 조용해지는 듯 하더니 병장 계급을 단 군인 한명이 잠에서 덜 깬 얼굴로 나왔다.

그는 스마트 폰의 불빛에 얼굴을 찡그리며 복창했다.

"병장! 김영대 근무중---." 할 때 김홍기가 말을 잘랐다.

"영대냐?"

김홍기는 반가움에 김영대의 손을 덥석 잡았다.

김영대도 처음엔 놀랐지만 김홍기를 알아보곤 스스럼없이 포옹했다. 뒤에는 엉거주춤 상병 하나가 있었다.

김승철은 일이 의외로 쉽게 풀릴 깃 같아 기분이 좋았다.

그제야 김영대와 상병은 정신을 차린 듯 많이 놀라워했다. 그러지 않아도 어찌할 줄 모르고 기다리기만 하던 차였다.

무기고와 탄약고를 비울 수도 없는 처지의 그들이었으니 이해할만 했다.

이제 날이 새면 경찰서나 119에 어떡하던 신고하려던 그들 앞에 10명이 넘는 김승철 일당은 공포일 수밖에 없었을 것이다.

이동희와 김재형은 어물쩍 그들의 총기를 빼앗아버렸다.

비몽사몽하던 병사들은 이 상황이 이해되지 않는 눈치가 역력했고 김홍기는 김영대와 상병에게 조곤조곤 설명했다.

"영대야! 잘 들어! 지금 왜놈들이 쳐들어왔는데 말이야! 하------!"

"예? 일본하고 전쟁입니까?"

두 병사는 진심으로 놀라워했다. 전역이 얼마 남지 않은 김영대로선 청천벽력 같은 소리였을 것이다.

군인 둘은 총기도 빼앗기고 김홍기의 헛소리 같은 말에 정신도 빼앗기고 죽을 맛이었을 것이다.

김홍기도 애먹긴 마찬가지였다. 박 기자와 조 경사도 그 심정 안다는 듯 서 종사를 물끄러미 봤다. 서 종사도 희미하게 미소 지었다.

나중에 둘은 서 종사에게 깍듯하게 경례했다.

무기고는 김승철의 예상대로였지만 탄약은 그럭저럭했다.

전투부대도 아니고 예비군 훈련소에 탄약이 많은 것도 이상했지만 어쨌든 그랬다.

이제부터 이들과 될 수 있는 대로 많은 장비를 부산성으로 옮기는 일만 남았다.

김승철은 m60 중기관총에 먼저 눈이 갔다. 화력은 세지만 옮기기가 부담스러운 물건이었다. 차로 옮길 수 있는 건 부산성에서 가까운 이문동 경계까지일 뿐이다.

거기서부터 얼마간은 산을 타야 한다.

어림짐작으론 15킬로 안쪽이다. 불가능할 것 같지는 않았다.

모두들 자신이 원하는 총을 택했다. 탄창도 넉넉히 챙겼고 배낭엔 총알도 넉넉히 챙기고 싶었지만 그것이 아쉬웠다. 다만 김승철이 택한 m60 탄은 조금 넉넉했다.

그가 m60을 선택한 이유이기도 했다. 이동희도 역시나 m60을 가볍게 들었다.

김재용은 m16에 m203 유탄 발사기를 장착하고 있었다.

"김 대리, 무겁지 않겠나?"

김승철만이 김재형을 그렇게 불렀다. m203은 화력은 좋지만 탄의 무게가 만만치 않다.

"형님, 60보다야 가볍지요." 하며 그는 싱긋 했다.

가벼운 k1 소총을 집어 들었던 김홍기도 그 소릴 듣고는 m16으로 바꿔 잡으며 m203 유탄 발사기를 장착했다.

김승철은 간단하게 점검을 하며 말했다.

"첫째, 부산성에 도착할 때까지 총에 탄창을 결합하지 말 것. 둘째, 우린 왜놈들 외에는 교전하지 않습니다. 그럼 어차피 우린 다 죽어요!"

사실이 그랬다. 이들이 든 무기는 오십년 전에 개발된 총이고 한국군이던 미군이던 간에 아군과의 충돌은 무조건 피해야만 했다.

"마지막으로 제 명령에 절대 복종하십시오! 군법으로 처리하겠습니다. 여러분은 지금 단순한 의병이 아닙니다. 지금 저는 국정원 부산 지부장 자격으로 말씀 드리는 겁니다. 의의가 있으신 분은 지금 빠져도 좋습니다!"

국정원이란 말에 놀란 건 김영대와 상병뿐이었다.

자다가 얼떨결에 전쟁의 한가운데 선 꼴이지만 불만을 내색할 순 없었다.

가슴이 제일 뛰는 건 서 종사였다. 꼭 정발 장군을 보는 듯 했고 괜히 눈시울이 붉어지는 서 종사다.

복돌이도 빨리 가자며 씩씩거렸다.

다들 쉬지 않고 달렸었다.

거기엔 누구 하나 토를 달지 못했다.

화물차는 다리에 한참 못 미친 한적한 곳에서 멈췄고 그곳에서 호버 크래프트만 먼저 내렸다. 화물차 기사는 능숙하게 크레인을 다뤘고 재빠르게 내렸다.

어두웠으며 달빛밖에 없었지만 그들의 손발은 별달리 어긋나지 않았다.

애기 수리들이 호버 크래프트의 시동을 켰을 때 이기수는 작게 감탄했다.

기술의 발전으로 소음이 엄청나게 줄어있었다.

다만 추진력을 내는 프로펠러의 바람소리만큼은 조금 거슬렸다. 호버는 처음 개발 당시 그 엄청난 소음과 저속으로 인해 쓰레기 발명품 취급을 받았었다.

침투용으로 설계되었고 거기다 국산이란 한일봉의 설명에 이기수는 만족했다.

이기수의 설명을 들은 애기 수리들은 호버를 몰고 하천을 따라 움직였다.

다리 밑의 주방장을 찾는 건 그리 어렵지 않을 것이다. 나머지 사람은 2.5톤 윙 카에 모두 태웠다.

화물차 기사들도 빼놓지 않았다.

윙 카는 너무 빠르지 않게 다리 밑으로 조용히 숨어들었다.

역시 주방장은 그냥 되는 게 아닌가보다.

거기다 안전가옥 주방장답게 은폐와 엄폐도 좋았다. 불빛 하나 새어

나오지 않게 하면서 어떻게 이런 고기를 삶았는지 직원들은 참으로 맛나게 돼지고기 수육을 즐겼다.

최후의 만찬일지도 모를 보쌈이었다.

이기수가 주방장의 수육을 거절한건 역시 체면 때문이다.

그래도 김밥은 좋았다. 거기다 국물이 아주 좋았다. 부주방장은 쉬지 않고 김밥을 말고 있었다. 어두워서 제대로 보이기는 한 건가 싶은 이기수였다.

그렇게 다리 밑의 작은 호사는 짧게 끝나가고 있었다.

"차장님! 준비완료입니다!"

수석 교관 한일봉은 주로 총기 교육을 담당했으며 이 세상에 존재하는 모든 총을 다룰 줄 안다는 그다.

은퇴가 얼마 남지 않은 그였지만 흔쾌히 이기수의 작전에 응했다.

드디어 세팅이 완료된 호버 크래프트는 어두운 곳에서도 위용을 뽐냈다.

그리고 호버에 장착된 이 m134 미니건에 이기수는 작은 전율을 느꼈다. [터미네이터2]의 아놀드가 미친 듯 불을 뿜던 바로 그 놈이다.

이 m134 미니건이 이기수의 손에 있는 건 한일봉의 공이 컸다.

원래 이 m134 미니건은 한국 육군 항공작전사령부가 유일하게 보유하고 사용했었다.

그러다 특수부대의 후방 화력지원 목적으로 호버 크래프트가 도입되면서 작은 논란이 있었다.

특수부대는 최신형 벌컨을 원했고 국방부는 재고가 있는 미니건을 밀었다.

화력 면에선 솔직히 벌컨이 우위를 차지했다. 그러나 유사 시 전력이 끊기면 탄환이 나가지 않고 거기에다 너무 크고 무거웠다.

그런 점에서 미니건은 소구경이다. 발사 속도만 늦추면 사람이 들고 쏠 수도 있어 작전에 효율성을 높일 수 있다는 것이다.

자문을 받은 한일봉은 그렇게 역설했고 국방부와 특수부대는 고개를 끄덕였다.

솔직히 말은 그랬지만 재고 처리가 무엇보다 중요했다. 한일봉이 파견 교관이 된 건 대한민국에서 그보다 더 미니건을 잘 아는 이가 없어서였다.

경계가 처음 나타났을 때 한일봉은 제1 공수특전여단 5특전 대대의 주특기 전술훈련에 교육 참관 중이었고 이때 1특전사의 5특전 대대의 애기 수리 팀은 파주 임진강변에 있었다.

대대에는 3개의 지역대가 있고 그 지역대 안에 팀이라 부르는 5개의 중대가 있었다. 애기 수리 팀은 호버 크래프트와 m134 미니건으로 후방 화력지원을 담당하는 중대였다.

팀 이름이 애기 수리인 것은 간단했다.

1특전사의 상징이 독수리였고 중대에 배치된 호버는 수륙양용 중에서 가장 작고 귀여운 놈이었다. 그래서 애기 수리가 된 것이다.

애기 수리 팀의 훈련은 갑자기 높아진 수위 빼곤 순조로웠다.

그때 팀은 간발의 차로 경계 밖으로 나갔고 아무것도 모른 채 경계 밖으로 또 북쪽으로 한참을 올라갔었다.

한일봉과 애기 수리들은 고기 잡는 어부들도 만났었다. 작은 나룻배를 탄 조선의 어부들은 부리나케 달아났지만 애기수리 팀은 그러려니 했다.

그들의 눈빛은 공포로 가득했지만 애기 수리들은 아직 세상이 어떻게 돌아가는지 모르고 있었다.

전용으로 쓰던 위성통신이 먹통이 되긴 했지만 한 번씩 있던 일이라 크게 신경 쓸 일은 아니었다.

'군납비리인가 아니면 기술 부족인가?'

통신담당 애기 수리는 그렇게 작은 고민만 있었다.

스마트 폰의 통화권 이탈은 조금 이상했지만 임진강 주변의 풍경은 그렇게 예쁠 수가 없었다.

애기 수리들은 그렇게 특전사의 부대 점검에서 훈련 중 실종으로 분류되었고 특히나 기무사의 레이더에서 완전히 벗어날 수 있었다.

이때엔 이미 한국군의 모든 정보 권력은 기무사에게 흡수되고 있었고 그건 권두한의 책략과 음모였다.

*

복귀 도중 이기수의 전화를 받은 한일봉이 가장 먼저 한 일은 장상철의 스마트 폰을 압수하는 일이었다.

그리곤 전원을 강제로 종료했었다.

훈련 중 소지할 수 없는 것이 원칙이지만 한일봉은 제외였고 장 대위는 유사 시를 대비해 소지하고 있었다.

이기수는 한일봉을 이해시키려 하지 않고 직권으로 명령했었다. 그건 전화로 단번에 설득될 일이 아니었기 때문이다.

다행이 한일봉은 이기수의 명령을 주저 없이 실행했고 한일봉의 신분을 아는 장 대위는 얼떨결에 당했지만 크게 불만은 없는 눈치였다.

대통령과 이기수의 작전은 특전사도 몰라야 했다. 특전사가 안다면 기무사도 알게 되는 건 시간문제이지 않은가? 안타깝지만 그것이 현실이었다.

특전사가 이기수의 존재를 알게 되는 건 시간이 좀 더 흐르고 나서일 것이다.

이기수가 한일봉을 생각해낸 건 어쩌면 행운이었다.

사실 호버 크래프트를 먼저 제안한 건 문 대통령이었다. 왜군을 압도적으로 제압할 정도의 화력을 부산성으로 보내려면 지금은 호버 크래프트밖에 없었다.

하늘과 바다는 미군과 기무사의 방해로 일찌감치 틀렸었다.

국정원 안가의 무기고에도 m134 미니건은 있었지만 솔직히 길도 없는 산을 넘기엔 너무 힘든 물건이었다.

그런 문 대통령의 제안에 본능적으로 한일봉을 떠올린 이기수였고 운 좋게도 애기 수리 13명도 함께 얻을 수 있었다.

이기수는 먼저 이들을 안가로 불러들였다. 애기 수리들은 주특기 훈련 중이라 실탄도 없던 터였다.

그리고 잘 정비된 m134 미니건으로 교체 될 것이다. 기름기를 잘 머금은 미니건은 까만 독수리의 발톱처럼 날카롭게 빛나고 있었다.

*

서 종사와 복돌이의 새벽바람은 흥분과 함께 왔다.

서 종사가 m16을 둘러메서 그랬다면 복돌이는 서 종사 대신 m60 실탄박스가 얹혀 그랬다.

왜놈들의 조총보다 1000배나 성능이 뛰어난 놈이다.

오는 동안 박 기자와 조 경사가 그렇게 설레발을 놓았었다. 그때에 서 종사가 애지중지 하던 칼을 내려놓자 조 경사는 조심스레 물었다.

"서 종사님, 제가 가져도 될까요?"

조 경사는 그 칼이 무서웠고 또 가지고도 싶었다.

"이것과 맞바꾼다면 그러지요!"

서 종사가 자신이 쥔 m16을 가리키며 말하자 조 경사의 얼굴엔 실망감이 살짝 스쳐 지나갔다.

조 경사는 끈으로 단단하게 서 종사의 칼을 등에 둘러매고는 m16의 가늠쇠로 달빛을 쐈다. 물론 그건 빈총이었다.

사실 복돌이는 진짜 흥분할만했다. 자신은 군마가 아니라며 거부하며 뒷걸음질 쳤었다.

나무 궤짝이라니-----, 자기는 사람 이외에는 태워본 적도 없다며-----, 그러지 않냐며 서 종사를 보며 푸륵거렸다.

서 종사가 작게 눈을 뜨고 봤지만 결국엔 모른 체했다.

그러다 미안했던지 마지막 콜라 한 모금을 복돌이에게 양보했다. 어쩌면 총보다 더 좋은 것일지도 모를 콜라였다.

복돌이는 콧방귀를 뀌었다. 서 종사마저 이러면 자기는 누굴 믿고 사냐며 작게 울었나.

그러거나 말거나 김승철과 이동희는 실탄이 든 나무상자를 복돌이의 등에 서둘러 묶었다.

복돌이도 실눈으로 서 종사를 째려보자 서 종사는 콜라만 먹으라고 내밀었다.

그리곤 등을 돌려 '보라구, 나도 이만큼 짊어졌다구!' 하곤 등에 멘 배낭을 복돌이에게 보여 주었다.

복돌이도 이제야 사태 파악이 된 듯 '하! 이게 도대체 뭔 일이랴?' 하곤 얼마 남지 않은 콜라를 단박에 들이켰다.

복돌이는 지금 200킬로가 넘는 탄약을 등에 짊어졌다.

복돌이는 부들부들거릴만 했다.

김승철 팀도 모든 준비가 끝났다. 그들의 위치는 연수동 경계에서 2킬로 정도 위쪽이다. 왕복 4차선 도로를 따라 경계가 생긴 곳이었다. 일행들이 차를 숨긴 장소는 과수원인 듯 했다.

나지막한 동산을 넘어 또 한참을 산을 타야 할 것 같지만--, 서 종사가 택한 최적의 코스 였고 절대 왜군이 올 수 있는 길은 아니듯 싶었다.

나무를 땔감으로 사용해서 그럴까? 경계 밖의 산림은 조금 민둥산이다.

새벽 3시의 연수동은 고요했다. 대통령도 어쩔 수 없이 잠들었고, 한미 연합 사령관 로버츠도 잠들었었다. 나가미도 그랬고 권두한도 잠든 새벽이었다.

달빛이 아예 없는 건 아니었지만 그렇다고 불빛을 기대할 수도 없었다.

이건 일반적인 등산이 아니기 때문이다.

박 가방은 배낭도 챙겨오랴 헤드랜턴도 챙기랴 제일 고생이 많았지만 랜턴은 말 그대로 지금은 무용지물이었다.

다들 켜고 싶어 했지만 김승철의 명령은 단호했다.

산 하나를 완전히 넘기 전까진 달빛에 의지하는 방법밖엔 없었다. 그들은 투덜거리면서 김승철의 명령에 따랐다.

김승철이 앞장서 나서려 하자 복돌이가 먼저 앞장섰다.

부산성까진 자신이 안내하겠다는 듯 했다. 사실 길잡이는 복돌이가 나왔다.

자신이 파발마로 데뷔하기 전 뛰어놀던 곳이 아닌가? 복돌이는 작게 '히잉' 거리며 따라 오라는 듯 고갯짓했다.

좌우를 살피던 복돌이가 먼저 경계를 넘자 서 종사와 김승철도 복돌이를 따라 경계를 살피곤 넘었다.

가방장수 박 열도 그랬다.

박 기자와 조 경사가 잠시 머뭇거리는 사이 김영대와 상병이 잽싸게 뛰쳐나갔다.

그 둘은 군복 입은 그대로였고 일행들 중 유이하게 방탄 철모를 쓰고 있었다.

총도 자신들이 쓰던 k2 그대로였다. 이때까지도 박 기자와 조 경사는 심호흡만 하고 있었다.

박 기자는 예비군이 끝나고 민방위로 편성된 지 좀 됐고 조 경사는 경찰이라 아예 면제였다.

그리고 현직 경찰치곤 조금 뚱뚱했다.

이제 저 경계를 넘으면 진짜 전쟁이다.

두 사람은 소리 없는 하이파이브를 하곤 뛰쳐나갔다. 달리기는 박 기자가 빨랐고 조 경사의 등엔 서 종사의 칼집이 빛났다. 달빛에 그랬다.

김새형과 노조원 4명이 함께 뛰쳐나갈 내에도 언수동은 조용했나. 이낙훈과 이동희는 드디어 기도를 끝내곤 손을 굳게 잡았다.

마지막으로 이동희가 경계를 넘었을 때가 새벽 3시 10분이었다. m60은 그에게 무척이나 어울렸다. 질끈 동여맨 듯한 헤드랜턴이 그걸 말해주고 있었다.

랜턴은 켜지 않았지만 그래도 지켜보는 이들이 있었다.

이기수는 이제 팀을 나눠야 했다.

호버 크래프트의 정원은 최대 4명이다.

거기에다 안가의 총탄을 있는 대로 다 실어왔다. 그리고 한일봉도 같이 보내야 한다. 그는 미니건의 달인이니까.

1대에 3명을 배치했다. 그건 한일봉의 생각이었고 그는 이기수의 의도를 제대로 읽었다. 나머진 미니건의 실탄으로 최대한 채웠다.

자신도 가고 싶었다. 저 괴물로 왜놈들을 작살내고 싶었다. 누군들 그러고 싶지 않겠는가?

그 아쉬운 마음을 xk-13 중기관총으로 달래려 하는 이기수다. 이놈은 아직 한국군에 배치도 안 된 괴물이다.

아쉽게도 중간에 사업이 중단되었고 그런 놈을 국정원에서 샘플 차원에서 확보했었다.

화력 하나는 끝내주는 놈이다.

이놈은 25mm 신형 탄을 쓰고 장갑차량도 상대할 수 있을 만큼 대전차 고폭탄과 수많은 파편을 발생시켜 적을 공격하는 공중폭발탄도 같이 쓸 수 있다.

이 공중 폭발탄이 왜놈에게 주는 이기수의 선물이 될 것이다.

그렇게 열두 명을 빼니 2명이 애기 수리가 남았다. 지도를 제대로 볼 줄 아는 사람이 필요 했고 그렇게 말할 때 이기수의 자존심이 살짝 흔들렸다.

그때는 부팀장 고도일 상사의 눈빛이 초롱초롱 빛났다.

애기 수리 둘, 주방장과 부주방장, 안가요원 셋, 화물차 기사 둘 거기에 자신까지 10명은 걸어서 갈 것이다.

처음엔 주방 팀과 화물차 기사는 이쯤에서 놓아줄 생각이었으나 이기수는 마음을 바꿨다. 지금은 고양이 손이라도 빌려야 할 판이었다. cia와 기무사의 눈을 피하려니 어쩔 수 없는 노릇이었다.

주방팀은 자신들도 국정원 정예 식구라며 흔쾌히 자원했지만 화물차 기사는 작은 조건을 내걸었다.

영화를 많이 본 듯 그냥은 안 된다며 자신들의 교통벌점을 없애 달랬다. 이기수는 흔쾌히 오케이 했지만 자신은 없었다.

이제 준비는 끝났다.

이기수는 작게 심호흡 하곤 말했다.

"이 작전은 민족의 명령입니다!"

이기수는 잠시 울컥했다.

대통령의 직속 명령이었지만 그는 대통령을 입에 올리지 않았다. 왠지 그래야 할 것 같아서 그랬을 것이다.

그러나 모두들 알고 있는 임진왜란이 아닌가?

다만 하찮은 왜놈들의 화력이지만 기록에 의하면 1선봉대는 2만이 가까운 병력이다. 그런데 자신들은 꼴랑 다 해서 22명뿐이다.

사실 자신도 두려웠을 것이다.

이기수는 그 말을 끝으로 짧게 끝냈다. 작전이라야 별 거 없었다.

부산성에서 합류한다는 것과 왜놈들은 보이는 대로 죽이는 것뿐이었다. 시간도 촉박해서 그랬지만 애기 수리들은 이기수의 그 말이 무엇을 뜻하는지 잘 알았다. 이기수는 그들과 굳게 손을 삽으며 무운을 빌었나.

한일봉과 애기 수리들은 잠시 하늘에 귀를 기울이더니 조심스레 다리 밑을 빠져나와 을숙도로 향했다.

호버의 프로펠러 소리는 바람을 타고 기괴한 소리를 내며 흘렀다.

이기수가 애기 수리들을 보낼 때가 새벽 4시쯤이었고 지도를 보던 고도일 상사와 김기동 중사가 점찍은 곳에 도착할 때는 20분이 걸렸다. 연수동 경계에서 밑으로 10킬로 지점쯤이었다.

애기 수리들은 왜군의 공세 전에 도착하겠지만 남은 일행들이 부산성에 당도할 때는 이미 많은 군민들이 죽어나가고 있을 시간이었다.

그런 생각에 이기수는 애가 탔다.

남은 일행들을 찬찬히 살피던 이기수가 그런 생각을 한 건 무리도 아니다.

무엇보다 주방 팀이 그랬고 화물차 기사도 그랬다. 다들 예비군 끝난 지는 10년이 더 넘어 보였다.

자신도 그렇지만 안가요원 셋도 솔직히 별반 다르지 않을 것 같았다.

다만 애기 수리 둘은 당당해보였다. 그렇다 해도 한숨이 절로 나는 이기수지만 그렇다고 따로 내색하진 못했다.

새벽 4시 20분의 연수동엔 그들의 숨소리와 가끔 나는 새소리만이 전부였다.

고도일 상사가 앞장서서 경계를 넘자 그 뒤를 주방장이 자신있게 나섰다. 얼떨결에 부주방이 놀라 같이 움직이며 "성님, 같이 좀 움직여요!" 했다.

주방 팀은 하얀 주방 복을 아직도 벗지 않았었다. 거기에다 주방모자까지 그대로였고 짊어진 녹색의 더블백과는 묘한 언밸런스를 가져왔다.

눈에 띤다며 벗으라는 이기수와 김기동의 반 협박에도 자신들은 대한민국의 주방을 대표한다며 당당해 했다. 그러다 주방모자는 양보했다.

기어이 이기수가 총을 뺏으려 하자 그제야 아쉬운 듯 벗었다. 그리곤 곱게 접어 더블 백에 담았다.

금의환향할 땐 꼭 입자며 둘은 입을 모았다.

둘은 많이 친해보였다. 전시의 전우처럼 그래보였다.

화물차 기사 둘도 의기양양하게 나서는 폼이다.

그럴 만도 한 것이 그 둘은 최신 영화에서나 나올법한 다선기공의 최신 불펍 소총 xk8을 들고 뽐냈다. 비록 한국군에 정식으로 채택된 총기는 아니었지만 국정원엔 있었다.

총을 만져본 건 오래여서 자신 없는 두 사람이었지만 총기용 led 후레쉬에 용기를 내보는 두 사람이었다.

물론 그것을 켜보다가 이기수에게 한소리 들은 것은 비밀이다.

다만 등에 맨 더블백은 부담스런 무게로 보였다.

욕심이 많아서 그랬을까? 아니면 사무친 원한이라도 있었던 걸까?

이기수가 화물차 기사를 따라 경계를 넘자 안가 직원 세 명도 경호원처럼 뒤를 따랐다. 그 셋은 자신들의 개인 화기 외에도 분해한 xk-13 중기관총의 부속을 나눠들었다.

분해된 부속은 이랬다.

레이저 거리측정기, 탄도컴퓨터와 직접 관측용 광학장비 거기에다 환경센서, 표적추적장치. 열 영상장비를 갖춘 사격통제 장치와 안정된 발사를 돕는 거치대, 그리고 탄약통, 그리고 몸통인 기관총이다.

물론 제일 무거운 몸통은 이기수가 직접 들었다. 탄약도 누구처럼 욕심도 냈다. 비록 고행의 산행일지라도-----, 그는 동족에 내한 이바심이 더 컸을 것이다.

마지막으로 김기동 중사는 경계를 넘으면서 고도일 상사처럼 자신의 개인화기에 실탄을 장착 했다.

그의 마음은 어땠을까? 그에겐 짊어진 더블 백만큼의 무거운 의무감이 있었을 것이다.

그는 자부심 가득한 자랑스러운 특전사였다.

*

호버 크래프트는 거침없이 달리지 못했다.

최고 속도가 80킬로인 호버지만 실탄을 버릴 수는 없는 노릇이었다.

연사로 쏘면 10분도 버티기 힘든 양이었다. 그러면 총열도 못 버틸 것이다.

선두의 호버는 장상철 대위가 직접 조정간을 잡았다.

그가 쓴 3세대 광증폭식 야시경은 국정원 이기수의 선물이었다. 그들은 말로만 듣던 3세대 최신 제품이었고 이 제품의 성능에 그는 공연히 짜증을 냈다.

요렇게 뛰어난 놈이 국정원 안가에 처박혀 낮잠을 자고 있었다니--, 2세대 야시경만 죽어라 섰던 장상철이 부아가 치밀만한 일이었다.

그만큼 3세대 야시경의 성능은 탁월했다.

그가 경계를 넘을 땐 오전 4시 5분쯤이었다. 낙동강 하구의 경계도 확연히 달랐다. 경계 밖은 어떠한 인공구조물도 없었으며 태초의 자연 그대로의 냄새가 났다.

하늘엔 별빛 외엔 없었다. 다행인건 어떠한 방해도 없다는 것이다. 미군의 경계망이 이렇게 허술했나 싶을 정도였다.

아니다. 그건 역시나 특전사의 힘이 컸다. 특전사는 델타포스의 출격에 강력히 어필했었다.

아무리 연합사의 합법적인 작전이라 해도 자신들이 배제 되서는 안 된다며 특전사는 정말로 어거지를 부렸다.

연합 부사령관은 이판사판의 심정으로 로버츠 사령관을 윽박질렀다.

"이대로라면 특전사의 요구를 더 이상 막을 수 없습니다!"

항명이라도 각오할 태세의 부사령관이었다. 특전사의 출동요구는 조금 전까지도 있었다.

그건 이기수와 국정원의 전략 중 하나였다.

미군의 주된 전력을 특전사가 잡아놓는 것------, 그것이었다. 특전사는 몇 번이고 전투 작전명령을 반복했었다.

물론 기겁을 한건 기무사였다. 특전사 파견 기무요원들은 거진 인질이나 매한가지 상태의 몸이었다. 대통령의 명령이라는 특전사의 강압에 연합 사령관의 명령은 조금씩 초라해지고 있었다.

군법위에 대통령이 있었다. 그건 문 대통령의 위엄이기도 했다.

그런 강경한 태도의 특전사로 인하여 연합사령부는 어쩔 수 없이 델타포스를 회군시켜야 했다.

cia의 제임스가 탄식을 했지만 연합사령관은 더 이상의 충돌은 피하고 싶었을 것이다.

이때엔 다른 건 몰라도 국정원과 cia의 정보전에선 국정원이 앞서가고 있었다.

이중 스파이들의 노력도 노력이지만 현실을 파악한 중간 간부들의 고의적인 사보타주도 꽤나 한몫했다.

연합 사령부와 델타포스는 김승철과 이기수 일행의 존재를 경계에서 파악했지만 성과 없이 돌아서야만 했다.

그들은 충분히 제압할 수 있었다.

그러나 그 후폭풍을 감당할 자신이 없었다.

연수 고등학교처럼 미리 매복했으면 모를까? 뒤에서 공격하는 건 자살 행위나 마찬가지였을 것이다.

그리고 연수고등학교의 델타포스와 국정원은 의외로 한참을 더 대치했다.

안전한 대치라 그랬을까? 그들은 해가 뜰 때까지 서로의 발목을 잡고 있었다.

그들이 떠났을 때 정보과 이 과장 일행은 부둥켜안고 울었다는 소문도 있었지만--, 모두 무사했다.

*

복돌이는 어두운 산도 잘 탔다. 눈에 불을 켠 것처럼 보였다.

금정산은 복돌이에겐 놀이터 같아 보였지만 한편으론 위태로워 보이기도 했다.

200킬로가 넘는 탄약상자라 그랬을 것이다. 그래도 그놈 참--, 영리하게 잘도 간다.

김승철도 녹록한 체력이 아니었지만 서 종사는 대단했다. m16에다 탄약배낭까지 메고도 자신을 스무 걸음 이상 앞서 산을 타는 서 종사였다.

그리고 복돌이는 요령도 좋았다. 일각마다 스스로 휴식을 취하며 맨 뒤의 이동희까지 챙기려했다.

"종사관님! 좀 쉬었다 갑시다!"

헉 헉 거리던 김승철이 멀어지는 서 종사를 잡으려 한 말이었다.

서 종사도 힘들지 않은 건 아니었지만 내색하기 싫었을 뿐이었다. 길이 없는 산을 탄다는 건 그런 것이다.

김승철의 헤드랜턴에선 작은 불빛만이 빛나고 있었다.

"이제 조금이면 우촌입니다!"

서 종사가 작은 바위 턱에 주저앉듯 하며 김승철을 기다려주었다. 서 종사의 말은 곧 마을이 있다는 것이고 길도 좋아진단 소리였다.

"정말 입니까? 이젠 살았네요!"

김승철도 힘겹게 말하곤 털썩 주저앉았다.

맨 뒤의 이동희는 조 경사의 엉덩이를 m60 총구로 '쿡쿡' 찔러대고 있었다.

"조 경사님! 이래가 왜놈들하고 제대로 싸우겠심니까?"

"아이고! 동상, 방구 낄 힘도 없어." 하더니 엉덩이로 '피ㅡ이' 웃고 그랬다.

이동희도 웃겼는지 자꾸 키득거렸다. 그렇게 부산 동래 아저씨들의 휴식은 달콤했었다.

이들이 복돌이를 따라 우촌에 도착할 때는 1시간 가까이 흘렀다. 아마 복돌이가 없었다면 엉뚱한 곳으로 갔을지도 모르는 일이었다.

새벽 4시의 우촌엔 아무도 없었고 주인 잃은 소들의 메마른 울음만이 한 번씩 들려왔을 뿐이었다.

사백년 전의 우물 맛은 그동안의 보상인 것 마냥 맛이 좋았다.

김승철은 먼저 서 종사에게 두레박을 통째 건넸다. 김승철은 서 종사가 좋았나보다.

서 종사는 그런 김승철에게 고개를 숙이며 예를 차리곤 복돌이에게 먼저 물을 권했다.

복돌이는 체면 차리지 않고 10리터나 돼 보이는 물을 단숨에 마셨다.

복돌이가 원기를 차린 듯 "푸륵!" 서리사 모두들 복돌이가 제일 고생했다며 목덜미를 쓰다듬었다.

그럴 만도 하다. 복돌이의 네 다리는 아직도 후들거리고 있었다.

그래서 그럴까? 복돌이는 뭔가를 열심히 찾았고 배낭마다 쿵쿵대고 있었다.

서 종사도 눈치 챈 듯 했고 박 기자도 알았다.

조 경사가 배낭을 열자 복돌이가 그럴 줄 알았다며 길게 '히잉' 거렸다. 서 종사의 가슴도 살짝 설렜고 조 경사는 아낌없이 양보했다.

서 종사와 복돌이의 최후의 만찬은 그렇게 콜라처럼 톡 쏘았다. 마지막 한 모금을 삼킨 복돌이는 페트병을 시원하게 던져버렸다.

그랬다. 조선시대 최초의 페트병은 복돌이가 버렸다.

"세상에, 이게 물맛이야? 꿀맛이야?"

그것은 조 경사의 진심어린 감탄사였다.

이젠 빠른 걸음으로 30분이면 도착할 수 있는 거리까지 왔다. 김승철이 총기 점검을 명령하자 그들은 일사분란하게 움직였다.

김승철은 몇 번이고 서 종사에게 시범을 보였다. m16은 사용하기 편리한 총이다.

그저 탄창을 결합하고 노리쇠만 당겼다 놓으면 된다. 그리고 방아쇠만 당기면 탄창은 순식간에 비워진다.

자동과 반자동에 대해서도 설명했고 안전모드를 설명할 때는 조금 이상해 했다. 그런 게 왜 필요한지 모르는 눈치다.

그렇다고 김승철이 서 종사를 탓하진 못했다. 어째 어른을 모시는 아이 같았다.

조총도 제대로 모르던 서 종사였지만 안전모드 빼곤 어렵지 않게 이해하는 눈치였다. 그래도 부산 성까진 빈총으로 가야 하는 서 종사였다. 오발을 걱정한 김승철에 조금 서운했지만 어쩔 수 없는 일이었다.

"이젠 칼을 돌려주셔야겠소이다!"

서 종사가 그래서 칼을 찾았을 것이다.

집안의 가보로 삼고 싶었던 조 경사가 아쉬운 듯 칼을 건넸다.

"종사관님! 화이팅!"

조 경사가 주먹을 불끈 쥐며 작게 외쳤지만 서 종사는 무슨 말인지 몰랐다. 이젠 서 종사가 앞장서고 복돌이는 이동희 앞에서 여유를 부리며 걸었다.

서 종사에게 바짝 붙어 김영대와 상병이 호위하듯 따랐고 그들의 k2에는 일발이 장전되어 있었다.

서 종사가 드디어 칼을 뽑아 들고 성큼성큼 걸었다.

저기 부산성을 향하여-----,

이것이 4시 10분 경이였다.

*

서 종사가 칼을 뽑아들고 부산성을 향할 때 이기수 일행은 도보로 1시간 이상이나 뒤쳐져있었다.

일행의 힘듦이야 설명할 필요도 없겠지만 주방 팀은 차라리 죽고 싶을 정도였다. 허기야 운동하곤 담쌓은 두 사람이라 더 그랬을 것이다.

거기에다 새벽의 산행은 게거품을 물어도 이상할 것이 없었다.

이기수는 선두의 고도일 상사를 붙잡을 수밖에 없었다.

"상사님! 쉽시다!"

이기수가 크게 외쳤다. 그래야 들릴 것 같았다.

이들이 한자리에 다 모이는 것만 해도 20여분이 걸렸다. 이기수는 짜증내지 않았다. 그래도 고마운 사람들이 아닌가?

주방장은 배가 고파 이렇다며 김밥을 꺼내자 모두들 마른침을 꿀꺽 삼켰다. 그들은 한 번 더 최후의 만찬을 가져야만 했다.

정신력이란 참으로 대단한 것이었나 보다. 오십을 넘은 이기수가 아직 버티는 것을 보니 그랬다.

체력은 벌써 바닥난 지 오래다. 애기 수리 빼곤 다들 그랬을 것이다. 안가 직원들도 씩씩 거릴 판이니 더 말할 것도 없었다.

이기수는 일행을 토끼 팀과 거북이 팀으로 나누었다.

고도일 상사와 안가직원들이 토끼 팀으로 김수동 중사와 주방 팀과 화물 팀은 거북이로---, 물론 이기수는 토끼를 택했다.

처음부터 이랬다면 좋았을 걸------, 이기수는 가만히 자신을 탓했다.

호버의 앞머리가 크게 들린 건 무게 중심이 흐트러져서 그랬을 것이다. 장상철 대위가 급하게 속도를 줄이지 않았다면 그는 왜놈들의 뒤통수도 보지 못했을 것이다.

시속 40킬로에도 못 미치는 안정된 속도는 장상철 대위의 마음을 조급하게 했을 것이 분명했다.

장상철 대위의 이어폰으로 한일봉의 작은 질책이 들려왔다.

"장 대위! 도착이 우선이다. 시간에 쫓기면 안 돼!"

성대진동 마이크의 음질은 아주 양호했다.

장상철은 그것도 기분이 나빴다.

도대체 국정원이 뭔데 이렇게 좋은 장비를 숨겨두고 있었냐며 속으로 투덜거렸다. 이건 장상철이 몰라서 그런 것이다.

바로 이런 비상사태를 대비하려는 곳이 국정원이었다. 물론 정상적인 행위는 아니지만 옛날엔 더했다.

투덜거리던 장상철의 동공이 커진 것은 그때였다.

어른거리는 다대포 해안의 불빛은 그러기에 충분했다.

거리는 상대적으로 멀었으나 3세대 야시경은 안정적으로 잡아내고 있었다.

"교수님! 앞에 불빛이 있습니다!"

장대위는 한일봉을 교수라 불렀다.

징비록이나 다대진 첨사 윤흥신의 비문에는 부산성 전투 이전에 먼저 다대포진 성 전투에 대한 기록이 있다. 그러나 함락은 부산성이 먼저였다.

사실 한일봉도 이건 미처 생각 못했다.

"이런! 젠장!"

그리고 부산성도 급하지만 이 시간, 다대포를 모른 척한다는 건 또 다른 죄를 짓는 것이나 다름없는 것이다.

"실탄 30프로만 주고 가자!"

애기 수리들의 팀장은 어느새 한일봉의 몫이 되어가고 있었다.

그래도 한일봉은 조심스러웠다. 먼저 한일봉이 탄 호버가 앞장섰다. 확인이 먼저였다. 행여나 조선수군일 수도 있으니 그는 그래야만 했다.

잠시 후 가까이 다가가던 한일봉은 생각했다.

'참! 부지런한 왜놈들이다!'

해안가에서 밥 짓던 왜놈 하나와 한일봉의 눈이 마주쳤지만 그는 모른 척했다.

그만큼 가까웠다.

왜놈이 놀라서 달아났지만 한일봉은 그대로 두었다. 왜군의 배는, 배가 배를 가려 수를 헤아리기도 어려웠다.

한일봉은 잠시 생각했다. 과연 자신의 행위가 정당한 것인가? 용서받을 수 있는 것일까? 그것은 그들의 행위가 학살이기 때문이었다.

왜놈들 태반이 잠들었을 것이다.

한일봉은 자신의 위선적인 태도 때문에 자꾸만 머뭇거렸다.

그는 왜놈들의 조총이 불을 뿜을 때까지 그랬다.

한일봉의 머리를 노리고 쏘았을까? 총알은 그의 왼쪽 귀를 스치고 지나갔다.

"악!"

한일봉의 비명소리와 함께 애기 수리의 총구에선 불꽃이 튀었다.

"으으윽!"

왜놈들의 비명소리는 그렇게 다대포 해안을 깨웠다.

"후퇴해!"

장 대위의 다급한 외침에 애기 수리가 호버를 몰고 해안에서 물러났다.

총소리에 놀란 왜군들이 여기저기서 튀어나왔고 이젠 왜군들의 함선에서도 총알이 날아들었다.

4대의 호버는 조총의 유효 사정거리인 50미터를 벗어나 그보다 먼 거리에 조용히 섰다.

잔잔한 파도에 호버는 작게 넘실거리고 있었다.

사격은 한일봉이 먼저 시작했다.

"부웅--, 드르륵!"

귀에서 떨어지는 핏방울의 속도보다 미니건의 탄피가 빠르게 튀어나갔다.

4대의 호버에서 미니건의 탄피가 우박처럼 쏟아졌고 잘 훈련된 특전사는 중복 사격도 없었다.

"부웅----, 드르륵!"

명령은 따로 없었지만 총알은 공평하게 날아갔다.

"부웅--, 드르륵!"

미니건의 분당 최대 발사는 4천발이 넘는다. 요령 없이 쏜다면 5분도 버티기 힘든 것이 이 미니 건이다.

그런 점에서 한일봉과 애기 수리들은 참으로 영리했다.

새벽의 다대포는 왜군들의 비명소리로 가득했고 m134 미니건은 그곳을 지옥으로 만들고 있었다.

"부웅----, 드르륵!"

그들은 미안해하지 않았다. 어차피 전쟁이란 그런 것, 죽이지 않으면 어쩔 것이냐? 그것이 일방적인 학살이라 할지라도 그건 어쩔 수 없는 것이다.

“부웅----, 드르륵!”

잠시 잠깐 머뭇거렸던 한일봉은 그 후회만큼의 분노만 소비했다.

“사격 중지!”

한일봉의 한마디에 요란한 모터 음이 일시에 잠잠해졌고 참았던 애기 수리들의 거친 숨소리가 한꺼번에 들려왔다.

아! 저곳엔 얼마나 많은 왜구들이 죽고 다쳤을까? 한척의 배엔 또 얼마나 많은 이들이 있었을까?

불타는 함선에서 뛰어내리는 왜군들은 살아서 집으로 돌아갈 수 있을까?

그리고 이것은 인간의 선행일까?

그들에게 돌아갈 배를 남겨준 한일봉은 그렇게 자신에게 물었다.

서 종사가 막 부산성의 서문에 이르렀을 때 하마터면 그의 목이 달아날 뻔했다. 왜군의 동태를 정탐하고 돌아가던 권치용 별장에게 서 종사는 그럴 만했다.

김영대와 상병의 총은 왜구의 조총과 비슷했으니 서 종사가 억울해 할 것은 없었다. 더구나 아직 어두웠고 헤드랜턴의 불빛은 괴물의 눈처럼 보였을 것이다.

권 별장은 앞선 서 종사의 목을 노리며 날쌔게 칼을 휘둘렀다.

불시의 습격은 서 종사의 간담을 서늘하게 만들기에 충분했다. 칼이 바람을 가르지 않았다면 필시 서 종사의 목이 날렸을 것이다.

그 갈라지는 바람소리에 서 종사의 몸이 본능적으로 반응했다.

서 종사가 들고 있던 칼과 권 별장의 칼이 부딪히며 기괴한 소리를 내며 울고 있었다.

잠시 그러다 서 종사의 칼이 권 별장의 칼을 빗겨 치며 소리쳤다.

"웬 놈이냐?"

서 종사가 상대를 노려보자 어둠 속의 사내는 그제야 칼을 내렸다

"종사관님이오? 나 권 별장이외다!"

권 별장은 긴장이 풀린 듯 잠시 비틀했다.

혼신을 다한 일격이라 그랬을 것이고 상대가 서 종사라 더 그랬을 것이다.

서 종사도 그 자리에 주저앉고 말았다. 경계를 넘어서 부산성에 당도할 때보다 지금의 찰나가 더 힘들었을 서 종사였다.

두 사람은 잠시 그렇게 숨을 골랐다.

광경을 지켜보던 김영대와 상병도 꽤나 긴장했나보다. k2의 방아쇠에서 그들의 손가락이 가늘게 떨고 있었다. 두 사람의 임진왜란은 그렇게 시작되고 있었다.

머뭇거리던 김영대와 상병은 서 종사를 부축해 일으켜 세웠고 그 광경을 권 별장은 가만히 지켜봤다.

20대 중반. 날카로운 생김새의 젊은이였다.

서 종사가 정신을 차린 듯하자 권 별장이 예를 차리곤 말했다.

"어두워서 그랬소이다! 용서하시오."

"괜찮다! 나라도 그랬을 것이다."

서 종사는 신경 쓸 일 아니라며 도리어 권 별장을 달랬다.

"지원군과 같이 온 거요?"

권 별장이 김영대와 상병을 번갈아보며 말하자.

"주상 전하께서 직접 보내신 분들이다. 예를 차려라!"

서 종사의 그 말에 권 별장은 믿지 못했다.

오랑캐와 왜놈을 섞어놓으면 그게 꼭 김영대와 상병 같았다.

군복 그대로에다 방탄철모, 거기에다 k2 소총을 든 두 사람은 권 별장이 그렇게 생각하기에 충분했다.

머리에 쓴 랜턴은 또 어떻게 생각했을까?

깊은 생각에 빠진 권 별장에게 시간을 주지 않으려는 듯 자신의 배낭을 던지듯이 안기는 서 종사였다.

서 종사는 권 별장이 무슨 생각을 하는지 알고 있었다. 그런 작은 혼란마저 아까운 시간이었다.

"이것은 권 별장이 챙겨라!"

서 종사가 작은 술책을 부린 것이다.

서 종사의 느닷없는 일에 권 별장은 당황할 수밖에 없었다.

"아니, 무슨 봇짐이 이렇게 생겼소?"

처음 본 배낭이 신기한 권 별장이었다.

서 종사가 여유 있게 권 별장을 어르며 배낭을 메게 하자 김영대는 재미있다는 듯 미소 지었다.

하루 짬밥에 한국사람 다 된 서 종사로 보였던 김영대였다.

"왜 이리도 무거운 게요?"

권 별장의 투정에 서 종사는 아무렇지 않게 말했다.

"이게 다 m16 총알이다. 이눔아!"

서 종사의 m 발음에 김승철도 놀랐고 다들 웃었다.

그렇게 김승철 일행은 모두 모였고 그들의 작은 웃음에 서 종사의 피곤도 작게나마 사라져 가고 있었다.

권 별장은 서 종사의 헤드랜턴에 눈을 떼지 못했고 뭐가 뭔 진 모르지만 주상께서 직접 보내셨다니 감읍하긴 했다.

잠시 후 서문 앞에 당도한 권 별장이 서문 루를 올려보고 작게 소리쳤다.

"나! 권 별장이오! 문을 열어주시오!"

그리곤 쪽문을 네 번 두드리고 한번을 더 두들겼다.

이윽고 얼굴을 보려는 듯 횃불을 비추는 자가 있었다. 봉사직의 강남복이었다.

"서중일입니다! 지원군이 왔소이다!"

서 종사의 조금은 들뜬 목소리였다.

자신보다 품계가 낮은 강남복이지만 나이가 다섯 살 많았다. 그래서 서로 존대하는 사이다.

"서 종사님---! 잠시 계시오!"

강남복은 잠시 뜸을 들였다. 물론 그가 헤드랜턴을 썼다고 서 종사를 의심한 건 아니었다.

그래도 김승철 일당은 조선사람 누가 봐도 이상하지 않은가?

더구나 전투가 코앞이다.

"권 별장과 서 종사님만 오시고 나머진 기다려야겠소!"

강남복은 원리원칙에 충실한 인물이었다.

"강 봉사! 이 분들은 주상전하께서 직접 보내신 분들이오! 불충하지 마시오!"

강남복을 윽박지르는 서 종사였다.

서 종사는 그래야 했고 그러고 싶었다. 아마 그건 서 종사의 의무 같았다. 누구보다 이들의 노고를 잘 아는 서 종사였다.

"종사관님! 저들을 한번 보시오! 어찌 조선 사람이라 우기는 겝니까?"

두 사람의 기 싸움은 팽팽했다.

김승철은 초조했다. 이제 곧 왜군의 공세가 시작되는데 또 무슨 난리인가 싶었다.

그리고 조선은 이런 장수들을 두고도 어찌 그리 허망하게 당했는지 안타까웠다.

이때 서 종사는 단호했다.

"내 상관으로 말할 테니 너는 바로 들어라! 이 분은 주상전하의 금부 도사시다! 내 목숨을 걸고 보장하는 것이니 가벼이 듣지 말아라!"

서 종사는 금방이라도 칼을 뽑아들 기세였다.

김승철은 '아! 난 또 왜-----?' 살짝 긴장해야 했고 그래도 강남복이 꿈쩍하지 않자 어쩔 수 없이 나섰다.

그만큼 시간이 없었다.

"나는 주상 전하의 어명을 갖고 왔습니다!"

김승철은 서 종사에게 써먹은 레퍼토리를 그대로 복습했다.

그러나 강남복에겐 씨알도 안 먹혔다.

"나는 의금부 부산 지부장이오!" 할 땐 자신도 이상했고 가만히 이동 희만 웃었다.

"도대체 어떡하면 믿겠습니까? 왜놈들이 곧 쳐들어온단 말입니다!"

김승철은 참지 못하고 화를 냈고 강남복은 너무 나갔나 싶었다.

그래도 강남복의 눈엔 조선말 잘하는 오랑캐나 왜놈으로밖엔 보이지 않았다.

"강 봉사님! 그것은 참말입니다! 밥 짓는걸 보고 왔소!"

원병처럼 끼어든 권 별장이 고마운 서 종사였다.

"옥해의 이름을 건다면 내 목도 걸겠소!"

강남복의 결단인 듯 했다. 잘못된다면 문을 연 책임은 자신과 서 종사 와 그의 딸 옥해에게도 있다는 애기였다.

"그리하겠소! 내 딸 옥해의 이름을 걸겠소!"

서 종사가 반색하며 자신의 심장을 두 번 두드렸다.

그렇게 드디어 서문이 열렸다. 김승철은 진이 한바가진 빠진 듯 했고 왜군과의 전쟁에서 이기는 것보다 더 좋았다.

서 종사는 서문 루에 올라 강남복과 마주섰고 강남복은 그런 서 종사에게 예를 갖추고는 맞았다.

"전란 중이라 어쩔 수 없었습니다! 이해하시오!"

그런 강남복을 따뜻하게 안아주는 서 종사였다.

서 종사도 충분히 이해했다. 자신도 겪어본 일이 아니던가? 다만 제대로 설명해줄 시간이 없는 것이 안타까웠다.

그리고 또 넘어야 할 산이 있다는 것이 서 종사의 힘을 뺐다. 이제 정발 장군을 넘어야 한다. 이러다 왜놈들과 싸우기도 전에 서 종사가 먼저 죽겠다.

부산성의 군민들은 경이로운 눈빛으로 김승철 일행을 맞이했고 김승철 일행은 처음 느껴 보는 감정으로 부산성에 입성했다.

그들의 감정은 참으로 묘했다.

복돌이는 실탄궤짝을 내려놓자마자 뒤도 돌아보지 않고 어딘가로 달아났다.

복돌이는 왜 그랬을까?

"처음 보는 것이오! 왜놈들의 조총인 것이오?"

강남복이 서 종사의 m16을 가리키자 "그놈보다 천 배나 좋은 것이오!"라며 김승철을 봤다.

이미 강남복은 왜구들의 조총을 경험해본 듯 했다. 하긴 왜구들의 노략질은 그 즈음에도 빈번했었다.

서 종사가 탄창을 결합하고 싶다며 다시 김승철을 봤지만 김승철은 고개를 저었다. 김승철은 당장에는 서 종사에게 총을 쏘게 할 것 같지 않았다. 아무리 서 종사라도 말이다.

서 종사의 말에 군민들은 신속하게 움직여주었다.

이른 아침을 먹던 그들은 불평 없이 실탄박스와 배낭들을 남문 루로 잽싸게 옮겼다. 여기서 서 종사는 꽤나 잘나가는 듯 보였다.

이동희와 병사 둘은 그들과 함께 뛰었다고 하는 것이 옳은 듯하다.

그들의 발걸음은 그렇게나 빨랐다.

서 종사와 김승철도 덩달아 뛸 수밖에 없었다. 저들이 정발 장군을 먼저 만나게 된다면 일이 또 어떻게 꼬일지도 모를 일이었다.

"아! 젠장!"

두 사람의 입에서 동시에 튀어나온 말이었다.

*

이제 막 아침을 물린 정발 장군은 남문 루에서 왜군을 바라보고 있었다.

멀리 밥 짓는 냄새에 그는 괴로웠다. 바람이 그렇게 불어왔나.

그의 눈에는 강렬한 의지도 읽혔고 때론 회한의 눈빛도 보였다. 가여운 군민들을 생각하는 정발 이었다.

부산성에서 뼈를 묻어야 하는 장수의 운명이 꽤나 알궂었다.

정발은 안고 있던 옥해를 가만히 내리고는 차고 있던 활을 집어 들었다.

그렇다. 서 종사의 딸. 옥해다.

옥해는 정발의 전포자락을 잡고는 얌전히 있었다.

정발이 옥해를 만난 사연은 이랬다.

서 종사의 처. 이수연이 죽은지는 일 년이 다 되간다.

그녀가 부산 앞바다에서 주검으로 발견됐을 때는 혼자가 아니었다.

그녀는 평범한 체구의 아녀자였고 부근엔 그녀보다 작은 왜구의 사체 2구가 같이 발견 됐었다.

왜구 둘은 칼에 찔리고 베인 흔적이 많았고 그녀의 몸에는 조총에 당한 듯 총상이 있었다.

미루어 짐작 컨데 그녀는 겁탈하려던 왜구들을 죽였을 것이다.

그리고 그녀는 왜구들에게 무참히 죽었을 것이다.

그녀의 손은 죽은 한참 후에도 칼을 놓지 않았었다.

서 종사가 도착하니 그제야 이수연은 칼을 놓았고 그녀의 의기에 많은 부산 사람들이 울었다.

서 종사의 눈이 뒤집혔을 것은 상상하기 그리 어렵지 않을 것이다.

그리고 어린 옥해를 도맡아 기른 것은 옆집의 향이네였다.

동네 사람들은 그녀를 향이네 라고 했지만 서 종사는 그저 누이라고 불렀다.

별다른 인척관계는 없고 자신보다 나이가 많아서 그랬을 것이다.

그녀의 남편도 왜구에게 죽었다. 자식도 없는 그녀가 왜 향이네인지는 서 종사도 몰랐지만 동리 사람 누구도 몰랐다.

왜란은 만난 향이네가 동래로 피난을 나섰지만 옥해는 아버지를 찾아 성으로 온 것이다.

향이네가 한사코 옥해를 불렀지만 옥해는 뒤돌아 인사만 꾸벅하고는 그대로 성으로 향했었다.

"아이고! 조것이 아배가 걱정되는 갑다!"

동리 사람이 그렇게 말했지만 향이네 가슴은 천 길 낭떠러지로 떨어지는 것 같았다.

그녀의 손에 시어머니의 손이 없었다면 그녀도 틀림없이 부산성으로 갔을 것이다.

많은 사람들이 부산성으로 피할 때 그녀의 시어머니는 자신의 친정이 있는 동래를 고집 했다.

향이네로선 참으로 어쩔 수 없었을 것이다.

그리고 옥해는 십리가 넘는 길을 걸어 부산성 남문에서 아버지 서 종사를 기다렸다.

부산성으로 향하던 옥해는 또 얼마나 무서웠을까?

문지기도 옥해를 잘 아는 듯 성으로 들이려 했으나 옥해는 한사코 아버지를 기다렸다.

"옥해가 아니냐?"

정발장군이 자신들의 판옥선을 스스로 부술 때는 가슴이 얼마나 아팠겠는가?

그만큼 왜군들의 해상전력이 조선수군을 압도했었다.

몇 척 되지 않는 조선수군으로선 해전을 피하는 것이 상책이었고 그 배에 불을 지를 땐 마음이 오죽했으랴?

그런 비통한 심정으로 입성하던 정발장군의 눈에 옥해는 또 얼마나 가여웠을까?

그때 옥해는 성벽을 등지고 앉아 잠들어 있었다.

정발장군이 성지기를 재근하지 않았냐면 옥해는 그렇게 서 송사를 기다렸을 것이다. 그것이 얼마의 시간이 흘러도 말이다.

성지기가 옥해를 깨우자 옥해는 눈을 비비며 말했다.

"아버지가 오셨소?"

옥해가 성지기를 보고 묻자 성지기는 가만히 정발장군을 보았다.

어린 옥해가 정발장군을 보고 예를 차렸고 그런 옥해에 말이 콧방귀를 뀌고 있었다.

이놈은 또 왜 이럴까?

"장군님 오셨소?"

서 종사는 비번일 때 종종 어린 옥해를 데리고 잡무를 도운 적이 많았다.

그래서 옥해도 정발 장군을 알았었다.

정발 장군이 성지기에게 눈짓을 하자 성지기는 그것을 알아차렸다.

성지기는 옥해를 번쩍 안아들고는 그대로 정발 정군의 가슴에 안겨 주었다.

그래도 어린 옥해가 놀라지 않은 것은 정발의 따뜻한 마음이 아니었을까?

정발 장군의 말이 옥해를 실눈으로 째려보는 것은 이해해야 한다.

잘 놀고 있던 자신의 남친을 옥해의 아비가 빼앗듯이 했으니 말이다.

이 말의 이름은 복순이였다.

권 별장의 보고를 듣던 그가 가만히 활의 줄을 당겨본다. 날씨에 화살의 반응을 보는 듯 했다.

화살은 정발의 기대완 달리 반도 못가 맥없이 떨어졌다.

화살은 생각보다 습기를 먹어 둔했다. 날씨마저 조선을 외면하는 건가? 정발은 씁쓸했다.

조선의 주 무기가 활이 아니던가? 휘하 장졸들의 탄식소리가 작게 났다.

*

서 종사와 김승철 일행은 정말이지 휴식이 주어져야 했다.

서 종사와 김승철은 서로를 안타까이 여기며 그렇게도 열심히 또 뛰었다. 두 사람은 뛰는 것인지 걷는 것인지 모를 속도였고 군민들은 벌써 볼일을 마치곤 밥 먹으러 가는 중이다.

두 사람은 에라 모르겠다는 듯 씩씩거리며 걸었다.

그건 어쩔 수 없는 일이었고 그들은 철인이 아니었다.

이동희와 병사들은 남문 루에서 정발과 맞닥뜨렸다. 조선시대 초상화 속의 남자는 미동도 없었지만 세 사람은 달랐다.

뭔가 죄를 지은 듯 했다. 젠장! 뭔 진 모르겠지만 그랬다.

"전하께서 직접 보내셨다구요? 참으로 천군인가 싶구료?"

정발은 부드러웠고 위엄도 있었다.

권 별장의 보고가 그러했나보다. 한양에서 하루도 안 돼 도착했으니 그리 부를 만도 했다.

이동희도 뭔가 대꾸하고 싶었지만 입안에서 맴돌 뿐 입 밖에 내진 못 했다.

다만 "저 그게-----, 저 그것이-----." 하며 꿔다놓은 보릿자루처럼 몇 마디 못했다.

차라리 김영대의 상병은 나았다. 그들은 상관을 만난 듯 받들어총 자세를 취하더니 "충 성!" 하며 예를 다했다.

이동희도 어정쩡하게 따라했지만 이미 체면을 구겼다.

이동희가 '짜식들 미리 말 좀 하지.' 하며 김영대를 살짝 흘겨본 건 어쩌면 당연했을 것이다.

그리고 정발 장군은 가슴이 뭉클했다. 처음 맞아본 주상전하의 지원군인데다가 예사롭지 않은 병장기엔 눈물마저 날 것 같았다.

정발 장군은 북쪽 한양을 향해 가만히 무릎 끓고는 북받친 목소리로 절하며 말했다.

"전하! 이 외진 곳까지 잊지 않고 살피시니 성은에 감읍할 따름입니 다!"

떨리는 목소리엔 남자의 진심이 가득했고 서 종사의 걸음이 한발만 늦었어도 그는 소리 내어 울었을 지도 모른다.

"장군! 서중일입니다!"

반 무릎을 하며 서 종사가 정발에게 예를 갖추자 그는 그제야 일어났다.

"서 종사! 그대의 공이 참으로 크다!"

정발은 서 종사의 노고에 아낌없는 칭찬을 다하며 눈물을 훔쳤다.

"그래! 부사께선 안녕하시더냐?"

그는 자신보다 한 살 많은 송상현의 안부를 먼저 물었다.

서 종사는 차마 사실을 말할 수 없었다. 얼마 후면 자연스럽게 알게 될 일이지만 지금은 그렇지 않았다.

"부사께서도 장군의 안부를 염려하셨습니다!"

서 종사의 목소리엔 힘이 없었고 눈물 한 방울이 떨어지고 있었다.

"아부지!"

정발 장군의 갑옷자락을 쥐고 있던 옥해의 눈에서도 그랬다.

두 부녀의 상봉을 정발장군은 모른 척 해주었다.

사실을 알 리 없는 정발은 이제 김승철 일행이 궁금해졌다.

이때 김승철은 정발 장군이 안중에도 없어보였다. 여명이 아주 작게 밝아 와서 그랬을까?

그는 일행들에게 전투배치를 시키고 있었다. 그래야 조금이라도 쉴 수 있을 것이다.

그들에겐 정말로 휴식이 필요했다. 일단 남문에다가 화력을 집중했다. 원치 않는 대학살의 시작은 그렇게 시작되고 있었다.

성벽에 m60을 설치하던 김승철의 마음은 비장했다.

화력은 압도적이다. 그는 화력에 놀란 왜군들이 스스로 달아났으면 좋겠다 싶었다.

부산성의 많은 군민들은 신기한 눈으로 그들의 움직임을 쫓았다.

"도사님!"

막 m60의 탄띠를 만지던 김승철을 서 종사가 불렀다.

김승철이 뒤돌아보자 정발이 예를 갖춰 인사를 했다.

"부산진 첨사 정발이라 하오이다!"

정발의 인사는 깍듯했다.

그러나 김승철은 난감했다. 솔직히 말하자니 분란만 생길 것이고 거짓말을 하자니 상대가 무려 정발장군이다. 아! 젠장------.

그때 옥해를 안은 서 종사가 가만히 고개를 저었다. 그건 거짓말을 하라는 뜻인 것 같았다.

어쩔 수 없는 상황이었다.

"의금부 부산 지부장 김승철입니다!"

그의 인사도 정발처럼 깍듯했으나 아차 했다. 그놈의 부산 지부장 소리는 김승철이 입에 붙어서 그랬을 것이다.

정발은 서 종사를 보며 의아한 듯 물었다.

"여기 부산에도 의금부가 있었더냐?"

"그깃이 아니오라, 이번에 제수 받고 오시넌 실인 줄 압니다!"

서 종사가 재치 있게 받았다.

"아! 그래서 이리도 빨리 올 수 있었구료?"

정발 장군의 의구심 하나가 그렇게 풀렸다.

정발 장군과 군민들은 궁금한 것이 참으로 많았다. 분명 말하는 것은 조선 사람이랑 별반 다르지 않았지만 그렇다고 소통이 쉽지만도 않았다.

더구나 행색은 너무도 이상했다. 거기다 무기들은 더 말해 무엇 할까?

"저것은 왜구가 쓰는 조총과 매우 닮았지 않느냐?"

얼마 전 부산포 일대에서 노략질하던 왜구로부터 노획한 조총이 있었다.

서 종사가 조금 난처한 표정을 지으며 김승철을 보자 김승철도 난처하긴 마찬가지였다.

"이번에 명나라에서 들여온 것들입니다!"

김승철은 겨우 그렇게 둘러댔다.

"아하! 그렇지요. 아마 그럴겝니다!"

정발은 자신의 생각이 맞았다며 흐뭇해했다.

"역시 명나라야!"

부산성의 많은 군민들은 그제야 이해됐다는 듯 고개를 끄덕거렸다.

다만 서 종사만이 슬쩍 비웃을 뿐이었다.

"네가 옥해구나?"

조 경사가 안다면서 그렇게 말했다. 어느새 박 기자는 옥해의 손을 잡고 있었다.

박 기자는 조 경사에게 들었었다. 딸 하나 있는 홀애비라고------.

"누구시오?"

서 종사에게 안겨있던 옥해가 내리면서 한 말이다.

조 경사와 박 기자도 어느 샌가 옥해와 눈높이를 같이 하곤.

"응! 아저씨는 아버지 친구!"

장난스럽게 조 경사는 그렇게 말했다. 조 경사는 정말이지 서 종사와 친구가 되고 싶었다. 그에게 나이는 별 의미가 없었다.

박 기자도 딸 생각이 났는지 뭉클했나보다. 그는 지갑에서 5만 원짜리 지폐 한 장을 꺼내면서,

"아빠 주지 말고 갖고 싶은 거 사!"

조 경사도 지기 싫은 듯 지갑을 뒤지고는 만원 한 장을 꺼내들었다. 만 삼천 원이 있었으나 천 원짜리는 좀 그랬을 것이다.

"이건 맛있는 거 사먹고---."

옥해가 어리둥절해했지만 그래도 그냥 좋았다.

낯설고 이상한 사람들이지만 아버지가 빙그레 웃고 있으니 행복도 했다.

옥해가 의아해하며 돈을 받아들고는 놀란 듯 했다.

"아버지! 여기 이모가 있어요!"

"그것이 무엇이오?"

서 종사는 아직 돈의 의미를 몰라 물었다.

"아! 이건 옛날로 치면 엽전!"

조 경사가 더 이상은 설명이 막히는지 박 기자를 보며 도움을 청했다.

박 기자도 딱히 할 말이 떠오르지 않는지 잠깐 하늘을 봤다.

"보자! 이 돈이면 햄비거가 몇 개냐?"

그래도 조 경사는 박 기자를 채근하며 물었고 박 기자도 생각하는 눈치다.

'저것으로 햄버거를 산다면------, 저것은------.'

서 종사도 이제 대충 감을 잡은 눈치다.

"그러지 마시오! 햄버거는 내 손으로 충분하오!"

서 종사는 단지 돈을 돌려주려 했을 뿐이었다.

서 종사가 옥해의 돈을 받아들자,

"햐! 지금 부모나 조선 부모나 똑같네! 똑같애! 저래놓고는 안 주지."

조 경사가 웃으며 서 종사를 보자 박 기자는 "괜찮아요! 이게 다 정이 잖아요!" 했다.

서 종사도 멋쩍기는 했는지 가만히 웃기만 했다.

옥해와 같이 햄버거에다 콜라를 마시는 상상은 얼마나 즐거운가? 누구도 이를 탓해선 안 된다.

'누이!'

가만히 오만 원 권 지폐를 호기심 있게 들여다보던 서 종사의 생각은 크게 틀리지 않았다.

지폐 속의 여인은 향이네와 꼭 닮았었다.

*

새벽의 백숙은 부산성의 눈물 같았다.

정발은 아침을 먹는 듯 마는 듯 했다.

풍전등화의 부산성이였으니 어찌 아니 그러겠는가? 군량이 넉넉하진 못하다 해도 주상전하의 지원군에게 소홀할 순 없었을 것이다.

원래 백숙은 그들의 몫이 아니었다.

닭죽을 끓여 군민들에게 나눌 요량이었다. 그러나 군민 누구 하나 이를 아까워하지 않았다.

그리고 김승철 일행은 그런 대접을 받기에 충분했다.

일인 일상을 받아든 김승철 일행은 잠시 당황했다. 일인 일 닭, 아니 일인 일 백숙이라 더 그랬다.

조선시대 닭은 지금의 닭보다 배는 컸다. 맛있게 먹어주길 바라는 군민들의 눈빛에 괜히 눈물이 나는 김승철이었다.

조선시대 백성들의 삶이 어떠한가는 우리가 잘 알지 않는가? 못 먹고 못 입은 백성들의 모습과 그런 백성들의 정성에 다들 가슴이 먹먹했다.

"잘 먹겠습니다!"

역시 조 경사의 넉살은 좋았다.

"감사히 먹겠습니다!"

김영대와 상병도 입맛을 다시고는 허겁지겁 먹었다. 둘은 무쇠도 씹어 먹을 나이가 아닌가?

"종사관님! 이리 와요!"

김승철은 상이 없던 서 종사와 옥해를 잡아 앉혔다.

백성들은 아차 싶었던지 연신 미안해했지만 서 종사는 개의치 않았다. 여기저기서 닭다리가 김승철의 상으로 아낌없이 날아왔고 정발은 흐뭇하게 웃었다.

폭풍전야의 휴식은 작은 감동으로 그렇게 메워지고 있었다.

"저기---, 저---, 잡놈의 새끼들이--."

성벽에 몸을 숨기고 있던 권치용 별장이 소리칠 때는 김승철 일행이 상을 물리기도 전이었다.

성 한참 밑에서 하얀 왜군의 깃발이 보였다.

그들은 깃발을 좌우로 흔들며 친친히 다가왔고 그것은 공격의 의사가 없다는 신호였다.

"쏘지 마시오! 쏘지 마시오! 우리는 사신이오!"

왜군의 복장을 한자는 조선말이 유창했다.

갑옷을 보니 장수 같았고 그들의 수는 다 해서 다섯이었다.

"우리는 조선과의 싸움을 원치 않습니다!"

이놈은 정말 왜놈일까?

"단지 길만 내어주시오! 여기 친서가 있소이다!"

왜장은 두루마리 친서를 높이 들며 외쳐대고 있었고 이때 김승철은 왜장을 노려보고 있었다. 그의 입은 닭날개의 뼈다귀를 뱉어내고 있었다.

그리고 그의 가슴은 두방망이질 쳤다.

"헛소리 마라, 이놈아!"

일갈하던 정발 장군은 그대로 화살을 날렸다. 화살은 보기 좋게 왜장의 투구를 날려버렸다. 그만큼 가까이 다가왔었다.

그러나 왜장은 벗겨진 투구에 놀랄 법도 했지만 의연했다.

아마 정발 장군의 성품을 잘 아는 자인 듯 했다.

왜장의 부하들이 잠시 놀라 허둥댔지만 이내 정신을 차린 듯 했고 바로 투구를 주워들고는 왜장에게 바쳤다.

왜장은 투구를 쓰기 전에 정발 장군께 고개를 꾸벅 숙이며 예를 표했다. 그리고 예를 마친 왜장의 경고는 지독했다.

"이대로 우리의 호의를 뿌리친다면 그곳엔 병아리 한 마리도 살아날 수 없을 겁니다!"

분노한 정발이 다시 화살을 날렸고 화살은 그대로 왜장이 탄 말머리를 꿰뚫었다.

그는 차마 사신을 죽이지 않았다.

"이놈아! 나 정발이야!"

정발은 그렇게 포효했다.

말과 함께 왜장이 쓰러지자 왜군들은 일제히 숨을 곳을 찾아 흩어졌고 성안의 군민들은 일제히 환호성을 질렀다.

그래도 왜장은 덤덤히 죽은 말을 확인하고는 천천히 일어났다.

그리고는 부하 넷을 찾았다.

부하들이 주뼛거리며 나오자 왜장은 냅다 발길질을 가한다.

아마 군기를 잡는 듯 했다.

'저놈들 도대체 뭐지?'

김승철과 일행은 이 광경을 그렇게 보고 있었다.

왜장이 또 정발 장군께 예를 표하고는 말했다.

"장군! 건승을 빌------,"

"이 새끼가!" 라고 일갈한 정발은 다시 활에 살을 매었고 그 모습을 본 왜장이 그제야 줄행랑을 쳤다.

저놈의 이름은 도오다였다.

정발은 왜장에게 놀아나지 않으려 애썼다. 그건 군민들의 동요를 막아야 하는 자신이라 더 그랬다.

어차피 전쟁은 피할 수 없었다. 어차피 예견된 전쟁이나 다름없었다. 도오다는 정발 장군을 그렇게 도발하고 갔었다.

능글능글한 도오다에 분노한 건 김승철이 더했고 김승철은 그 왜장의 이목구비를 또렷하게 기억했다.

일촉즉발의 아침은 그렇게 다가오고 있었다.

*

그 시각 문인재 대통령은 온 밤을 뒤척이다 끝내는 잠들지 못했었다. 그의 충혈된 두 눈이 그것을 말해준다.

그는 간단히 세수만 했다.

그것은 이기수에 대한 예의였을까? 차마 호사를 부리진 못했다.

청와대의 벙커 안은 그때까지도 불이 꺼지지 않고 있었다. 조금 전에 경호실장과 교대한 비서실장이 문 대통령을 맞았다.

"미군의 움직임이 있었나요?"

문 대통령은 지금이라도 미군이 나서줬으면 했다.

"별다른 움직임은 없습니다!"

국정원의 보고가 그랬지만 임석종은 불안했다.

기무사의 보고와 교차확인 되어야 만이 그것이 올바른 정보인데----

--, 기무사의 정보가 제대로 올라오지 않았었다.

그들은 여전히 미군을 핑계 삼고 있었고 특전사에 감금되다시피 한 자신들의 요원을 석방하라며 은근히 청와대를 압박하고 있었다.

기무사의 행태는 임석종 자신이 봐도 이상했다.

아무리 막강한 기무사지만 이건 반란이나 마찬가지였다.

아무리 미군을 핑계 삼더라도 군 통수권자인 대통령의 명령을 이렇게까지 무시할 순 없는 것이다.

그렇다고 그들이 또 확실한 명령 불복종도 없다. 미군을 들먹이는 그들의 핑계는 사실상 허점이 별로 없었다. 그러니 청와대의 속이 어땠을까?

'도대체 무슨 배짱이지?'

임석종이 대통령께 커피를 드리며 한 생각은 그랬다.

황일교 기무사령관의 속내는 이랬다.

자신은 전 정권이 임명한 자리였고 이제 옷 벗을 일만 남은 신세다. 자신이 적폐청산 대상이라니 어이도 없었다.

그리고 공금횡령도 있었다. 늘 있는 일이니 크게 걱정도 않았다.

자신이 갖고 있는 정보로 거래하면 그만이다. 그게 세상에 까발려지면 꽤나 시끄러울 것이니 함부로 하진 않을 것이다.

경계가 나타나지 않았다면 그는 이대로 역사에서 조용히 사라졌을 것이고 다들 그랬던 것처럼 조용히 그리고 심심하게 살았을 것이었다.

그런 그에게 경계는 마치 행운처럼 다가왔다.

지금 정권만 사라진다면 자신들의 세상이 다시 올 줄 알았었다.

권두한의 달콤한 제안은 결코 뿌리치기 힘든 것이었고 기무사 또한 빛바랜 영광을 되찾으려 망설이지 않았다.

그런데 이 망할 특전사 새끼들이 일을 망치네.

청와대 202단장이란 놈은 아예 도망을 치고 말이야.

X발, 이젠 수방사도 살살 발을 빼려는 눈치다. X발놈들 꼬실 땐 언제고------,

황일교의 꿈속에선 기무사령부가 불타고 있었고 그는 잠꼬대로 이렇게 말했다.

'X발놈들 꼬실 땐 언제고------.'

*

202경비 단장이 30경비단으로 몸을 피했다는 소식을 접했던 권두한은 독한 꼬냑을 숨도 쉬지 않고 벌컥거렸다.

자칫하면 반란군의 오명을 뒤집어 쓸 수도 있는 그로서는 어쩌면 그것이 최선일 수도 있었다.

모든 섯은 득전사가 망쳤다.

'X발 새끼들! 옛날엔 잘도 해 처먹더만------, 아! 어디서부터 잘못됐을까?'

권두한에겐 정말로 아쉬운 대목이었다.

처음부터 씨도 안 먹혔었다. 이 새끼들은 한미 연합사령부의 명령도 씹었다.

합법적인 최고 사령관의 명령인데도 그랬다.

그것은 반란이나 마찬가지였다. 그런데도 남은 부대들은 은근히 특전사를 지지하는 눈치다.

젠장! 기무사의 보고가 그랬다. 자신을 온전히 지지하는 세력은 이제 수방사밖에 없었다.

그것도 수뇌부만 그랬다.

성질 같아선 청와대를 장갑차로 밀어버리고 싶은 그였다. 하지만 그 장갑차가 자신을 덮칠지도 모를 만큼 상황이 변해버렸다.

미군 또한 미적거리기만 할뿐 도움이 안 된다.

연수고등학교의 델타포스는 무슨 잔칫집이 돼버렸고 이기수를 쫓던 델타포스는 호버 크래프트가 다리 밑을 빠져나와 을숙도로 향할 때도 빤히 보고만 있었단다.

주한 미군의 가족과 군무원들이 잠든 타운 하우스를 중무장한 국정원이 에워싸지 않았다면 이기수 팀과 김승철 팀은 어쩌면 몰살될 수도 있었을 것이다.

델타포스를 태운 수송헬기는 두 번을 왔다 갔다 했다. 이기수 팀이 몇 번이고 들었던 헬기 소리가 그것이었다.

아파치의 접근도 있었다.

'X신 같은 놈들! 다 된 밥도 못 처먹는 놈들------.'

그는 특전사와 국정원이 왜 이렇게 돼버렸지 했다. 다시 그는 괴로운 마음에 꼬냑을 벌컥 거렸고 자신의 집무실에서 그대로 곯아떨어졌었다.

그의 잠꼬대는 이랬다.

"X발놈들! 옛날엔 잘도 해 처먹더만------,"

*

아마 한일봉과 애기 수리 팀이 정상적인 날씨였다면 김승철 일행은 백숙을 먹고 한잠 자도 좋았을 것이다.

다대포에서 일전을 벌일 때부터 조금씩 높아지기 시작한 파도는 일을 끝내고 채 십분도 못가 호버를 해변으로 밀어붙였다.

더 이상 강행하다간 호버가 뒤집어질 것만 같았다.

그들은 지금의 송도 해수욕장에서 높은 파도와 바람에 발목이 잡혔다.

물론 해변을 달리는 건 어렵지 않다.

그러나 호버로 바위를 넘을 순 없다. 송도의 지형이 그랬다.

호버를 버리고 육로를 택할 것인가?

아! 호버를 포기한다면 미니건도 포기해야 한다. 저걸 들고 하는 산악행군은 미친 짓이다.

아! X발, 호버가 조금만 더 컸더라면-----, 한일봉은 속으로 그렇게 생각했다. 결단은 역시 군인이 빨랐다.

"교수님! 저희들은 육로로 가겠습니다!"

5월의 새벽바람은 장상철 대위의 콧등을 세차게 때리고는 지나갔다.

"그래! 세 명만 두고 가!"

한일봉은 그래도 미니건을 포기하고 싶지 않은 모양새다.

그는 고향이 주문진이다. 바다의 날씨란 건 누구도 종잡기 힘든 것이고 지금은 태풍철도 아니다.

이러다 금세 잠잠한 것이 또 바다다.

그리고 미니건 없이 왜군을 상대한다는 것도 어림없어 보였다. 장 대위는 한일봉의 말을 제대로 이해한 듯 했다.

군인이란 이런 것일까? 장 대위는 주저하지 않았다. 이렇게라도 간다면 그들은 이기수 팀 보다 빠를 것 같았다.

장 대위는 4명을 남겼다. 한일봉을 위한 배려였고 한일봉은 그런 장 대위에게 고개를 끄덕이며 고마워했다.

그건 어쩌면 장 대위의 현명한 판단이었다.

한일봉이 호버를 몰아본 건 호기심 삼아 몇 번 해본 것이 다였다. 그런 그에게 이런 바다는 자살이나 다름없었다.

그렇다고 그를 데리고 갈 수도 없었다. 그의 체력은 애기 수리 전체가 안다.

그는 은퇴를 얼마 앞둔 노인이나 다름없었다. 뭐 이런 얘기까지 한다면 한일봉은 버럭 했겠지만 말이다.

군장을 챙긴 애기 수리들이 서둘러 부산성으로 향하자 한일봉은 간절히 기도했다.

적벽에서의 누군가처럼------.

*

숙영지의 연기가 멈췄다.

이른 아침을 먹은 왜군들이 이제 막 불을 끄고 있나보다.

드디어 전쟁은 그 막이 오르고 있었다.

정발 장군의 눈엔 핏발이 섰다.

자신은 나라의 녹을 먹는 장수이니 이곳에서 죽는다한들 무슨 여한이 남겠는가? 하지만 죄 없는 백성들은 어찌 하누?

거기다 바람마저 역풍이다. 점점 거세지는 바람에 정발은 애가 탔다.

믿을 것은 오로지 활뿐인데------, 아! 어쩌란 말이냐?

그리고 사실 내색은 안했지만 주상전하한테도 조금은 섭섭한 정발이었다. 명나라에서 구한 조총은 그래도 좋았다. 왜놈들의 것보다 더 좋을 것은 틀림없으니 말이다.

그런데 열 명 조금 넘는 병사는 뭐란 말인가? 게다가 조선의 자랑인 활도 없이 무슨 수로 저 많은 왜놈을 상대한단 말인가?

저 조총을 쏠 시간이면 활 열 발은 쏠 수 있다.

정발 장군은 괜히 입맛이 썼다.

그렇다고 주상전하의 지원군을 타박할 순 없는 노릇이고 그는 가만히 혀를 찼다.

"어차피 이 전쟁은 활에서 승패가 갈릴 것이다! 너희들은 공연히 화살을 낭비하지 말거라!"

정발이 큰 소리로 군사를 독려하자 군사들은 모두 수긍했다.

활은 조총보다 유효 사거리가 길고 조총보다 연사 속도도 빨랐다.

그렇다. 활은 조선군의 자부심이었다.

조선의 군사들이 의기양양하게 김승철 일행을 보는 것은 그래서 그랬다.

한쪽에선 못 들은 척하고는 총통에 화약을 묵묵히 채우고 있었다. 김승철은 답답했다. 그렇다고 딱히 대꾸할 필요는 없었다.

거리를 가늠하려는 징빌 장군의 일빌이 바람을 가르며 날아갈 내 김승철도 일발을 날렸다.

그들은 이미 사정권 안에 있었지만 김승철은 기다리고 있었다.

그것은 공포를 심어주려는 김승철의 의도였다.

2만에 가까운 고니시의 선봉군을 상대하려면 최대한 실탄을 아껴야 했다. 대마도에서 출발한 왜선은 지금도 부산포로 달려오고 있을 것이 눈에 선명했다.

화살은 바람 때문에 얼마 못 가 땅에 떨어졌지만 M60의 탄알은 왜군 하나를 그대로 날려버렸다.

M60의 화력은 그만큼 대단했고 소리는 천자총통만 했다.

정발 장군의 눈이 인형 눈만큼이나 커진 건 그때였고 신기했던 정발이 뛰쳐나간 건 이해할 만도 했다.

조총보다 서너 배나 멀리 날아가 왜놈을 한방에 날려버리니 정말이지 그럴 만도 했다.

탄피를 주워든 권 별장의 비명도 그때였다.

"앗, 뜨뜨뜨으악!"

다시 떨어진 탄피는 정발 장군의 발아래에서 멈췄고 그는 그것을 가만히 밟았다.

탄피는 어느새 식었는지 정발은 가만히 손으로 집어 들었다.

아! 젠장, 아직 덜 식었는지 정발 장군이 어금니를 깨물고 있었다.

서 종사가 옷자락으로 재빨리 낚아채지 않았다면 정발은 체면 때문이라도 고스란히 화상을 입었을 것이다.

정발의 오른쪽 엄지와 검지가 아직도 가늘게 떠는 걸 보면 짐작하기 어렵지 않을 것이다.

정발 장군은 침을 꿀떡 삼키며 김승철 일행을 다시 보기 시작했다.

그리고 다시 정발 장군이 일발을 날리자 김승철도 일발을 날렸다.

역시 화살은 바람 때문에 얼마 못 가 땅에 박히고 그래도 왜놈 하나가 죽어나갔다.

화살 하나에 왜놈 하나가 죽어나가자 왜군에선 작은 동요가 생겨났다.

그러나 그 작은 동요는 누군가가 쏜 조총에 일시에 사그라졌고 거대한 함성과 함께 총 공세가 그렇게 시작되고 있었다.

조선군의 반격도 만만치 않았다.

일단 정발 장군의 일갈에 따라 총통이 동시에 불을 뿜었다.

"쾅! 쾅! 쾅!"

총통에선 조란이라 불리는 작은 쇳조각들이 총알처럼 날아 왜군을 덮쳤다.

왜군의 피해가 만만찮을 것 같았다. 그래도 왜군은 꾸역꾸역 밀고 올라왔다. 이놈들은 인해전술을 구사하는 듯 했다.

총통의 포수들이 포를 재준비할 때 김승철이 외쳤다.

"유탄 발사기 일발장전!"

그러자 네 명이 서둘러 유탄을 장착했다.

"준비된 사수는 발사!"

"펑! 펑! 펑! 펑!"

유탄은 차례대로 왜군을 덮쳤고 그 피해가 총통보단 컸다.

그래도 전체적인 왜군의 피해는 아직 새 발의 피 같았다. 왜군은 아랑곳하진 않고 밀려들었다.

"사다리 든 놈부터 잡자!"

김승철 일행이 모두 방아쇠를 당긴 건 이때가 처음이었다.

다만 아쉬운 건 있었다. 죽으라는 사다리는 안 죽고 엉뚱한 놈만 죽어나고 있었다.

김승철이 많이 녹슬긴 했나보다. 지금 김영대와 상병 빼곤 영점이 맞는 총이 하나도 없었다.

그래도 왜놈들이 하도 많으니 아직 몰랐다.

김영대와 상병이 노렸던 왜군은 한 발에 한 명씩 사다리를 잡고 죽어나갔지만 나머진 탄환을 꽤나 낭비해야 했다.

"펑! 펑! 펑!" 다시 유탄 발사기가 불을 뿜자 김승철이 외쳤다.

"사격 중지!"

그리고는 정발 장군을 보며 화살을 쏘라며 손짓했다.

김승철 일행의 일제 사격이 시작되고 그리고 끝날 때 그때까지 정발 장군과 군민들은 멍하니 구경하고 있었다.

정신을 차린 정발은 다시 성루에 올라 서 종사와 같이 아낌없이 화살을 퍼부었다. 그러자 다시 총통도 불을 뿜었다.

그러나 하늘은 아직도 조선을 외면하는지 바람은 여전히 역풍이었다.

손가락으로 방아쇠만 당기면 왜놈들이 픽픽 쓰러지자 누군가 크게 외쳤다.

"명나라 만세!"

그 소릴 들은 정발 장군도 머리를 끄덕이니 옆에 선 서 종사는 괜히 미안했다.

서 종사도 이젠 활과 활통을 벗어 성루에 가만히 기대어 놓고는 매고 있던 M16을 벗어 들고는 탄창을 결합했다.

"탁! 탁!"

그렇게 두 번을 치고는 왜군을 향해 방아쇠를 당겼다. 물론 그 전에 반자동에 놓인 걸 잊지 않고 확인도 했다.

옆에서 활을 쏘던 정발 장군이 이를 놓칠 리 없었다.

"오오오! 서 종사!"

정발 장군의 부러움과 놀람이 한꺼번에 터져 나왔다. 첫 사격임에도 서 종사는 놀랍도록 적응하고 있었다.

서 종사의 어깨 견착은 김승철의 가르침대로 안정적이었고 역시 무인다운 모습이었다.

총의 반동은 서 종사의 아픈 곳을 긁어주는 듯 했고 그건 서 종사의 가슴을 시원하게 뚫어주었을 것이다.

활을 쏘던 모습과 달리 서 종사의 자세는 꽤 그럴싸했다. 물론 그 총알에 누군가 맞는 것은 둘째였다.

서 종사의 작은 미소 또한 나름 멋있었다.

김승철이 그런 서 종사의 총을 잡아챌 때까지 서 종사는 꿈속을 거니는 듯 했다.

분명 서 종사의 위치는 위험했다.

저렇게 왜구를 쫓아 사격하다 성루 아래에 있는 자신들을 쏘기에도 충분했다. 김승철이 부리나케 달려와 서 종사를 제지한 건 그래서였다.

서 종사는 물론 김승철의 의도를 몰랐다. 다만 허락 없이 사용한 미안함만이 있었다.

"약조를 어겨 송구스럽소! 나도 모르게 그만------."

김승철은 더 이상 서 종사를 탓하지 않았다. 다만 자신의 보이는 곳에서 싸우게 했다.

김승철은 왜놈들 죽이랴, 어설픈 서 종사 챙기랴 죽을 맛이다.

정발 장군도 가만히 샘이 나는 건 어쩔 수 없나보다.

자신의 종사관을 함부로 다루다니------, 그리고 체신 없이 그를 따르는 서 종사라 더 그랬을 것이다.

정발 장군의 화살은 조금 전보다 더 독해졌고 그래도 바람은 그래도 나빴다.

서 종사의 사격 실력이야 뻔했다.

그의 총알 한발에 왜군이 하나씩 죽어나갔지만 그것이 어디 서 종사의 실력이겠는가?

대충만 쏴도 원체 많은 왜군이라 맞지 않는 것이 이상한 것이다. 서 종사의 눈빛이 분노로 이글거리는 것은 김승철의 착각은 아닐 것이다.

의외의 강력한 반격에 주춤거리던 왜군들이 작전을 달리 하려는지 뒤로 잠시 물러나고 있었다.

김승철 일행 때문에 조총의 유효 사거리도 제대로 못 챙겨본 왜군들이었다.

이때까지도 무시무시한 M60의 위력은 천자총통이나 아니면 비슷한 포로만 생각하고 있었다.

어쩌면 그것이 당연한 생각이었을 것이다.

그러곤 이내 증원군과 합세해 두 패로 나뉘어 다시 몰려왔다. 왜군들은 이제 남문을 포기하고 동서 문을 공략하기 시작했다.

이놈들은 이제 소모전을 벌일 요량이었다.

척후병들이 부산성의 약점을 제대로 찾아내서 그런 건 아니다. 어차피 부산성의 전력은 이미 오래 전 파악해둔 터였다.

다만 그들에겐 김승철의 등장이 없었을 뿐이다.

김승철은 다시 전략을 수정해야만 했다.

"이 부장! 동문으로!"

"김 대리는 서문으로!"

이동희는 이낙훈과 박 가방을 데리고 동문을 향하고 김 대리는 자기 팀을 이끌고 서문으로 잽싸게 옮겼다.

기록엔 서문이 먼저 뚫렸었다.

그렇다고 동남문도 소홀할 순 없었다.

기록은 이미 그 생명을 다했다. 경계가 나타나면서 기록은 무의미했다.

박 기자와 조 경사는 장탄기로 탄창에 총알을 쑤셔 넣기 바빴다.

서 종사도 이젠 능숙하게 탄창을 교체하곤 했다.

역시 서문이 약했나보다. 정발 장군이 서문으로 급히 군민을 보냈다.

김승철과 남문의 일행들은 서문으로 향하는 왜군을 향하여 아낌없이 총탄을 퍼부었다.

그러나 죽여도 죽여도 끝이 없었고 왜군은 끝없이 밀려들었다. 이 정도 화력이면 겁을 먹고 물러나야 했다.

m60에 팔이 맞으면 팔이 그대로 떨어진다. 다리에 맞아도 그럴 것이

다. 하물며 머리에 맞는 다는 건 그 공포가 말로 표현할 수 없을 것이다.

그래도 왜군들은 잠시 주춤거릴 뿐 물러나진 않고 있었다.

왜군들이 그럴 수밖에 없는 건 물러나도 죽음밖엔 없어서 그런 것이다.

이놈들은 어차피 화살받이였고 고니시의 정예부대는 물러나는 왜군을 뒤에서 죽여 댔다.

김승철은 더럭 겁이 났다. 이런 소모전이라면 승산이 없다.

'이기수! x발 빨리 좀 와라!'

이젠 성 안의 피해도 제법 늘었다. 여기저기의 신음소리가 정발의 마음을 아프게 했다.

서문에선 김 대리와 노조원의 악전고투가 펼쳐지고 있었다.

제일 힘든 건 역시 수적 열세였다. 이젠 조총탄이 귓불을 스치듯이 날아가고 있었다.

그만큼 가까이 왔다. 이 왜놈의 새끼들이------,

김재형을 응원간 김승철도 이젠 마구잡이로 쏘고 있었다. 조준도 필요 없을 만큼 가까이서 왜군을 죽이고 있었다.

이유는 필요 없다. 그건 그것이 운명이어서 그랬을 것이다. 김승철이 m60에 새로 탄띠를 연결할 쯤 남문에서 크게 함성이 일었다.

그렇다고 서문을 버리고 남문을 도울 순 없는 처지였다.

화력을 분산시킨 왜구의 일격은 그렇게 시작되고 있었다.

기왓장을 벗겨 무기로 썼다는 건 그저 책에서나 나오는 건 줄 알았다.

'젠장!'

화살이 얼마 없나보다.

'x발!'

이제 갈고리가 하나씩 올라온다.

‘또 x발!’

사다리로도 올라온다. 아! 이 개새끼들!

한 시간이 넘는 사투는 이제 한계에 다다랐다.

김승철은 이상했다.

기록에는 4시간 이상 버텼다고 나오는데 이대로면 30분도 더는 버티기 힘들 것이다.

왜장이 왜 이리 희생을 감수하지? 여기 뭐가 있다고 부하들을 이렇게까지 내모냐고?

부산성의 타격도 타격이지만 왜군의 피해는 막심했다.

그래도 아직 죽일 수 있는 왜군은 넘쳐났다.

동문의 이동희도 서문과 별반 다른 게 없었다.

쪼끔 다른 거라면 유탄이 얼굴에 맞아 피를 흘린다는 것뿐이고 서문보다 왜군의 시체가 좀 더 많다는 것뿐이다.

남문에서 조 경사가 테이저 건을 꺼낸 걸보니 총알이 떨어졌나보다.

“팡!”

“크으으으---.”

테이저 건을 맞고 부르르 떨다 떨어진 저놈은 운이 좋은 놈일까? 나쁜 놈일까?

“죽어! 이 새끼야!”

조 경사의 기왓장이 춤을 춘다.

“퍽!”

기왓장을 든 조 경사의 팔에 조총 탄이 스쳐 지나갔다.

“악! x발!”

이건 놓친 기왓장이 발등을 찍어나는 비명소리고------.

총 맞은 팔보다 발이 더 아프다.

아! 이젠 왜군이 남문을 넘는다.

그건 김승철이 남문을 비워서 그런 건 아니다. 시간의 차이였을 뿐 언제고 벌어질 일이었다.

이제 총소리는 잠잠해졌고 남문에선 육박전이 시작되고 있었다.

정발 장군과 서 종사의 칼춤은 총보다 무서웠고 박 기자와 조 경사는 총이 아닌 몽둥이를 들었다.

칼을 든 왜군들의 머리가 하나둘 깨지고 두 사람의 피도 부산성을 적셔갔다.

육박전도 해볼 만했다. 그만큼 요놈들이 작았다.

"탕! 타타탕!"

"타타탕!"

또 다른 총소리는 그때 나타났다.

멱살을 잡고 싸우던 왜군과 조 경사가 잠시 한순간 싸움을 멈췄다.

'뭐지! 누구지!'

둘은 소리가 난 곳으로 똑같이 고개를 돌렸다.

조 경사의 눈이 밝게 빛나더니 "우리 편이야! x발놈아!" 라고 일갈하며 왜군의 대가리를 시원하게 내려쳤다.

장상철과 애기 수리들은 그렇게 왜군의 허리를 치고 들어왔다. 다행히 놀란 왜군이 주춤 거리며 물러날 기미가 보였다.

때를 놓치지 않고 애기 수리들은 난사했다.

역시 이들은 달랐다.

총알 하나에 왜군 하나가 쓰러지는 것처럼 느껴졌다.

성벽을 오르던 왜군은 애기 수리의 저격에 맥없이 떨어지고, 떨어지고, 떨어지고 있었다.

그리고 숲에서 날아오는 애기 수리들의 총탄에 겁을 집어먹은 왜군들의 동요는 극심했다.

그건 세력을 숨기려 넓게 포진한 애기 수리들의 전략이 주효했다.

그렇게 한참을 난사하자 드디어 도망가는 왜군이 나타나기 시작했고 뒤에선 고니시의 정예부대도 물러날 기미가 보였다.

그 왜놈을 시작으로 남문의 왜군이 달아나자 서문의 왜군도 덩달아 달아나기 시작했다.

남문의 조 경사가 일행을 이끌고 동문으로 가자 이동희가 왜군에 밀려 일방적으로 당하고 있었다. 이동희의 옷은 피로 범벅이 되어가고 있었다.

"어린놈의 새끼가?"

조 경사가 왜군의 대갈통을 내리치며 하는 말은 박 기자의 속도 시원했다. 원군을 얻은 동문도 이제 전세를 뒤집었고 포로도 몇 놈 잡았다.

이대로 전쟁이 끝났으면 하는 박 기자의 눈에 가만히 눈물이 흐른다. 그건 아마 아파서 그랬을 것이다.

장 대위와 애기 수리들은 달아나는 왜군을 더 이상 쏘지 않았다. 총알도 아껴야 했지만 굳이 달아나는 적들을 쏘고 싶진 않았을 것이다.

이제 성 가까이에 서있는 왜군은 없었다.

잠시 후 남문이 열리고 부산성의 군민이 하나둘씩 나오더니 신음하는 왜군의 머리통을 매몰차게 내려치고 있었다.

여자도 있었다. 할머니도 있었고 할아버지도 있었다.

고통을 줄여주려는 선의일까? 아니면 원한 가득한 복수일까? 박 기자는 혼란스러웠다.

그러나 일부러 묻진 않았다.

이 또한 그들의 삶이려니 했다.

사람의 머리를 돌로 내려친다는 것은 어떤 것일까? 우리가 그들의 삶으로 들어간다면 알 수 있는 것일까?

*

　장 대위와 애기 수리들이 조금만 더 늦었더라면 부산성의 피해는 막대했을 것이다.

　그런 점에서 장 대위의 빠른 판단이 부산성을 살린 것이나 마찬가지였다.

　일단 서 종사와 김승철이 장 대위와 애기 수리들을 만나러 나갔다. 저렇게 그대로 오다가는 군민 중 누구라도 뭔가를 집어던질 것 같아서다.

　김승철은 잠깐 짜증이 났다. 또 부산 지부장 소리를 해야 하니까 말이다.

　김승철은 손을 내밀어 악수를 청하고는,

　"나 국정원이요!"

　'아이 씨! 또 이상하다'

　"에!"

　장상철이 고개를 갸웃거리며 그렇게 말하더니,

　"혹시 국정원 부산 지부장님?"

　"어! 나를 어떻게 알죠?"

　"차장님한테 얘기 들었습니다!"

　"차장님? 혹시 이기수 선배를 말하는 거요? 근데 이 선배는 어딨어요?"

　김승철이 이기수를 말했을 땐 화가 조금 나있었다. 그리고 두리번거리며 살폈지만 거기에 이기수는 없었다.

　"우리보단 조금 늦을 겁니다!"

그렇다.

우리의 이기수는 늦을 것이다.

"정발 장군님은 어디에 계십니까?"

장 대위는 존경하는 정발 장군을 만나고 싶었다.

그러자 김승철은 더럭 겁이 먼저 났다. 그건 정말이지 머리가 아픈 일이였다.

"우리 전투가 끝난 다음에 합시다. 우리도 머리가 아파요! 그건 왜놈들보다 더 무서운 겁다. 나중에 합시다!"

정말이지 그건 김승철의 말이 옳았다.

또 무슨 거짓말을 해야 할 런지 그는 머리가 아팠을 것이다.

장 대위와 애기 수리들은 아쉬웠지만 김승철의 말에도 일리가 있다 생각하곤 뒤로 미루었다.

정발 장군은 이제 완전한 명나라의 팬이 되어있었다.

지금 부산성 앞엔 왜군의 시체가 산을 이루고 있으니 어찌 아니 그러겠는가?

명나라에서 들어왔다는 저놈. 저놈을 정발은 꼭 갖고 싶었다.

"이것이---, 이름이 뭐라 했느냐?"

정발이 서 종사가 들고 있던 총을 보며 물었다.

"예! m16이라 합니다!"

"오오! 네 것이냐?"

"의금부의 것이 옵니다!"

잠시 망설이던 서 종사의 대답은 어쩔 수 없는 것이다.

"금부도사라 하셨지요!"

김승철을 보며 정발은 부드러운 미소마저 띠었다. 김승철은 고개를 끄덕이며 따로 말은 하지 않았다.

"저기---, 앵16 꼭 갖고 싶소이다!"

아! 김승철은 머리가 또 복잡해진다.

그것은 정발 장군의 눈빛이 정말로 간절해서다.

*

고니시는 이때 달아났어야 했다.

한 번의 전투에 전력의 삼분의 일이나 잃었다. 이제껏 한 번도 경험해 보지 못한 참패 중의 참패였다.

그리고 부상병들의 상처가 너무나 놀라웠다.

자신들의 조총으론 입힐 수 없는 그런 상처였다.

자신들의 조총보다 더 뛰어난 조총이 이런 변방 부산성에 있을 서라곤 상상도 못했을 그였다.

부상병까지 합한다면 그는 절반에 가까운 병력을 이 한 번의 전투에서 잃었다고 해도 과언이 아닐 것이다.

화가 치밀어 오르는 그였다.

그가 이 전쟁에서 이기고 싶은 것은 부산성이 아니라 자신의 경쟁자 가토였다. 부산성은 그저 전리품에 지나지 않는 것이었다.

고니시는 냉정함을 잃었고 그 대가는 참혹할 것이다.

아! 드디어 부산성이 보인다.

저것이 남문인지 서문인지 몰라도 문도 있다.

애기수리 고도일 상사는 이기수만 아니었다면 20분 정도는 단축했을 것이다.

그가 국정원 1차장의 신분이 아니었고 교수님의 부탁이 없었다면 그는 충분히 그랬을 것이다.

그런 그를 장 대위가 반갑게 맞아주지 않았다면 굉장히 섭섭했을 것이다.

그만큼 토끼 팀의 산행이 힘들었다.

거북이 팀은 오늘 중으로 올 수는 있을까 싶다.

*

이기수를 맞이한 김승철의 마음은 탐탁지 않았나보다. 보자마자 디립다 배를 치는 걸 보니 감정도 제법 있었나보다.

"아욱!"

이기수는 그래도 주저앉진 않았다.

"이 선배! 이걸로 비긴 겁니다!"

김승철은 뜻 모를 얘기를 그렇게 했다. 이때 장 대위가 이기수에게 총을 겨누려 했지만 이기수가 말렸다.

이기수가 쿨럭거리며 자신을 보자 그는 총상 부위를 이기수에게 들이밀었다.

그는 팔은 두 방이나 조총탄이 스쳐 지나갔다.

"믿을 놈이 너밖에 없는데 어떡하냐?"

김승철의 입꼬리가 살짝 올라갔지만 그래도 기분이 나빠 보이진 않았다.

그리곤 두 사람이 기꺼이 포옹하더니 서로의 등을 토닥거렸다.

"우리 총은 다 훔친 거니까 선배가 책임져야 할 거요!"

"저기 탈영병 둘까지!"

기절했던 이동희가 깨어나 씩씩거리다 조용해진 건 금방이었다.

자신을 두들겨 패고 칼질하던 왜놈들이 죽은 걸 알고는 그랬다. 상처는 피난 온 백성들이 정성껏 치료했는지 출혈도 거의 멎었다.

그리고 이동희가 조 경사에게 고맙다며 인사할 때는 전쟁이 다 끝난 줄 알았다.

이제 여기서 다 끝났으면 좋겠다 싶었다.

성 안의 사람들은 누구나 그랬다.

아직도 바람은 분다.

이때가 오전 9시였다.

*

남문 앞에서 신음하는 왜군의 숨통을 끊어주다 돌아온 권 별징의 말에 정발은 다시 낙담 했다.

명나라 조총이야 위력을 알지만 또---오, 몇 명 안 왔다.

찔끔찔끔 언 발에 오줌 누는 것 마냥 그랬다.

짜증을 낼 수도 없고 '아! 젠장!' 속으로만 그랬다. 이제 화살도 없고 기왓장도 얼마 없다. 이 빠진 칼과 몽둥이만 들었다.

남문의 바람은 아직도 분다.

이기수가 xk-13 중기관총을 설치하자 정발 장군의 눈이 또 인형 만해졌다.

"서 종사! 저것도 명나라냐?"

이제 서 종사도 거짓말에 지쳐가고 있었다.

"금부도사님! 도와주시오!"

서 종사는 울상이었다.

자신의 상관을 계속 속일 수는 없었을 것이다. 김승철도 이것만큼은 정말이지 자신이 없었다. 상대가 무려 정발 장군이다.

괜히 밉보이기 싫었다.

김승철은 그래서 딴청을 부렸을 것이다.

"펑!"

이기수의 xk-13 중기관총에서 공중 폭발탄이 시원하게 날아갔다.

"쾅!"

공중폭발탄의 폭음은 남문에서도 크게 들렸다.

"역시 너무 머네!"

왜 함선과 왜놈들은 유효 사거리 밖에 있었다.

"두루와! 두루와!"

이기수가 득의만만하게 소리쳤다.

고니시, 이 바보야. 빨리 도망가!

고니시의 결심은 확고하지 않았었다.

어차피 물러나도 죽을 것은 뻔했지만 그것은 자신 스스로도 용납하기 싫었다.

그랬다. 조선군의 반격은 듣도 보도 못한 위력의 그것이었다. 그것은 달아나고 싶을 만큼의 위력이었다.

만약 자신이 제1선봉이 아니었고 경쟁자가 가토만 아니었다면 그는 틀림없이 달아났을 것이다.

정탐 병의 보고가 없었더라면 어쩌면 그는 그랬을 것이다.

중간에 끼어든 이상한 조선군이 십여 명이 채 안 된다는 건 주저 않던 그의 자신감도 어느 정도 회복하게 만들었다.

그래 조금 전 육박전까지 갔었다. 이제 쉴 틈을 주지 않고 몰아친다면 불가능할 것도 없을 것 같았다.

고니시의 이런 결심은 무모한 것 같지만 어쩌면 그럴 만도 한 것이 아쉽지만 아직 그의 휘하엔 1만에 가까운 병사가 있었다.

*

거북이 팀이 남문에 당도했을 땐 전쟁이 끝난 줄 알았다.

왜군의 시체가 산을 이루고 있으니 누가 봐도 그랬다. 이번에도 서 종사와 김승철이 그들을 맞았다.

정발 장군은 가만히 약이 올랐다.

또--오오! 몇 명 안 된다.

그렇다고 대놓고 말은 못하고 속만 상하고 있었다. 아직도 왜군의 군세는 감당키 힘들만큼 막강 했다.

그나마 다행인 것은 이제야 바람이 조금 약해진 것뿐이다.

그러면 뭐하냐구? 화살도 없는데 젠장!

정발은 가만히 혀를 찼다.

군민들은 돌덩이를 나르기 바빴고 이기수는 탄약을 분배하기 바빴다.

"이 선배! 계속 이렇게 우리만 죽어나는 거야?"

김승철은 이기수를 탓하며 물었다.

"오늘만 버티면 미군도 더 이상 명분이 없을 거야!"

이기수의 그 말은 일리가 있었다.

국민들의 성화는 대단했다.

부산성의 근황을 알고 싶어 하는 것은 어쩌면 당연하지 않겠는가? 그것을 생각하면 문인재 대통령의 인내심은 놀라운 것이었다.

국민들이 자세한 내막을 안다면 폭동이 일어나도 이상할 것이 없는 상태가 아닌가?

그렇지만 정부는 아직도 자세한 발표가 없었다. 그것은 들키고 싶지 않은 치부라서 그랬을 것이다.

이 상황은 누구의 잘못도 없다는 것이 가장 큰 문제였다.

한국이 부산성을 끌어안는다면 미군이 왜군을 끌어안아도 문제될 것이 없다는 식의 논리는 대통령의 마음을 혼란스럽게 하기 충분 했다.

아침부터 회담을 요청한 미군 쪽의 논리는 여전했지만 이제 그들은 이 사태를 정치적으로 해결되길 바라는 눈치다.

특전사의 미친 듯한 블러핑이 어느 정도 통했음이 분명해보였다.

거기에다 국정원이 미군 가족의 숙소인 타운 하우스를 둘러싼 것은 로버츠가 오줌을 지렸다 해도 이상할 것이 없었을 것이다.

이제 군사적 충돌은 사라졌다고 봐도 좋다.

조금 전 수방사 사령관의 대면 보고에 문 대통령은 사실 춤이라도 추고 싶었다.

그러나 아직은 아무것도 얻은 게 없다.

그것은 원래 있던 것이었다.

*

미군 쪽에선 미 대사 스티브와 cia 한국 센터장 제임스가 협상 대상으로 나왔다.

용산의 국방부에서 비서실장이 그들을 맞았다.

그래도 좋을 만큼 권두한의 위세가 꺾였지만 그렇다고 모든 걸 포기하진 않았을 것이다.

회담이 끝날 때까지 부산성은 안전할 것인가? 용산의 연합사령부 지하벙커에서는 부산의 혈투를 그때까지도 지켜만 보고 있었다.

정발 장군의 마음은 복잡하고 오묘했다.

남문 루 아래의 애기 수리들이 그랬고 이기수라는 자는 더 그랬다.

서 종사의 얘기론 그랬다. 저자가 의금부의 최고 우두머리라고---.

의금부의 최고 자리는 판사였고 종 1품이니 자신보다 품계가 한참 높았다.

"서 종사! 군령권을 의금부 판사에게 드려야 하지 않겠느냐?"

정발의 생각은 그것이 당연하다 생각했다.

서 종사의 머릿속은 또다시 헝클어져갔고 가슴은 답답했다.

'도대체가 이놈의 의금부들은 왜-----? 찔끔찔끔 나타나서 사람을 이렇게도 애타게 한단 말인가?'

이런 서 종사의 생각도 어쩌면 이해할만 한 것이다. 속상한 시 종시기 김승철을 보며 애처롭게 물었다.

"도사님! 이제 다 말씀 드리는 것이 어떻소?"

김승철도 이런 서 종사를 보니 자신의 속도 탔지만 고구마를 먹은 듯 다시 답답한 것은 어쩔 수 없었을 것이다.

김승철은 도망치듯 남문 루를 내려갔다.

이 짐은 이제 이기수, 당신이 져라! 이런 심보였다.

"이 선배!"

그러나 성 아래 왜군의 공격로를 응시하던 이기수는 별다른 대꾸가 없었다.

그래도 김승철은 그 옆에 털썩 주저앉았다.

"아! 선배!"

그래도 대꾸는 없었다.

"자냐?"

그래도 대꾸가 없었다.

"그래! 자자!"

김승철이 성벽에 기대기 전에 그렇게 크게 말하곤 가만히 눈을 감았다. 그렇잖아도 죽을 판이었는데 김승철의 그 말에 다들 눈 감고 잠들기 바빴다.

그랬다. 그들은 잠깐이라도 그래야 했다. 잘못하면 싸우다가도 잠들 판이었다.

그러나 애기 수리들은 정말로 달랐다.

그들은 장상철 대위의 지휘 아래 칼 같은 경계를 서고 있었다. 그리고 그들의 눈엔 아직도 광체가 빛나고 있었다.

에휴! 얼마나 굴렸으면-----, 아! 아니다. 이건 그들의 군기가 아직도 시퍼렇게 살아있어 그런 것이다.

서 종사는 괜히 난처했다.

도움을 청했더니 저렇게 달아나버리니 한쪽으론 서운하기도 했다.

그런 서 종사가 우물쭈물하자 정발은 "자네도 가서 눈 좀 붙이게나!" 하며 오히려 서 종사를 가만히 달랬다.

역시 장군은 아무나 하는 게 아닌가보다.

서 종사도 김승철처럼 성벽에 기대 눈을 감았다.

그는 그 잠시 잠깐의 꿈에 아내를 만나길 원했다.

*

부산성으로 피난 온 아낙들은 주먹밥 싸기에 여념이 없었다.

옥해도 고 작은 손으로 주먹밥을 만들고 있었다.

“아이고! 옥해야! 그렇게 작아서 어떡하니?”

“할미처럼 커야 혀!”

할머닌 옥해의 눈앞에 자신이 만든 주먹밥을 들이밀었다. 옥해의 주먹밥은 꼭 자기 주먹만 했다.

“혜! 이건 복돌이 것이오!”

“복돌이! 그 미친 말 말이냐?”

조선시대 말들은 밥도 먹었는지 아낙들은 대수롭지 않게 그렇게 말했다.

복돌이는 여기서나 저기서나 별나긴 별났나보다.

정발 장군은 이제야 제대로 된 식사를 했다.

그는 아낙들이 죄송해 하며 올린 주먹밥을 흔쾌히 받으며 꿀맛같이 즐겼다.

“아부지!”

옥해가 잠든 서 종사를 가만히 깨운다. 옥해의 작은 바구니엔 마지막 남은 주먹밥이 있었고 서 종사는 이각을 꿈꾸다 그렇게 깼다.

30분의 짧은 꿈이었지만 그의 피로는 다 풀리고도 남음이 있었다.

서 종사가 옥해를 자신의 무릎에 앉히고는.

“너는 어찌 하였느냐?”

“나는 만들다 많이 먹었소!”

옥해의 웃음이 참으로 고왔다.

옥해의 말투는 죽은 그의 아내를 빼다 박았다.

그들 두 사람의 말투가 꼭 그랬다.

서 종사가 주먹밥을 반쯤 먹었을 때 장 대위가 소리쳤다.

"전원! 전투준비!"

"이 새끼들은 꼭 먹을 때 쳐들어오고 x랄이야!'

조 경사가 남은 주먹밥을 허겁지겁 먹으며 내뱉은 말은 그랬다.

할미가 아까처럼 급하게 옥해를 안고 피하자 서 종사도 조 경사처럼 따라 외쳤다.

"이 새끼들은 꼭 먹을 때 쳐들어오고 x랄이시오!"

그래도 서 종사의 욕은 높임이 있었다.

조 경사가 웃으며 손을 내밀자 서 종사가 하이파이브를 했고 박 기자도 같이 했다.

왜군의 선발대가 보이기는 하는데 좀 전과는 뭔가 달랐다.

하! 요놈들이 죽은 자신들의 동료를 방패막이 삼아 안아들고는 천천히 남문으로 올라오고 있는 것이 아닌가?

선발대의 수도 그렇게 많아보이진 않았다.

솔직히 당황한 건 이기수였다.

저런 놈들을 상대로 xk-13 중기관총을 낭비할 순 없는 노릇이었다.

그리고 이젠 나무 뒤에 숨기까지 했다.

그건 여태껏 한 번도 없던 모습이었다. 그럴 때면 여지없이 뒤에서 조총소리가 났었다.

김승철의 신음소리는 이기수도 들었다.

"아! 이 새끼들이 우리의 약점을 파고드네!"

김승철의 그 말은 정확했다.

고니시는 아까완 달리 인해전술을 피한 소모전을 펼치고 있었다. 그렇다고 해서 피해가 없는 것도 아닐 것이다.

애기 수리들의 총탄은 그대로 두 왜구를 절단내고 있었다. 참으로 잔인한 작전을 구사하는 고니시였다.

죽은 왜군은 한 번 더 죽어야 했고 산 왜군도 죽어나가긴 마찬가지였다.

문제는 다 그런 것이 아닌 것이 문제였다.

그중에 몇 놈은 가슴에 무엇을 댄지는 몰라도 몇 발이나 맞고도 꾸역꾸역 올라왔다.

이제는 뒤에 놈들도 용기를 얻었는지 제 목숨 돌보려 하지도 않았다.

그리고 이놈들 뒤에 바짝 붙은 조총수들은 드디어 심지에 불을 붙이고 있었고 거기에다 여기저기 불까지 놓고 있었다.

고니시의 연막작전은 차라리 광기, 바로 그것이었다. 그 불이 자신들을 태운다 해도 그들은 기꺼이 희생을 감내하려 하고 있었다.

제1선봉군이란 건 그런 것일까?

그것은 정말이지 고니시의 욕심이었다.

이때가 10시쯤이었다.

*

"퉁! 퉁! 퉁!"

이기수가 연달아 xk-13 중기관총을 쏘아대자 왜군들의 대열이 일순간 흐트러졌지만 그것은 말 그대로 한순간뿐이었다.

연기는 드디어 왜군을 삼키고 부산성의 이기수와 김승철은 무차별 난사할 수밖에 없었다.

그들의 비명소리가 남문 루에서도 들릴 만큼 가까워지자 이기수는 드디어 전체 사격 명령을 내렸다.

고니시의 악마적 계책은 부산성을 공포로 물들이기에 충분했다.

이젠 그들이 어디에 있는지 감을 잡기도 힘들었고 죽은 시체에도 총질을 해야 했다.

너무 많은 시체는 그 자체가 왜군이나 다름없었고 뿌연 연기 속의 시체는 또 하나의 왜군이나 다름없었다.

이제 바람은 고요했고 연기는 충분히 왜군을 감싸 안고 있었다.

불길은 점점 남문 가까이 번져왔고 부산성은 미친 듯이 총알을 내뱉고 있었다.

그들에겐 그것밖에 별다른 방법이 없어보였다.

정발 장군의 손은 가볍게 떨고 있었고 그 손은 차마 칼을 쥐지 못하고 있었다.

그의 시선엔 지옥에 지옥이 겹쳐지고 있었다.

이젠 어쩌면 부산성의 운명이 다했나보다 하는 그였다.

그가 가만히 북쪽을 향해 제배하는 것도 무리는 아닐 것이다.

이것이 10시 반쯤이었다.

*

제임스는 먼저 고개를 숙였어야 했다.

미군은 처음부터 정찰기를 띄우고 이 전쟁을 지켜보고 있었다.

지금이라도 그는 이 전쟁을 포기했어야 했다. 그랬더라면 오히려 왜군의 사상자를 대폭 줄였을 것이다.

그들의 마지막 오판은 고니시가 연막작전을 펼칠 때였고 그들은 그대로 부산성이 함락될 줄 알았었다.

그는 지금 한미 연합사령관의 명령마저 무시하고 있었다.

제임스의 되도 않는 요구 조건은 그렇게 나왔다.

그는 경계 밖의 경상도를 자신들의 자치구로 내어줄 것을 강력히 요구해왔다.

제임스는 임석종에게 금방이라도 부산성이 함락될 거라며 위협을 가해왔고 그는 자신의 블러핑이 성공할 줄 알았다.

그러나 임석종의 생각은 달랐다.

그에겐 제임스보다 더 많은 정보가 국정원으로부터 올라왔다.

귀에 꽂은 그의 무선 리시버엔 마치 호버의 프로펠러 소리가 가까이 들리는 것만 같았다.

그랬다. 드디어 한일봉의 호버가 바람을 이기며 힘차게 내달리고 있었던 것이다.

이 정보는 누군가 제임스의 귀를 가렸고 그것은 물론 국정원의 작품이다. 국정원은 역으로 그들의 정보 라인을 파고들었고 그것은 의외로 먹혀들었다.

그들은 제임스의 계획이 처음부터 무모했음을 알고 있었던 건 아니었다.

그들이 돌아서기 시작한 건 호버가 경계 밖을 나설 때였고 복돌이가 경계를 넘을 때였을 것이다.

한국과의 무력충돌을 극도로 꺼렸던 로버츠와 제임스의 계략은 어쩌면 저울질하던 그들에겐 충분한 동기가 됐을 것이 분명했다.

어차피 그리고 끝내 이길 수 없는 상대가 지금의 대한민국인 것이었다.

임석종 비서실장은 가볍게 거절하고는 이렇게 말했다.

"호버 크래프트의 프로펠러 소리가 부산성에서도 들릴 겁니다. 지금! 곧!"

　제임스가 알아듣기 힘든 욕설과 자리를 박차고 일어선 건 그때였다. 그는 그제야 자신의 cia가 국정원의 손 안에서 놀아나고 있음을 간파한 것 같았다.

　그가 어쩔 줄 몰라 하며 길길이 날뛰어보지만 이미 승패의 추가 한쪽으로 기울고 있었다.

　그가 잠시 회담을 뒤로 하고 나온 건 바람을 쐬려한 것이 아니었다.

　자신만만했던 회담이었고 이 정도면 한국정부가 백기를 들 줄 알았던 그였다.

　그리고 무엇보다 cia의 배신은 죽기보다 받아들이기 힘들었을 것이다.

　그가 화장실에서 총을 뽑아들고 쏘려는 건 거울 속의 남자일까?

　아니면 자기 자신일까?

　도대체 얼마나 더 죽여야 하나?

　이 압도적인 화력을 뚫고 좀비처럼 다가오는 왜군에 이기수는 차라리 기가 질려버렸고 공포는 그의 뇌를 마비시키기에도 충분했을 것이다.

　'고니시! 왜? 왜?------ 왜? 이렇게까지 하는 것이냐?'

　'이렇게 자신의 부하들을 사지로 내몰고 너는 무엇을 얻으려는 것이냐?'

　'고니시! 너는 풍신수길과 무엇을 약속하였느냐?'

　이기수의 머릿속은 온통 그런 의문으로 가득했다.

　이기수는 xk-13 중기관총의 실탄이 다 떨어질 때까지도 그 의문에 대한 답을 얻지 못했다.

　"투두둑!"

성안의 아낙들이 치마폭에 싼 돌무더기를 내려놓는 소리가 없었다면 그는 한참을 더 그렇게 빈총을 잡고 생각에 빠졌을 것이다.

총소리의 빈도는 이제 조총소리보다 적었다.

"교수님! 교수님!"

장상철의 목소리는 절규에 가까웠고 피를 토하는 심정이었을 것이다.

그리고 남문 루의 기와는 벌써 다 벗겨지고 없었고 연기는 정발의 시야를 가리며, 가리며 천천히, 천천히 지나가고 있었다.

사는 것이 죽는 것보다 더 힘든 것은 누구의 탓일까?

한일봉과 애기 수리의 결단은 신중에 신중을 더할 수밖에 없었을 것이다.

아마 한일봉이 애기 수리들을 다잡지 못했다면 호버 크래프트는 벌써 물속에 처박혔을 것이다.

이놈의 날씨는 어떻게 된 게 왜군과 한패 같아보였다.

"장 대위! 5분만 버텨!"

한일봉의 목소리는 그래도 침착했고 담담해보였다.

하지만 속은 말이 아닐 것이다.

바람이 잠잠해지기만을 기다린다는 것이 어찌 말처럼 쉬울 수 있겠는가? 전장에 아들을 내보낸 어미의 심정이 아마 그랬을 것이다.

호버는 최고 속도에 가까울 만큼만의 속도로 부산포로 향하고 있었고 그의 머릿속은 또 한 번의 지옥을 그리고 있었다.

"5분! 5분!"

장상철은 그렇게 급하게 소리쳤다.

아직도 실탄이 남은 이들은 애기 수리들뿐이었고 조금 있으면 투석전이라도 벌여야 할 판이다.

어차피 이젠 조준 사격이랄 것도 없다.

"탕!"

"탕!"

애기 수리들은 한 발씩 한 발씩 그렇게 방아쇠를 당겼다. 그러나 그 총탄에 누군가 맞을 것이란 보장도 없었다.

"하! 젠장! 서 종사님이랑 소주 한 잔은 먹고 죽어야 되는데!"

조 경사의 넋두리는 그랬고 그의 눈에 눈물 한 방울이 떨어지려는 듯했다.

박 기자는 어디쯤이 자신이 살던 곳일까 하며 가만히 생각했고 그의 눈에서도 가만히 눈물이 맺힌다.

그것은 연기 때문이었을까?

'어머니! 어딘가에 살아는 계신 거죠?'

서 종사는 그런 박 기자를 가만히 안았고 조 경사도 두 사람을 그렇게 안았다.

전쟁의 한복판은 절정으로 치닫고 있었고 산사람보다 죽은 사람이 몇 배나 많은 악독한 전쟁이었다.

고니시는 지독하게 밀어붙였고 이젠 자신의 정예마저 지옥의 불구덩이로 밀어 넣었다.

연기에 가려 부산성은 보이지도 않았고 만약에 바람이 잦아들지 않았다면 부산성은 지옥 그 자체가 되었을 것이다.

그리고 김승철은 이 전쟁이 끝나고 살아남는다면 어쩌면 이기수를 죽여 버릴지도 모른다.

그렇게 그의 입에서는 단내가 났다.

"이 새끼야! 내가 동래 김승철이야!"

작은 바윗덩이로 사다리를 타고 오르던 왜구의 머리통을 내리치며 그가 한 말은 그랬다.

그 말에 몇몇이 키득거렸고 조금은 힘도 났다.

역시 김승철은 사기를 돋우는 법도 남달랐다.

박 기자의 팔에서는 피가 흐르고 있어도 그는 잊어버린 듯 했고 서 종사의 칼은 피를 잔뜩 머금고 부산성 위를 날아다니고 있었다.

'우리가 없었어도 사백년 전의 전쟁은 이렇게도 잔악했을까?'

박 기자가 칼에 다리를 베이면서 느낀 생각은 그랬고 그 왜놈을 번쩍 들어 성 밖으로 내던질 때의 희열엔 스스로가 괴물 같았다.

그것은 박 기자의 부질없는 생각이었을까?

"x발! 아무렴 어때!"

흘러내린 피가 시야를 잠깐 가릴 때 박 기자는 그렇게 버럭 소리 질렀다.

멀리서 25톤 덤프트럭의 엔진소리가 들려온 건 조 경사가 기왓장으로 왜구의 면상을 내려칠 때쯤이었다.

"x벌 놈아! 또 우리 편이야------! 이 개새야!"

조 경사는 m134 미니건의 소리를 그렇게 느꼈다.

이제는 협공이다.

한일봉과 애기 수리들의 공격은 조심스러웠다.

자칫하면 부산성이 피해를 받을 수도 있어서 틀림없이 그래야 했을 것이다.

그리고 한일봉은 퇴로는 열어놓아 두었다.

부산성의 급박함을 익히 알고 있는 그로서는 왜군의 제압보다는 그들이 달아나길 바랐다.

이제 왜군도 호버를 적으로 판단했는지 조총을 쏘아대기 시작했고 한일봉은 가만히 숨을 고르고 있었다.

기록엔 따르면 2선발대가 대마도를 출발했을 것이다.

그는 그것마저 염두에 두어야 했고 여기에서 총탄을 다 퍼부을 것인가도 따져봐야 했을 것이다.

"부-웅! 드르륵!"

"부-웅! 드르륵!"

모터소리와 화약의 파열음은 묘한 이중주를 내면서 미친 듯이 불을 뿜었다.

그리고 이 미니 건이 주는 공포심은 이전의 것과는 확연히 달랐다. 그것은 고니시의 눈빛이 말해주고 있었다 해도 과언이 아닐 것이다.

시차를 두고 덮치고 있는 미니건의 화력에 고니시는 입을 다물지 못했다.

고니시의 정예부대 역시 등 뒤에서 몰아치는 태풍 같은 화력에 몸을 숨기기에 급급했고 그러면 잠시 미니건의 울음도 멈추었다.

"부-웅---, 드르륵!"

공포를 더 큰 공포로 몰아붙였던 고니시가 이젠 그보다 더 큰 공포를 만난 것과 같았다.

"부-웅---, 드르륵!"

아름드리 큰 나무가 m134 미니건 서너 발에 맥없이 쓰러지자 그의 참모들은 그제야 후퇴 할 것을 종용하기 시작했다.

거기에다 언젠가부터 인지 몰라도 바람마저 역풍인지라 연기는 오히려 그들의 숨통을 조여오기 시작도 했다.

"부-웅! 드르륵!"

미니건이 불을 토할 때마다 왜군들의 비명은 온 천지를 뒤엎고 있었다.

고니시는 바로 옆의 참모들이 미니건에 맥없이 죽어나고 있을 때도 그는 망설였다.

아니, 이때는 망설인 것이 아니라 넋이 나갔다고 해야 하는 것이 옳을 것이다.

그건 한일봉이 고니시를 노리고 쏜 건 아니었고 순전히 우연이었다.

"두두두둥! 두두두둥! 두두두둥!"

북소리가 빠르게 울리기 시작하자 왜군들의 움직임이 일순간 멈추었다.

'이것들이 전쟁 중에 무슨 지랄이야!'

조 경사가 가쁘게 숨을 몰아쉬며 그런 생각을 했다.

조 경사와 육박전을 벌이던 왜군이 "스미마셍!" 하며 기어들어가는 목소리로 그렇게 말하자.

"뭐어-----! 미안하다고! 이런 개새끼가!" 하며 조 경사는 들고 있던 몽둥이로 왜군을 치려하자 그놈은 잽싸게 성 아래로 뛰어내렸다.

조 경사는 분이 덜 풀렸을 것이다.

작다고 만만히 봤던 놈인데 칼질이 제법이었나 보다. 경찰복이 너덜너덜 걸레가 되어 있었고 피도 꽤나 흘렸다.

"야! 이 새끼야! 일루 안 와?"

소리치던 조 경사는 몽둥이를 냅다 던져버렸다.

몽둥이는 어림없이 날아갔지만 조 경사는 피식했다.

다리를 저는 걸 보아하니 정강이가 부러졌을 것이 분명해보여서다.

그랬다. 그 북소리는 전군 후퇴의 명령이었다. 그것은 고니시가 여태 껏 전쟁 중에 한 번도 없었던 일이었다.

고니시가 분에 못 이겨 기절했고 참모들은 이때다 싶었을 것이다.

행동이 재빠른 놈들은 그렇게 달아났고 눈치를 보며 미적거리던 놈들은 무기를 버리며 항복하기 시작했다.

이제 모두들 주저앉기 바쁘다.

김재형의 다리에선 피가 분수처럼 솟구쳤고 조선의 백성들은 자신들의 옷을 찢기에 주저하지 않았다. 그들 또한 상처가 적지 않았지만 어쩌면 자식을 돌보듯 했다.

노조원들 또한 크고 작은 상처가 많았다. 처음에 김재형의 제안을 받아들일 때 예상치 못한 일도 아니었다. 그러나 그들은 후회하지 않았고 스스로에 감동했다.

전쟁에서 승리란 이런 것일까? 아픔보단 감격에 눈물이 먼저인 것 같았다.

김홍기는 틀림없이 산재 신청을 할 것 같았다. 왜놈의 칼을 피하려다 뒤로 넘어졌고 하필이면 그곳에 큰 돌이 있었다. 그래서 그의 팔은 부러졌고 할머니가 부목을 대고는 급하게 묶었다.

그나마 다행인 건 팔이 부러지는 바람에 등에 박힌 총알은 죽을 만큼 아프지 않다는 것이다. 김홍기의 입에서 욕이 나올 법도 했다.

정부는 김재형와 노조원들의 산재를 거부해선 안 될 것이다.

박 가방의 머리에서도 피가 흐르고 있었다. 조총에 그대로 맞았는지 아니면 유탄에 맞았는지 그는 분간도 못했을 것이다.

그는 원래가 싸움을 싫어했다. 덩치가 산만한 그였지만 싸움다운 싸움은 이것이 처음이라 해도 거짓이 아닐 것이다.

그런데 웬 걸, 박 가방은 자신의 숨겨진 재능을 발견한 것 마냥 미친 듯이 싸우곤 했다. 그 바람에 많은 왜군이 그의 손에 죽었다.

박 가방은 괜한 걸 찾았다. 앞으로 그의 얼굴은 성할 날이 없을 것이다.

애기 수리들의 숨소리도 거칠긴 매한가지였고 군복은 온통 피로 뒤범벅이었다.

자신의 피 인지 왜군의 피 인지도 몰랐을 것이다. 그나마 이들이 있어 육박전도 그렇게 밀리지 않았다.

"서 종사님!"

조 경사가 달아나려는 왜군을 가리키며 어찌할지 물었다.

거기엔 머뭇거리던 왜군 하나가 성을 넘어 달아나려 하고 있었고 그걸 본 서 종사는 가만히 고개를 저으며 말했다.

"다음에 하지요. 우리 군세가 이만하니 식은 죽 먹기요."

서 종사는 지금 조 경사가 말한 그 탱크란 놈을 탄 자신을 상상하며 말한 것이다. 서 종사는 훗날 정말로 k2 전차를 몰고 풍신수길의 본진을 휘젓고 달릴 것이다.

그렇다. 이 천의 군민이 이만의 왜군을 물리쳤으니 그렇게 자랑스러워해도 좋을 것이다.

조 경사와 서 종사는 힘들게 웃었다. 그들은 웃는 것도 힘들다는 걸 그때서야 알았다.

그리고 서 종사는 작게 울었고 조 경사는 그를 토닥였다.

이기수와 김승철도 부둥켜안고는 웃음인지 눈물인지 모를 정도로 감격했다. 두 사람은 어디가 아픈지 모르고 있었고 어디에도 아픈 곳은 없어보였다. 제정신이 아니었다.

주방 팀은 열혈남아 그 자체였다. 칼을 휘두르는 솜씨가 서 종사 못지 않았다. 마치 자장면 면 뽑듯이 휘둘러댔다.

왜군의 칼에 조선병사가 쓰러지고 칼을 놓치자 주저 없이 주방장은 그 칼을 들었었다.

그리고 그 왜군의 목은 지체 없이 떨어졌다. 주방장의 칼질은 주저함이 없었다.

부주방장도 그 죽은 왜군의 일본도를 잡았었고 그의 칼도 유려했다.

왜군의 몸을 도마 위의 생선처럼 다루는 그였다.

주방 팀이 왜군의 목을 벤 건 서 종사보다 많았다.

박 기자는 전쟁이 끝나고 웃을 힘도, 울 힘도 없는 듯 누워서 멍하니 하늘을 보았다.

5월의 하늘은 그렇게나 눈부시게 빛나고 있었다.

저 하늘은 오늘의 하늘인가? 사백년 전의 하늘인가?

젠장! 멋있는 궁금증은 역시 기자의 몫인가 보다.

'어머니! 어딘가에 잘 계신 거죠?'

정발 장군의 감회도 남달랐다.

이 먼 변방까지 지원군을 보내준 주상전하의 은혜가 하늘처럼 느껴지는 건 당연한 것이 아니겠는가?

제 목숨을 돌보지 않고 싸워준 군민들이 어찌 자랑스럽지 않겠는가?

정발 장군의 눈에서 가만히 눈물이 흐르는 건 그래서일 것이고 북쪽을 향하여 절을 올리는 것도 그래서일 것이다.

그의 갑옷도 너덜너덜했고 온통 피를 뒤집어 쓴 듯 했다.

*

제임스는 이제 낙담도 후회도 없었다.

그는 어쩌면 좋은 승부였다며 자신을 합리화하고 있는 건지도 모른다.

만약이란 말이 어울린다면 제임스 자신에겐 행운이었을 것이다.

그가 화장실에서 아이들이 얼굴을 떠올리지 않았다면 총구는 거울이 아닌 자신을 향했을 것이다.

더 이상 가진 패가 없는 그로서는 차라리 깔끔한 승복을 택했다.

그리고 그는 자신이 갖고 있던 총을 임석종에게 말없이 내밀며 백기 투항을 선언하고야 말았다.

소음기에선 아직도 화약내가 진동하고 있었지만 임석종은 달리 그를 채근하진 않았다.

그것은 어쩌면 승자의 여유였을까? 그는 제임스의 총을 가만히 받아 들었다. 그리고 그것은 하루 동안의 수고에 대한 품삯이라 여겼다.

미 대사 스티브 또한 별다른 요구로 임석종을 괴롭히진 않았고 그저 선처를 바라는 초등학생의 눈빛으로 회담에 응했다.

스티브는 미군과 그 가족 그리고 미국 국적을 가진 이들의 안전보장을 최우선으로 원했고 임석종은 흔쾌히 응했다.

미군이 얻은 건 안전보장 하나였고 한국이 얻은 것도 하나였다.

나머진 실무자들의 몫으로 남겨두고 임석종은 아니 한국이 얻은 것. 그 하나! 바로 그 하나-----! 바로 전시 작전권의 반환이었다.

그리고 효력은 바로 지금부터다.

임석종은 어린 아이마냥 좋아 뛰었고 곧바로 청와대에 보고했다.

'눈누랄라!'

이젠 대통령의 명령이 곧 법이다.

같은 시각 예열을 마친 f15 8대가 대구 공군 비행장을 박차고 날아올랐다.

임석종은 혼비백산하며 달아나는 왜군을 상상하며 읊조렸다.

"니들 다 죽었어!"

"토요토미 히데요시! 넌 뒤졌어!"

임석종은 제임스의 총에서 화약내를 맡고는 기분 좋게 내뱉었다.

"빵!"

그랬다.

전쟁은 아직 끝나지 않았다.

그리고 이제부터 시작이다.

파주 경찰도 바빴다.

파주 경찰은 또 서종사 비슷한 자를 잡았나보다.

그는 자신이 평양에서 왔단다.

평양관사에는 명나라 황제의 사신단이 머물고 있다며 파발은 장계와 서신을 올렸다.

지구대 대장은 그 장계와 서신을 곧바로 청와대에 신고했고 임석종은 평양의 장계와 명나라 황제의 서신을 그렇게 받아들고는 읽었다.

그리고 그는 신음소리인지 비웃음인지 모를 소릴 냈다.

"이것들이 죽을라고!"

1권 끝